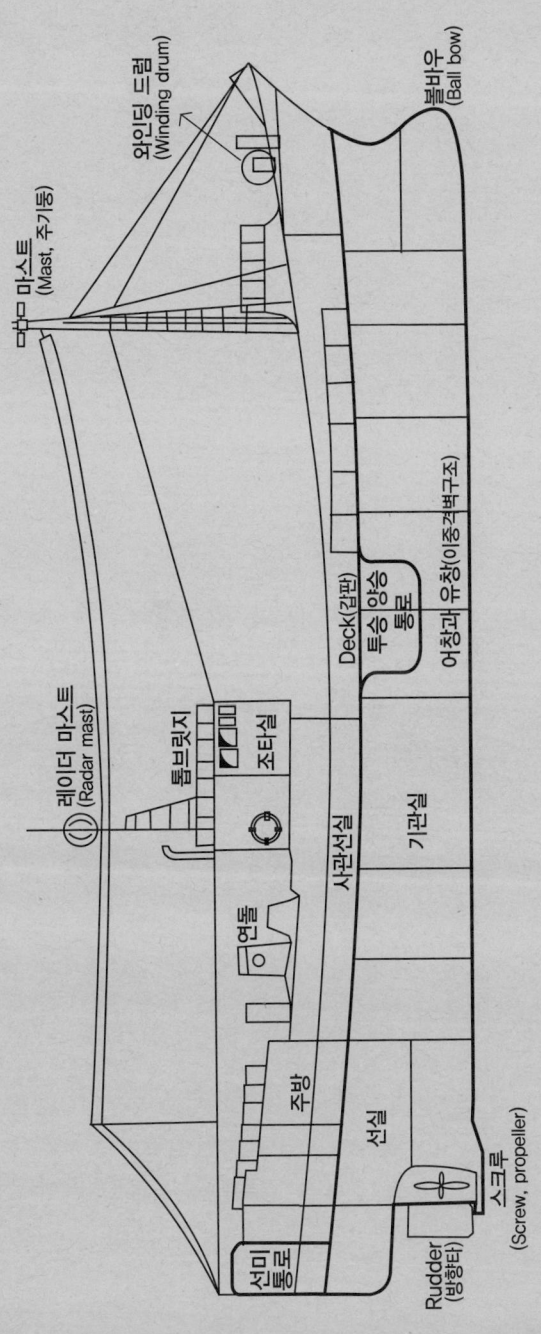

남극해

이윤길 해양장편소설

프롤로그

피라니어(Piranha)란 이름을 아십니까?

아마존 강에 떼 지어 서식하면서 사람이든 가축이든 가리지 않고 공격하는 육식성 물고기며 한 치의 동점심도 없는 포악한 물고기라고요?

맞습니다. 피라니어는 식성이 탐욕스러운 탓에 카피바라(Capybara) 한 마리쯤은 몇 분 사이에 털 한 가닥 남기지 않고 깨끗하게 먹어치운다고 합니다. 공포라는 단어를 실감케 하는 그 이름 자체가 바로 공포인 악명 높은 물고기입니다. 악마의 망토를 두른 듯 몸뚱이 전체가 검은 비늘로 덮여 있고 여기저기 빙산이 난파의 대명사처럼 떠다니는 남극해에서만 사는 물고기입니다.

아마존의 민물고기 피라니어는 이렇게 오래토록 공포의 자리를 유지했습니다. 그런데 그 자리를 다른 놈들이 가로챘다고 합니다.

낯선 인상의 놈들이 왜 최근에서야 두각을 나타내었느냐고 물으십니까? 그건 인간의 영향력을 벗어나 바람과 파도의 힘에 좌우되는 바다에서 놈들의 존재가 확인된 지 그리 오래되지 않았기 때문입니다.

놈들의 배를 가르고 보니 방금 잡아먹은 것으로 보이는 갑각류를 비롯하여 대왕오징어 다리의 빨판 조각들이 소화액으로 흐물거렸다고 합니다. 대왕오징어는 먹이사슬에서 최상층에 있는 말향고래도 공격하는 놈들입니다. 그런 대왕오징어의 한쪽 다리를 먹거리로 즐겼던 것이죠. 두말할 것도 없이 포악함을 증명할 수 있는 장면입니다. 특성이라면, 심해어답게 정수리에 나란히 붙은 두 개의 눈알이 보름달 같이 크다는 것과 양 턱 안에는 견치가 마치 악어 이빨처럼 빼곡히 박혀 있는 모습인데 그 모습을 보는 것만으로도 소름이 돋아날 지경입니다. 그러니 피라니어처럼 놈들도 상어건 고래건 습격을 가리지 않을 건 틀림없지 않습니까?

이놈들을 발견하게 된 일 또한 특이하다 할 수 있습니다.

수십 년 전 어느 날, 칠레의 어선 한 척이 참다랑어 시험조업 차 남위 60도에 해당하는 남극대륙 인근의 웨들 해에서 주낙(long line)을 드리웠습니다. '바스코 다 가마'나 '마젤란' 같은 바다의 영웅들조차 남위 40도선을 한계선으로 여기고 항해하기를 꺼렸습니다. 그런데 연안의 어자원이 고갈되었습니다. 칠레의 뱃사람들은 굶주

렸고 목숨을 잇기 위해 남극해로 조업을 감행했던 것입니다. 블리자드 눈 폭풍이 몰아치고 유빙과 때로는 산더미 같은 파도가 몰려오는 웨들 해까지 출어를 하게 되었습니다. 그것은 모험이자 도전이었지만 죽음이기도 했습니다.

그런데 연승을 투승하자마자 바람과 파도가 휘몰아쳐 왔습니다. 떠내려 온 빙산에 깔려 부이가 가라앉는 불행으로 낚시의 대부분이 물속 깊이 가라앉고 말았습니다. 어선에서 어구는 전쟁터로 나서는 병사의 총과 같은 생명입니다. 뱃사람들은 빙산이 지나가자 조류가 약해지고 부이가 떠오르기를 기다렸습니다. 마침내 부이가 떠올랐습니다. 뱃사람들이 죽을 고생을 하며 연승을 끌어올렸는데, 건져 올린 낚시에는 놀랍게도 처음 보는 물고기가 올라왔습니다.

"기가 막히는군!"

기괴하게 생긴 놈들의 모습에 모두들 겁을 냈습니다. 그러나 호기심을 숨기지 못한 갑판장이 배를 가르고 토막 낸 살점을 씹어보았더니, 이게 웬일입니까. 혓바닥에 착 달라붙는 식감이 살점을 삼키고 나서도 한참 동안이나 고소하게 감돌아 깜짝 놀랐다는 겁니다. 그뿐인 줄 아십니까? 토막 낸 스테이크는 어떠했는지 아십니까? 지금까지 최고의 입맛으로 치던 쇠고기 안심이나 고래의 오베기는 저리 가라였다고 합니다.

그 뒤로 칠레의 뱃사람들은 본격적으로 웨들 해로 출어하기 시작했습니다. 그리고 놈들을 노렸습니다. 말하자면 지금까지의 참다랑어연승과는 다른 어법이 탄생했던 겁니다. 심해저연승이었던 것입니다. 처음에는 웨들 해가 어장이었지만 점차 어장이 멀어져서 현재는 로스 해가 주어장이 되었습니다.

놈들을 시장에 선보였더니 식도락가들의 시선이 집중했습니다. 단숨에 지구상 최고의 기호식품으로 떠올랐습니다. 자연스럽게 이름도 붙었습니다. 칠레의 뱃사람들은 대항해 시대의 개척자들이 그랬던 것처럼 존재를 과시하는 방법으로 '칠레바다농어'라 불렀습니다. 분류학적으로 농어와는 거리가 멀었으므로 뒤에 가담한 스페인 어부들이 거무튀튀한 피부를 보고는 검다는 뜻의 '메를루자 네그라'라 했습니다. 그것을 일본 사람들이 '메로'라 부르면서 고급식당 메뉴판에 이름을 올리게 되었습니다. 놈들은 체장이 2미터가 넘어 괴물로까지 성장하는데 유럽에서는 '파타고니아이빨고기'라 합니다. 최근 우리 식탁에도 선을 보이고 있습니다. 우리 요리사들도 '메로'라고 하나, 학계에서는 '이빨고기'로 부르고 있습니다.

남극해에서 남극수렴대에 이르는 심해어족인 놈들이 남미 끝단인 파타고니아에만 서식할 리가 없지만 무슨 연유에서 그 같은 이름이 붙었는지 모른다고 합니다. 아, 남극해는 알겠는데 남극수렴대는 모르겠다고요? 그럼 간단히 말씀드리죠. 남극수렴대란 온도와 염분같은 물리적 특성이 뚜렷하게 차이가 나는 남극해 바닷물이 만나는 경계입니다. 대략 남위 50도에서 60도 사이를 불규칙하게 오르내리는 바닷물 덩어리를 말합니다. 그건 그렇고 파타고니아라는 곳이 칠레 땅도 아닌 아르헨티나 영토가 분명하니 이 역시 궁금증을 자아내게 합니다. 아마도 난생 처음 보는 놈들이 한순간에 세계인의 입맛을 사로잡자 남미 여러 나라들이 앞다투어 자기나라의 지명을 갖다 붙인 결과로밖에는 해석할 길이 없습니다. 사실 이빨고기는 두 종이 있습니다. '파타고니아이빨고기'와 '남극이빨고기'로 분류하는데 어장이 확대되며 남극의 여러 곳으로 출어하던 뱃사람들은 두 종의 미세한 차이를 알게 되었던 거죠. 파타고니아이빨고기는 앞이빨이 크며 몸체에 있는 옆선이 가슴지느러미에서 꼬리까지 이어져 있습니다. 그러나 남극이빨고기는 앞이빨이 파타고니아이빨고기에 비해 작으며 몸체의 옆줄도 꼬리지느러미 부근에만 있습니다. 남극해에서 잡히는 놈들을 남극이빨고기라 하고 남극수렴대에서 잡히는 놈들은 파타고니아이빨고기라고 구분하기 시작했습니다.

그런데 놈들의 값이 도대체 얼마나 되는지 궁금하지 않으십니까? 놀라지 마십시오. 유럽인들에게 1톤에 미화 30,000불 이상으로 판매된다고 하니, 일본인들이 최고의 횟감으로 치는 참다랑어만큼이나 비싼 값입니다. 가령 쇠고기보다 비싼 것이 참다랑어라면 그에 못지않은 물고기가 바로 이빨고기입니다.

이유는 간단합니다. 젖소를 방목하여 키우는 것보다 참다랑어잡이가 진취적이고, 그보다 아예 목숨을 내놓아야 할 만큼 더 모험적인 게 남극이빨고기잡이인 것입니다. 게다가 맛과 영양이 참다랑어를 뺨치고 있다면 어느 미식가인들 값을 따지겠습니까? 이상도 하지요. 최고급 물고기일수록 파도와 날씨가 험악한 바다에서만 어획되고 있으니 말입니다. 이제 놈들을, 이빨고기, 남극이빨고기를 잡으러 떠납니다. 바닷물의 평균 온도가 영하에서 맴돌고 빙산이 죽음의 뿔처럼 떠다니는 지옥의 문턱 남극해로 말입니다.

차례

프롤로그_002

출항_013 안전사고_028 대권항해_043 앨버트로스_058

남빙양수렴대_073 드레이크해협_089 케이프 호너_104

웨들 해_120

유빙의 왕국_135 시투_150 남극이빨고기_166 어장이동_181

선상살인_197 만선_213 황천피항_229 징조_244 백야의 밤_260

에필로그_276

작품해설_하상일

모험과 욕망, 죽음과 생명의 아이러니_280

남극해

출항

전진출력 100퍼센트.

메인엔진이 쿵쾅거리는 소리와 함께 피닉스 호의 스크루 회전수가 증가했다. 선체에는 강한 요동이 느껴지며 피닉스 호가 속력을 내기 시작했다. 텔레그래프(Telegraph) 지침을 확인한 1기사가 거버너(Governor) 눈금을 100퍼센트로 끌어올렸던 것이다. 무엇 하나라도 빈틈이라곤 없는 완벽한 1기사였다. 박 기관장은 여간 흡족하지 않았다. 메인엔진 상태가 기대했던 것보다 훨씬 좋았다. 박 기관장은 고개를 끄떡였다.

박 기관장이 메인엔진 운전을 1기사에게 넘기고 갑판으로 나왔을 때, 피닉스 호는 굵은 항적을 남기며 기세 좋게 파도를 헤쳐 나가고 있었다. 박 기관장은 땀으로 흠뻑 젖은 머리칼을 바람으로 식혔다. 봄이 시작되었는데도 냉기를 품은 바람이 머리칼 사이로 스며들었다.

박 기관장에게는 아무런 생각 없이 수평선을 바라볼 때가 가장 즐거운 시간이었다. 수평선을 마주하고 있으면 자신이 완전한 자유인으로 살아있다는 것이 느껴졌다. 다른 한국선원들은 출항을 하면 창살 없는 감옥에 갇혔다며 외롭다 고독하다 투덜거렸지만 박 기관장은 오히려 바다에 나와야 감옥에서 풀려났다는 느낌이 들었다. 기관실에서 사고만 발생하지 않으면 인간들로부터 스트레스를 받을 일이 없으므로 살아가는 여러 가지 의미에 대하여 폭넓게 명상할 시간도 갖기 때문이다.

박 기관장이 여태까지 경험하지 못한 메인엔진은 전기엔진 특유의 육중하면서도 규칙적인 리듬을 과시하고 있었다. 참으로 다행스러운 것이 컴퓨터 제어로 이루어지는 전기엔진은 생각만큼 어렵지 않았다. 그동안 쌓아 놓은 노하우 덕이었다. 엔진이란 것이 그랬다. 이론만 이해할 수 있으면 실무에 적용하는 건 어렵지 않았다. 그렇다고 해서 손만 대면 자동으로 운전이 되는 것은 아니었다. 만약, 박 기관장이 수리업체를 경영하지 않았고 또 그곳에서 각종 전기모터를 취급하지 않았더라면 원리를 파악하는 데 많은 시간을 보냈을 것이다.

항계를 벗어난 피닉스 호 뱃머리에는 황금빛 색조의 노을이 불길처럼 하늘 높이 치솟고 있었다. 푸른 하늘도 푸른 바다도 모두 황금빛으로 타들어갔다. 소리도 없이 그것들은 활활 불꽃을 만들었다.

불길은 거침없이 피닉스 호 쪽으로 달려들었다. 화염이 점점 더 거세졌다. 그러다가 순간적으로 뱃전 전체가 이글거렸다. 박 기관장은 그 붉은 기운이 섬뜩했다.

노을이 붉다고 바다가 잔잔한 것은 아니다. 오히려 악천후가 다가올 경우가 더 많았다. 파도는 벌써부터 기다렸다는 듯 수평선을 뒤집어엎으며 피닉스 호의 항진을 가로막으려고 안간힘을 썼다. 너울에 가볍게 떠올랐던 뱃머리가 달려드는 파도를 짓누르자 파도는 조각조각으로 부서지며 허공으로 날아올랐다. 그렇게 파도조각은 상갑판을 물바다로 만들었다. 뱃머리에서 파도가 만들어 내는 뿌연 물보라가 얼굴로 날아들었다. 바닷물이 눈으로 흘러들었다. 박 기관장은 손으로 눈을 비볐다. 눈이 소금기로 끈적거렸다. 눈꺼풀 가장자리에서 자잘한 소금 알갱이들이 떨어지는 것 같았다. 작업복 상의도 축축해졌다. 그래도 박 기관장은 자리를 벗어나지 않았다. 피닉스 호의 상갑판은 어디라 할 것 없이 바닷물로 출렁거렸다.

박 기관장은 파도를 망연히 쳐다보다가 선수갑판에 모여 있는 외국인 선원들을 발견했다. 환하게 웃고 있는 선원은 베트남 출신 처리장 녹이다. 그 뒤로 자카르타가 고향인 제롬의 모습도 보였다. 모두들 한국 원양어선의 승선 경력이 만만치 않았다. 그들이 아니면 피닉스 호는 출항의 꿈도 꾸지 못한 채 부두에 덩그러니 매달려 있었을 것이다. 3D업종이라고 해서 한국의 젊은이들은 승선을 기피

했다. 궁여지책으로 외국인 선원들로 충원하기 시작했는데 그 같은 현상이 어제오늘의 일이 아니었다.

선원들은 항구로 돌아와 다시 정박할 때 필요한 계류삭(Mooring line)을 고박하고 있었다. 계류삭은 어로작업 중에는 전혀 필요 없는 밧줄이다. 오로지 피닉스 호가 안벽에 접안을 시도할 때만 필요했다. 그렇다고 육상에 내려놓고 다닐 수는 없었다.

선원들은 갑판장의 지휘 아래 상갑판 한쪽에다 따리로 쌓고 범포(Canvas, 帆布)를 덮어씌운 다음 단단히 얽어매고 있다. 항해 도중 기상이 악화되어 어떤 파도가 덮치더라도 범포가 벗겨지는 일은 없어야 했다. 그렇게 되면 거친 파도 속에서 계류삭을 고박하는 선원들이 위험에 노출이 되고, 계류삭을 잃어버리는 건 말할 것도 없었다. 최악의 경우 스크루나 라다(Rudder, 방향 타)에 휘감기는 낭패를 당할지도 몰랐다.

파도가 날리고 쌀쌀한 기온이었지만 노을은 눈부시도록 환했다. 며칠 동안 구름에 덮여 있던 웰링턴이었다. 오랜만에 노을을 본 제롬이 웃옷을 벗어젖힌 채 계류삭을 공들여 쌓았다. 울긋불긋하게 문신한 팔의 근육이 노을빛에 드러났다. 곁에 있던 누군가 우스갯소리를 했는지 와 하고 웃는 소리가 들려왔다. 외국선원들의 분위기가 한참 화기애애하게 익어가는 그 순간 거대한 파도가 부풀어 오르는가 싶더니 뱃머리에 무지갯빛 물방울이 분수처럼 뿜어 올랐다.

"제롬, 조심해!"

항해 당직 사관인 1항사가 선원들을 향해 위험을 경고했다.

상갑판에 나와 있던 박 기관장은 재빨리 브리지(Bridge, 조타실, 선교) 뒤편으로 몸을 숨겼다. 멍하니 있다간 조금 전처럼 꼼짝없이 바닷물을 뒤집어쓸 판이다.

선원들의 동작도 빨랐지만 파도가 더 빨랐다. 녹은 가까스로 갑판을 덮은 차단판 아래로 피신했으나, 한발 늦은 제롬은 차가운 바닷물을 흠뻑 뒤집어썼다. 하지만 제롬은 온몸을 한 번 흔들어 보이고는 브리지를 향해 엄지손가락을 쳐들었다. 브리지에서 선원들을 주시하던 강 사장과 장 선장의 입에서도 웃음이 흘렀다. 까짓 뱃사람이 바닷물 한 통을 뒤집어썼다고 어떻게 되는 건 아니었다.

브리지 창밖으로 보이는 강 사장 얼굴은 구레나룻을 방금 깎았는지 선명한 면도자국이 얼굴 전체에 있었다. 그건 오래전부터 지켜오던 강 사장만의 징크스다. 강 사장은 출항을 하는 날엔 꼭 면도를 하고는 만선이 되기 전까지는 면도를 하지 않았다. 박 기관장이 1기사 때부터 보아온 강 사장의 모습이다. 습관이란 세월이 가고 사람이 나이를 먹어도 쉽게 변하지 않는 모양이었다.

웰링턴의 스카이라인이 시계 너머로 사라지고 있었다. 희미한 실루엣을 실눈으로 바라보던 박 기관장은 웰링턴으로 돌아올 수 있을까 하는 상념에 싸였다. 며칠 후면 남위 60도선에 다다른다.

그때부터 피닉스 호는 남극수렴선을 따라 이십 일 정도 얼음 세계를 항해해서 웨들 해로 진입하고 그곳에서 만선하기까지 유빙을 헤집으며 남극해에 남극이빨고기 연승을 드리울 것이다. 또 만선을 하더라도 몬테비데오 항에 닻을 내리고 다음 시즌을 기다릴 예정이어서 웰링턴으로 돌아올 까닭은 없었다.

피닉스 호에 승선하기 전, 박 기관장은 부산에서 선박기관 수리를 전문으로 하는 수리업체를 경영했다.

"기관장님, 강 사장님이 보내온 전문입니다."

헐떡거리며 철공소로 들어서는 블루오션 수산의 수산부장이 전문을 건네며 말했다.

—박 기관장, 전문을 수신하는 대로 웰링턴으로 오셨으면 하오. 표도 비즈니스 편으로 준비해 두었소. 짐작은 하고 있겠지만 박 기관장이 도착할 때까지 피닉스 호는 꼼짝없이 묶여 있을 수밖에 없소.

"이게 무슨 소리입니까?"

박 기관장은 전혀 짐작이 안 갔다. 지금 피닉스 호는 남극해를 향하여 달려야 할 배였다. 그런데 웰링턴이라니? 혹시 자신이 수리한 부품에서 고장이라도 생겼단 말인가. 그래서 강 사장이 자신을 찾고 있는 것은 아닌지. 강 사장이 왜, 웰링턴으로 날아오라는 것인지 박 기관장으로서는 영문을 몰랐다.

"털보 기관장 때문입니다."

수산부장은 땅이 꺼지게 한숨을 쉬었다.

"털보라니요?"

"그건 박 기관장님이 아는 대롭니다"

"저가 뭘?"

박 기관장은 수산부장의 말에 난감하다는 표정을 지었다

"털보 기관장말입니다. 그 양반이 계속해서 피를 토해 내고 있습니다. 지금 현지 병원에서 검사를 받고 있지만 위장이 녹아내린 것이 틀림없습니다. 술이 원수지요. 피닉스 호의 운항도 중요하지만 사람을 죽일 수야 없지 않습니까? 병원에서 퇴원하시는 대로 귀국시키려 합니다."

수산부장은 숨을 몰아쉬며 거푸 침을 튀겼다. 그러나 사람 사는 일이 '예', '아니오'로만 대답할 수 없는 일이 얼마나 많은가. 털보라면 박 기관장도 잘 알고 있었다. 기계 다루는 솜씨로 말하자면 털보 기관장에게 맞설 사람이 없다. 그런데다가 서글서글한 인품 또한 빼어났다. 그러나 세상엔 공짜란 없고 세상만사가 모두 털보 기관장 편일 수는 없었다. 오랜 항해로 집을 비운 날이 길어지자 무관심에 지친 아내가 옆길로 빠져버렸다. 가정이 무너지자 털보 기관장의 실력, 노력의 결과가 모든 것이 물거품으로 변했다.

털보 기관장은 동부태평양 다랑어연승선에서 귀국해 집으로 들어서자마자 눈이 뒤집히고 말았다. 아내는 진작 떠나버리고 없었다.

텅 비워진 베란다에서 내려다보는 거리는 분주함으로 가득했지만 돌아오면 안 될 곳으로 온 것 같았다. 한낮의 햇살이 정수리 위에서 빛났지만 마음은 자꾸만 추워졌다. 괜찮다고 스스로에게 최면을 걸었지만 그 순간뿐이었다. 털보 기관장은 뱃사람의 비참함을 잊기 위해서 하루도 건너뛰지 않고 술집을 어슬렁거렸다. 거듭되는 폭음은 일상이 되었고 털보 기관장은 그렇게 허송세월을 보냈다. 그러다가 마음을 다잡고 다시 승선했지만 몸은 돌이킬 수 없을 정도로 망가져 있었다.

수산부장은 물러서지 않았다.

"그래서 강 사장님이 구조신호를 보내신 겁니다. 승선 희망자야 줄을 섰지요. 다른 어종을 잡는 배에서는 구경하기도 힘든 특별수당이 많거든요. 하지만 조업 특성상 아무에게나 맡길 일이 아니지 않습니까? 아시다시피 남극해는 세상에서 가장 험악한 곳이니까요. 기상이 말입니다. 한창 조업하고 있는데 덜컥 기관에 문제라도 발생하면 그것으로 끝이니까요. 항구를 찾고 어쩌고 할 틈도 없지 않습니까? 아시다시피 일 년 내내 얼음으로 덮여있는 곳 아닙니까? 현장에서 문제를 해결하지 않으면 끝장입니다."

수산부장은 제발, 하는 표정으로 박 기관장에게 애원했다.

"글쎄, 바다를 떠난 지 십 년도 넘었고."

박 기관장은 얼떨결에 거부 의사를 밝혔다. 기관장이 되어서 두 번의 다랑어연승선 출어를 끝으로 박 기관장의 항해는 끝이 났다. 어머니 성화에 못 이겨 결혼을 하면서 몇 달 육지에 머물러 보자던 게 끝내 영원한 하선자가 되었던 것이다. 업체에서 요청한 부품들을 만지면서 문득문득 기관장으로 다시 바다를 누비고도 싶었지만 세월이 흐르면서 지나간 일이 되고 말았다. 그때는 아내의 만류도 한몫을 했다.

"제 곁을 떠나지 마세요. 그러면 저를 볼 생각조차 하지 마세요."

신혼의 아내가 그런 말까지 하는 판이니 바다로 나간다는 일은 엄두조차 낼 수 없었다.

게다가 막 터를 잡기 시작한 수리업체 일도 재미가 쏠쏠했다. 작고 허름한 수리업체였지만, 박 기관장이 직접 운영한다는 소문이 돌면서 주문이 쌓였다. 세상에 바쁘지 않은 일이 어디 있을까만, 선박기계만큼 시간을 다투는 경우도 드물 것이다. 배는 언제나 출항이 임박하여 고장이 자주 나기 때문이다. 그 결과 출항이 늦어지는 일도 다반사여서 어기를 놓치기 예사였다.

하지만 박 기관장 손에 맡기면 기계는 단 몇 시간 만에 벌떡벌떡 깨어났다. 심지어 새카맣게 타서 고철덩어리가 된 발전기 모터도 박 기관장 손을 거치면 새것으로 둔갑했다. 오죽하면 별명이 만물박사이었을까. 그만큼 박 기관장은 원양업계뿐만 아니라 해운계통을 통틀어 실력 있는 기술자로 인정받았다.

남극해로 남극이빨고기를 잡으러 나선 강 사장이 박 기관장에게 애타게 구조신호를 보내온 것은 그 때문이었다.

수산부장으로부터 피닉스 호의 자세한 사정을 듣자 처음과 달리 박 기관장의 마음이 흔들리기 시작했다. 다랑어연승선에서 하선하던 때와는 사뭇 달라진 상황이었다. 바다로 못 나가게 막던 아내와 헤어진 지도 오래되었다. 게다가 박 기관장은 강 사장과의 인연이 예사롭지 않았다. 박 기관장은 강 사장이 다랑어연승선 선장으로 있을 때 1기사로 승선해서 기관장까지 진급했다. 물론 박 기관장이 기관장으로 진급할 때 강 사장의 적극적인 추천도 있었다. 그 당시만 해도 원양어선의 선장과 기관장 자리는 하느님이 지정해야 한다는 말이 있을 정도로 진급이 어려웠다. 그렇지 않았다면 기관장도 못하고 원양어선에서 은퇴했을 것이다.

사람들의 뇌리에서 지워졌을지 모르지만 강 사장은 그야말로 대한민국 원양어업에 평생을 바친 전설적인 인물이다. 주관이 뚜렷했고 고난에 굴하지 않는 강 사장이 다랑어연승선 선장을 할 때 박 기관장은 기관장이었다. 강 사장과 한솥밥을 먹으며 남인도양의 거친 파도 밭에서 수년을 함께 뒹굴었다. 박 기관장이 어기종료가 되고 결혼을 위해 하선하려 할 때 같은 동족이 바다를 벗어난다면서 제일 아쉬워한 사람이 바로 강 사장이다.

다랑어연승선 선장으로서의 항해는 강 사장에게 많은 부를 안겨주었다. 충만한 삶이 육지에 기다리고 있었으나 뭔가 아쉬웠던지 자신이 몰던 배와 같은 다랑어연승선 한 척을 마련했다. 그리고 강 사장이 직접 배를 몰았다.

첫 출어는 성공적이었다. 만선의 시기도 벚꽃이 만개한 일본의 야유회철이었다. 다랑어가 엄청나게 양륙되어도 도시락 스시 재료로 물량이 달리던 때였다. 운 때가 맞았는지 어창 한가득을 중심이라고 부르는 40킬로그램이 넘을 만큼 눈다랑어로 채웠다. 어가는 예상을 몇 배나 웃돌았다. 그야말로 대박이 터졌다.

내친 김에 강 사장은 중고선 한 척을 더 샀다. 그런데 뒤따라 나온 후임 선장이 조업을 시작하기도 전에 배를 좌초시키는 사고를 냈다. 탄자니아 앞 바다, 코로모제도의 한 산호초 섬이었다. 강 사장은 곧 현장으로 내달으며 가까운 마다가스카르의 디에고수아레스 항 해난구조 회사에 구원을 요청했다. 하지만 현장을 둘러본 프랑스 기술자들이 강 사장을 절망의 나락으로 빠트렸다.

"이초는 가능하지만 새 배를 건조하는 이상의 경비가 들어갑니다."

두 손을 들 수밖에 없었다. 가까스로 선원들만 빼낸 다음 배를 포기했다. 그게 악운의 시작이었다. 이상하게도 조업마저 순조롭게 되지 않았다. 선원들의 안전사고도 빈발했다. 결국 인도양에서 철수를 했다.

다랑어연승선을 유자망으로 개조해서 북태평양 빨강오징어잡이를 나갔다. 처음에는 비교적 호황이었다. 그런데 유엔해양법이 발효되면서 북태평양 빨강오징어 유자망조업이 금지되는 사태가 불거졌다. 엎친 데 덮친 격이다.

강 사장이 남미의 아르헨티나로 날아간 것은 그야말로 물에 빠진 사람이 지푸라기라도 잡는 심경 그대로였다. 그곳 포클랜드어장에는 오징어채낚기선이 출어하고 있었고 강 사장으로서는 대체어장이 필요하다는 절박감에서였다. 아르헨티나의 라플라타 항구에서 실마리를 잡았다. 남극이빨고기에 대해 정보를 들었던 것이다.

그런데 문제가 있었다. 뉴질랜드를 비롯한 11여 개국의 배들이 남극해가 비좁다하며 설치기 시작하자 남극해양생물자원위원회란 국제수산기구가 규제에 나섰다. 남극이빨고기라는 희귀어종의 멸종을 우려해서였다. 과학자들은 조업선으로부터 어획자료를 넘겨받아 어자원의 생산지속 가능량을 측정했다. 그에 따라 나라별로 조업선 척수를 제한시키면서 어획량도 제한하는 남극해양생물자원보존조치를 발효시켰다. 남극해양생물자원위원회는 각국에 입어허가를 발급하되, 남극조약에 가입한 나라로 한정했다. 강 사장은 아르헨티나에서 호주의 타스메니아 섬으로 날아갔다. 타스메니아에는 남극해양생물자원위원회 본부가 있었다. 때맞추어서 그곳에서 과학회의가 열렸다.

강 사장이 생각해볼 때 한국을 기국으로 하는 국적선은 입어권을 받을 자격을 충분히 갖추고 있었다. 남극조약 가입국은 한국을 포함한 12개국이었다. 한국은 수산물 어획량이나 수출량에서 수산강국이다. 게다가 남극반도 끝에 있는 킹조지 섬에는 극지연구소 세종과학기지도 설립해 나름대로 남극해의 보존에 힘을 보태고 있었다. 그와 같은 국력의 뒷받침으로 한국은 아슬아슬하게 어획할당량을 받아냈고 해양수산부에서 발급하는 입어허가는 강 사장이 설립한 수산회사 블루오션에게 할당되었다.

해양수산부로부터 남극이빨고기를 잡기 위해 남극해로 출어한다는 강 사장의 계획이 지나치게 대담하다는 비판도 있었다. 어쩌면 그 비판이 옳았는지도 모른다. 그때까지도 남극해는 탐험가들이나 가는 곳으로 알았기 때문이다. 그러나 새 어장 개척을 위해서는 우리도 남극해로 가야 한다는 지지도 받았다. 경영을 하는 사람들의 일반적인 잣대로 잰다면 강 사장은 무책임하고 무모한 사람일지도 모른다. 강 사장을 알고 있는 사람들은 다른 업종을 선택하라고 모두 말렸지만 말린다고 될 일이 아니었다. 강 사장에겐 딱히 다른 돌파구가 없었다. 또 그럴 만한 자본금도 넉넉하지 않았다. 강 사장에겐 자신의 꿈을 다시 꿀 수 있는 어떤 것이 절실했고 그것이 남극해로의 출어였다.

강 사장은 뉴질랜드의 티마루로 건너갔다. 그곳에서 남극해로 출어하는 조안나 호를 찾아냈다. 강 사장은 어구의 구성이나 조업방식 등에 관한 자료를 어렵게 수집했고 귀국하자마자 살고 있던 아파트까지 담보로 넣고 선박 운영자금을 만들었다. 곧이어 선박개조작업에 착수했다. 남승 호라 부르던 배의 이름도 피닉스 호로 개명했다. 거친 악천후에 대비하여 철판으로 갑판 전체를 덮어씌운 덮개도 만들었다. 강력한 출력의 양승기도 특별 제작하는 등 조업을 위한 만반의 준비를 갖추었다.

기관실은 700킬로와트 전기발전기 두 대와 1,500킬로와트 메인엔진으로 교체했다. 일반 선박의 경우 추진력을 내는 데 힘이 서서히 올라갔다. 그러나 전기추진 방식은 모터에서 추진기로 에너지가 순식간에 전달된다. 그래야만 폭발적인 힘으로 유빙을 부수며 항해할 수 있다. 볼바우(Ball bow, 선수 아래 돌출 부분)는 일반 선박의 두 배에 해당하는 두꺼운 저온특수철강을 덧댔다.

로이드선급에서 아이스클래스(쇄빙기능)로 인정받진 못했지만 피닉스 호는 영락없는 쇄빙선이자 반철갑선이 되었다. 그렇지만 바다에서의 위험은 언제 어느 때 그 마수를 드러낼지 모르는 일이다. 그렇게 하여 강 사장은 남극해로 출어를 감행하였는데, 어장에 도착하기도 전에 털보 기관장의 건강으로 암초를 만난 것이다.

"좋습니다. 언제 떠날까요?"

"뉴질랜드 입국 수속을 마치는 대로 탑승하시죠. 빨리 처리하면 사흘 정도가 걸리는데, 어떻습니까?"

수산부장은 그 자리에서 박 기관장의 여권을 받아갔다. 만약 이 상황에서 박 기관장이 날짜를 놓치면 피닉스 호의 출어는 말짱 도루묵이 되고 말았다. 12월 1일부터 개방이 되는 어장에 때를 맞추어 도착해야만 연승을 깔 수 있는 어장을 확보할 수 있다. 이미 외국 조업선들은 남극해를 향해서 출항했다. 하루라도 빨리 피닉스 호가 웰링턴에서 출항해야 했다. 그래야만 무한경쟁의 어획 쿼터 소진에서 1톤이라도 더 많이 남극이빨고기를 어획할 수 있었다.

박 기관장은 승선을 결정하자 이제나저제나 자신을 기다리고 있을 강 사장의 얼굴이 떠올랐다. 강 사장과 함께 다랑어연승선을 타던 때도 생생하게 기억났다.

박 기관장은 원양어업계의 어느 계약서에도 없는, 수당과 상여금이 두 배라는 조건에 혹한 것은 아니었다. 또한 짭짤하게 수입을 올려주던 러시아 어선들이 중국으로 수리업체를 바꾼 뒤부터 거의 일손을 놓고 있었기 때문만도 아니다. 오히려 자신의 신념에 따라 청춘과 목숨을 건 강 사장과 남극이빨고기의 어장, 남극해에 대한 호기심이 타고난 뱃사람인 박 기관장의 마음을 움직였다.

"바다로 나간다고?"

고향인 만재도에서 홀로 계신 어머니가 만류했지만 그로부터 일주일 후 박 기관장은 데리고 있던 심근수를 조기장(기관부원 조장 직급)으로 추천해서 웰링턴으로 향하는 에어 뉴질랜드에 몸을 실었다.

안전사고

　기관실을 벗어나 있어도 이명처럼 들려오는 소리는 박 기관장의 신경을 건드렸다. 박 기관장은 컨트롤 룸에서 몇 시간째 계기판을 노려보고 있었다. 뭐든지 간에 하나라도 놓치는 게 있어서는 곤란했다. 무슨 일이든, 어떤 경우이든 치밀하고 세심할수록 문제가 발생할 확률도 그만큼 적다는 것은 상식이다. 박 기관장은 오래전부터 그런 상식을 습관처럼 몸으로 터득한 사람이었다.
　메인엔진 소리, 발전기 모터소리, 기관 당직자들의 발걸음소리에 이르기까지 촉각은 곤충들의 더듬이 같이, 박 기관장의 눈과 귀 속에 생생하게 전해주었다. 얼기설기 얽힌 파이프와, 각종 배전판 눈금에다 오랫동안 시선을 고정하는 것은 쉬운 일이 아니었다. 양쪽 어깨와 무릎은 저리다 못해 마비되어 가는 느낌이다. 시간은 오후 두 시를 가리키고 있었다. 네 시간째였다. 정말 오랜만에 맛보는 긴장이었다.

"소리가 정말 안 들린다고?"

"저는?"

1기사는 언제나 박 기관장의 지시를 이행할 준비를 해놓고 있었지만 엔진소리 이외는 특별하게 들리는 소음은 확인하지 못했다. 박 기관장은 다시 한 번 기관실을 점검하도록 지시했다. 이명인가? 박 기관장은 고개를 갸우뚱거리며 자신이 너무 예민한 것은 아닌지를 생각했다. 박 기관장의 귀에는 분명히 웽웽거리는 소리가 온갖 기계소리에 묻혀서 들리고 있었다. 어디에서 나는 소리인지 정확하게 감지되지 않았을 뿐이다. 한동안 배를 타지 않았지만 기관실에서 단련된 감각과 신경조직이 '무언가가 다르다'라는 신호에 정확하게 반응했다. 박 기관장이 귀를 기울였다. 그때였다.

–부웅, 부웅, 부웅, 부웅 부웅 피닉스 호가 부서지도록 에어 혼(Air horn, 기적)이 연속적으로 울렸다. 약속된 신호에 의하면 비상 신호이며 선내 화재신호였다. 이미 계획이 되어 있는 훈련이었지만 막상 귀청을 찢는 에어 혼 소리에 박 기관장은 저절로 긴장이 되었다.

–선수 상갑판에 화재, 진화장비를 갖추고 브리지 갑판에 집합하도록, 다시 한 번 말한다. 선수 상갑판에 화재, 진화장비를 갖추고 브리지 갑판에 집합하도록.

곧이어 장 선장의 목소리가 앰프를 타고 선내를 울렸다. 선내 소화안전 훈련은 배가 항구를 벗어나서 스물네 시간 안에 실시하도록 규정되어 있었다. 그러나 실제 훈련은 이것저것 출어준비로 시간을 내지 못하였다가 늦게서야 실시하게 되었다.
　선원들은 훈련 전 자신에게 부여된 소방도구를 찾아들고 브리지 갑판으로 모여들었다. 이미 벌써부터 브리지 갑판에 위치한 소각로에는 화재를 가상한 화재가 실현되고 있었다. 불은 소각로를 가득 채웠다. 불길로 열기가 주변의 공기까지 후끈하게 데웠다. 1항사가 외국선원들을 향해 줄을 서라고 손짓했고, 선원들은 도착한 순서대로 늘어섰다. 1항사는 소화기를 들고 선원들 앞으로 나아갔다.
　"똑똑히 봐. 이게 CO_2소화기다. 잘 알겠지?"
　한국말로 천천히 설명하는 1항사의 목소리는 거칠고 느렸다. 그런데 거칠고 느린 말을 묘하게도 외국인 선원들은 알아듣는 눈치다. 모두들 한국 원양어선에 승선 경험이 있었던 까닭이었다. 1항사는 선원들에게 사용법을 설명하면서 손수 시범을 보였다. 1항사는 소화기를 들고 불길이 활활 일어나는 소각로를 향해 걸어갔다. 1항사는 숙달된 솜씨로 소화기 호수 끝을 소각로로 향하게 하고 안전핀을 제거하며 손잡이를 잡아당겼다. 쉬익! 하는 소리가 나면서 흰 CO_2기체가 소각로의 불길을 향해 발사되었다.
　"제롬. 한번해 봐."
　선원들 대표로 뽑힌 제롬이 소화기의 안전핀을 제거하고 호스

끝을 소각로로 향했다. 제롬이 손잡이를 당겼다. 그러자 쉬익! 하는 소리와 함께 소화기에서 CO_2가 발사되었다. 제롬은 소화기 끝을 이리저리 흔들면서 가볍게 화재를 진압했다. 1항사가 서너 명의 선원들을 더 지명해서 불을 꺼보라고 지시를 했고 지명 받은 선원들은 차례로 소화기로 화재 진압을 시현했다.

배에서 무엇보다 치명적인 것은 화재였다. 전기 누전이든 어떤 이유로 화재가 발생해서 초기에 진압하지 못하면 대부분 배를 잃게 된다. 강철로 된 배에 어떻게 불이 붙을 수 있나 하고 바보스런 생각을 하는 사람도 있겠지만 선체는 부식을 방지하기 위해서 페인트로 덧칠이 되어 있다.

페인트에 불이 붙으면 가연성이 높아서 금방 다른 곳으로 옮겨붙으며 높은 고열과 끝없이 뿜어대는 유독성 연기로 진화는커녕 화재 장소에서 탈출하기조차 어렵다. 선내에서 자주 소방훈련을 하지 않으면, 선원들은 당황할 수밖에 없고 화재가 발생했을 때 큰 낭패를 당하게 된다. 배를 잃어버리는 것은 물론 선원들도 생명을 보장할 수 없다.

"비상탈출 훈련도 해야지."

브리지에서 소방훈련을 지켜보고 있던 강 사장의 지시에, 장 선장은 알았다는 목례를 남기고 돌아섰다. 장 선장의 등 뒤로 끝없이 열려 있는 시퍼런 수평선이 한눈에 들어왔다. 남극해가 다가오자 수평선 위의 하늘은 보다 낮아지고 엷은 구름에 가린 하늘은 부염하게 변했다.

장 선장은 선원들을 데리고 구명뗏목이 붙어 있는 곳으로 이동했다. 장 선장은 1항사에게 구명조끼 착용을 지시했다. 1항사는 구명뗏목이 붙어 있는 맞은 벽 박스 안에서 구명조끼를 꺼내 숙달된 조교가 시범을 보이듯 착용했다. 마치 비행기가 이륙하기 전에 승무원들이 보여주는 비상탈출 안내와 같은 순서였다.

1항사는 몇 명의 선원들을 지목하여 구명조끼를 착용시켰다. 그런 다음 계획된 비상탈출계획서 플랜 A의 절차에 따라 팀을 나누었고 비상시에 팀이 타야 할 구명뗏목을 일일이 손으로 집어가며 알려주었다.

박 기관장은 멍하니 넋을 놓고 선원들의 훈련 모습을 지켜보다가 기관실로 돌아왔다.

박 기관장이 기관실로 들어서는 순간 여전히 신경을 거스르게 하는 소음은 사라지지 않고 들려왔다. 그것은 오랜 세월 동안 기계를 만지며 살아오는 동안 몸에 밴 박 기관장만의 본능적인 감각이었다.

긴장했던 탓일까? 박 기관장이 머리를 베개에 올리자마자 의식은 깊은 심연처럼 가라앉았다. 신경을 쓰지 않는다고 해도 오랜만의 출항이고 기관실을 책임지는 책임자였다. 자연히 긴장하지 않을 수 없었다. 기관실에 어느 것 하나라도 잘못되면, 강 사장은 물론이거니와 그동안 외상으로 수리해 준 박 기관장도 커다란 경제적 손실을 입게 된다.

먼 고대로부터 오늘에 이르기까지 뱃사람에게 만선은 최고의 선물이다. 바닷길로 나서는 뱃사람마다 마음속에는 만선에 대한 욕심이 있었다. 어창 가득 대어로 채우고자 하는 꿈이 깨어지면 안 되었다. 그렇기 때문에 박 기관장은 하루 종일 긴장감을 늦출 수 없었다. 메인엔진을 비롯하여 메인엔진에 동력을 공급하는 발전기도 정상적으로 작동했다. 평소 같으면 그렇게 쉽게 잠들지 못했다. 사실 잠을 못 자는 것처럼 고역인 일도 없었다. 그러나 이날만큼은 한꺼번에 풀린 긴장감 때문이었을까? 박 기관장은 정신없이 잠 속으로 미끄러졌다. 그러다가 정신을 차려보니, 바다였다.

뱃머리 앞 넓게 펼쳐진 수평선에는 어둠이 가득했고 구름 한 점 보이지 않는 하늘엔 별들만 반짝거렸다. 바다의 밤하늘은 늘 그랬듯이 크고 작은 별들의 윤곽으로 선명했다. 하늘을 보았다. 늙수그레한 남자가 보인다. 성긴 머리칼을 이리저리 날리며 불어오는 바람에 대항한 어깨는 잔뜩 움츠려 있었다. 한때는 세상 무서울 것 없는 용기가 있었고 또 한때는 세상을 모두 데울 만한 뜨거운 열정도 있었다. 하지만 지금은 뱃머리에 부서져 날리는 파도의 포말에도 몸을 사리며 두려워했다. 박 기관장은 아무리 꿈이라지만 이건 아니지, 라며 고개를 절레절레 흔드는데 누군가가 침실의 문을 쾅쾅 두드렸다.

"기관장님, 기관장님"

1기사였다. 무어라 대답할 사이도 없이 침실 문이 왈칵 열렸다. 깊은 잠에 빠져 있던 박 기관장이었지만 잠자리에서 용수철에 튕긴 듯이 일어났다. 본능적으로 시계에 눈이 갔다. 새벽 세 시였다.

"무슨 일이야."

"아만이 다쳤습니다."

"어딜?"

1기사 곁에는 안절부절못하고 있는 아만이 있었다. 아만의 왼손 검지에서는 검붉은 색의 피가 줄줄 흘렸다. 아만의 눈은 낚시에 걸려 갑판으로 끌어올린 물고기 눈처럼 고통과 경악으로 가득했다. 아만은 미드와치(00:00~06:00) 당직을 함께하며 1기사를 돕고 있었다. 그런데 그만 사고를 친 것이다.

아만은 인도네시아 족자카르타에서 정치외교학을 전공한 지식인이다. 그러나 혈연으로 이루어진 인도네시아 사회에서 배경이 뒷받침해주지 않아 좋은 일자리를 구하지 못했.

일이라곤 관광가이드 아니면 허름한 식당의 매니저 따위가 아만의 몫이었다. 두 아이를 기르자면 턱없는 수입이었다. 현실에서 거부할 수 없는 어떤 힘, 혈족의 배경 같은 어떤 운명 같은 것이 조금씩 아만을 해체시키면서 무너뜨렸다. 아만은 가장이 되어서, 무엇인가를 주고 싶은 가족에게 아무것도 줄 수 없는 현실에 절망했다. 아만은 현실의 늪을 빠져나오려 몸부림칠수록 더 깊은 나락으로 떨어지는 걸 느꼈다. 지금까지 아만을 지탱해 왔던 논리적인 사고. 자기 운명의 열쇠는 자기가 쥐고 있다고 철저히 믿었던 자아가 그렇게도 쉽사리, 그렇게도 한순간에 무너져 내리는 것을 믿을 수 없었다.

그런 아만을 박 기관장은 눈여겨보았다. 원양어선을 구경조차 못한 아만이었지만 적어도 정치외교학을 전공할 정도의 머리라면 충분하다고 생각했다. 아만의 텅 비어 보이는 눈에다 희망을 심어 줄 수 있을 것 같았다. 내성적이지만 머리가 뛰어난 아만의 손에 스패너를 들려준다면 최고의 기관원으로 둔갑할 것 같았다.

아만은 박 기관장의 기대를 저버리지 않았다. 명석한 머리에 세심하고 성실했다. 아만은 책임감마저 있었다. 아만은 자신의 잘못을 솔직히 인정했다. 잘못을 되풀이하지 않기 위해서 귀찮을 정도로 잘못의 원인을 파고들었다. 한 가지를 알려주면 열 가지를 알기 위해 노력했다. 아만은 승선한지 한 달 정도밖에 지나지 않았는데도 한국말을 더듬거리며 이해했다.

"메인엔진 로커 암(Rocker arm)에 손을 넣었습니다. 다행히 손가락 끝마디만 다쳤습니다."

1기사는 박 기관장의 눈치를 보면서 다친 상황을 설명했다.

남극해를 향해서 웰링턴을 출항한 지 나흘밖에 지나지 않았다. 벌써부터 선원들이 사고에 노출된다면 안 될 일이었다.

박 기관장은 어쩔 줄 몰라 하며 주춤거리는 아만을 소파에 앉혔다. 아만은 박 기관장의 눈길을 피해 고개를 푹 숙였다. 긴 한숨 소리가 아만의 입에서 흘러나왔다.

로커 암에 짓눌린 손톱은 살갗에 겨우 붙어 있었고 손톱 반대면의 살갗은 길게 찢어져 있었다. 박 기관장 판단으로 뼈엔 이상이 없는 것 같지만 적어도 다섯 바늘은 봉합해야 할 것 같았다. 아만이 박 기관장의 눈치를 보자 박 기관장은 아만의 눈길을 피하려 슬며시 자신의 오른손을 보았다. 박 기관장에겐 오른손 검지의 첫마디가 없다. 처음 승선했던 배에서 실기사(견습 기관사)로 근무할 때 동상으로 손가락을 잘라내며 얻은 상처였다.

1970년대에는 원양어업이 전 세계로 뻗어 나가던 때였는데 한 항차 승선 보합(保合, 성과급)으로 열다섯 평 소형 아파트를 매입할 수 있었다. 마치 미국의 골드러시처럼 사람들이 원양어선을 타려고 안간힘을 쓰던 시절이었다. 지금이야 다들 기피하는 직종이지만 당시에는 수산계 고등학교를 졸업해도 원양어선을 타려면 약간의 뒷돈까지 소개비로 내야 했다. 아무튼 박 기관장은 기관실로 배치되었다.

박 기관장은 당직사관의 보조 역할 이외도 이것저것 할 일이 많았다.

어창과 급냉실에 낀 서리 제거 작업도 박 기관장이 해야 했다. 하루는 급냉실을 청소하고 나왔는데 오른손 전체가 가려웠다. 그런데도 쉬지 않고 급냉실 청소를 하다 보니 오른손 전체가 벌겋게 부어올랐다. 그때서야 누군가가 동상에 걸렸다고 알려 주었다.

배에서는 동상에 걸린 박 기관장의 부기를 빼기 위해 서리태 삶은 물에 손을 담그게 했다. 그마저 며칠뿐이었다. 선원들의 부식으로 선적한 서리태를 박 기관장을 위해서 쓸 수는 없었다. 박 기관장은 급냉실 청소에서 열외되면서 부기는 내렸지만 오른손 검지 손톱 밑이 시커멓게 썩어 들어갔다. 당장 병원으로 가야 했지만 선장은 외면했다. 선장의 입장으로 보면 그럴 수도 있었다. 엄청난 돈을 들여 출항을 했는데 생명에 위험을 초래하는 것도 아닌 손가락 때문에 어장을 떠날 수는 없었다.

제일 먼저 손톱이 빠져 달아났다. 살갗이 썩어 떨어지며 흰 뼈마디가 드러나자, 선장은 뼈마디를 잘라내고 피부를 당겨서 봉합하라고 했다. 마침 군대에서 위생병을 했던 선원이 있었다. 부분적으로 마취는 했지만 쇠톱으로 뼈를 자를 때 들리던 소리는 무덤에 들어가도 잊지 못할 것이다. 그렇게 얻은 상처였다.

"어쩌다 이리 됐나?"

박 기관장은 아만을 데리고 브리지로 올라갔다. 박 기관장이 앞장섰고 아만이 뒤를 따랐다. '관계자 외 출입금지'라고 쓰여 있는 문을 열자 항해계기에서 나오는 빛에 브리지의 풍경이 눈에 들어왔다.

갑작스런 박 기관장과 아만의 등장에 1항사는 상황을 파악하고 아만을 해도실로 데려갔다.

"봉합바늘 좀 줘 봐."

"다섯 바늘은 기워야 되겠습니다."

1항사가 봉합바늘을 구급상자에서 찾아냈다. 박 기관장은 과산화수소수를 듬뿍 묻힌 거즈로 상처 주변의 피딱지를 깨끗하게 닦았다. 상처와 살갗에 엉켜 있던 피딱지가 사라지자 벌겋게 찢어진 상처 부위가 드러났다. 박 기관장은 상처의 중심을 가늠해서 바늘을 지긋이 밀어 넣었다. 마취를 하게 되면 회복이 느리기에 마취도 하지 않은 생살이다. 아만은 날카로운 봉합바늘이 살갗을 뚫자 이맛살을 찡그렸다. 박 기관장은 아만의 고통은 무시한 채 봉합을 시작했다.

박 기관장은 식은땀을 줄줄 흘리고 있는 아만을 보자 콧날이 시큰했다. 얼마나 아플까, 사는 게 다 그렇지. 그런 생각이 들자 박 기관장의 오래전 고통이 잘려진 손가락에서 다시 느껴졌다. 아만은 입술을 깨물었다. 박 기관장은 가톨릭 신자도 아니면서 자신도 모르게 아만의 가슴에다 열십자로 성호를 그었다. 자신이 느꼈던 고통만큼 아만의 가슴 깊은 곳에도 슬픔이 고일 것이다. 박 기관장이 다시 아만과 눈이 마주쳤을 때는 아만이 히죽 웃었다. 박 기관장의 마음을 알고 있다는, 걱정 말라는 의미 같았다.

박 기관장은 "참아"라고 중얼거리며 천천히 한 바늘 한 바늘씩 찢어진 살갗을 봉합했다.

"아프냐?"

박 기관장이 묻자 아만은 머리만 가로로 흔들었다. 박 기관장은 다섯 바늘의 봉합을 끝내고 봉합 부위에 포비돈 요오드 용액을 발랐다. 상처부위의 오염을 방지하기 위해서 거즈를 두르고 붕대를 이중 삼중으로 둘렀다. 치료를 마치자 아만이 고맙다는 의미로 가볍게 목례를 했다. 박 기관장의 눈길과 아만의 시선이 허공에서 마주쳤다. 한 집안의 가장인 동시에, 한 여자의 남편이고 자식들의 아버지이며, 외국배에 승선한 뱃사람이었다. 손가락이 뭉개져 병신이 될지도 모르는 현실을 받아들이는 아만의 태도는 어떤 것일까 하는 생각이 들었다.

육지에서라면 봉합수술까지도 해야겠지만 바다에서, 그것도 피닉스 호에서 선택할 수 있는 최선의 치료였다. 아만이 아니라 피닉스 호의 선주인 강 사장이 같은 사고를 당해도 똑같은 방법의 응급처치밖에 할 수 없을 것이다. 박 기관장은 아만의 상처에 세균이 감염되지 않기만을 바랄 뿐이다. 만약 으깨진 상처의 쇠독이 파상풍으로 발전하면 아만은 꼼짝없이 목숨을 잃어야 하는데, 이런 유사한 사고로 바다에서 목숨을 잃은 선원들도 여럿 있었다.

피닉스 호는 아만의 사고에는 아랑곳하지 않고 남극해를 향하여 달렸다. 육지와 바다의 경계는 부산항에서 마지막 계류삭을 거둬들이며 넘었다. 뱃사람의 운명은 전적으로 해신의 손끝에 달려 있다. 뱃사람이 되기로 선언한 이상 바다에서 목숨을 잃을 수 있다는 것을 각오해야 했다. 아만은 봉합자리가 고통스러웠다. 손가락을 움직이기도 불편했다. 손바닥을 쭉 펴고 한 손가락씩 접어야 그나마 겨우 주먹을 쥘 수 있었다. 하지만 그런 것들은 참을 수 있었다. 단지 참을 수 없는 건 자신의 어처구니없는 실수가 머릿속을 떠나지 않고 자신을 괴롭히고 있다는 것이다. 잠시라도 긴장을 늦추면 안 되는 곳이 바다였다.

지금의 상황에서 아만에게 한 가지 소망이 있다면 담배 한 모금, 그것이 절실할 뿐이었다. 그렇다고 박 기관장에게 담뱃불을 붙여 달라고 할 수는 없었다.

아만은 기관실에서 당직을 설 때마다 스스로 몸을 아낌없이 던졌다. 조금이라도 멈칫거린다면 위험 속에 자신을 노출시키는 것이라고 믿었다. 그런데 이번 사고는 자신이 너무 서둘렀다. 왜 자신은 결정적인 순간에는 실수를 하게 되는 걸까.

아만은 자신의 인생을 바다로까지 몰아낸 뼈저리게 아픈 지난 일들이 생생하게 떠올랐다. 가슴속 밑바닥에 평생을 간직하며 살아가야 할 몇몇의 얼굴들이 뿌연 안개 속의 실루엣처럼 눈앞에 아른거렸다. 고통을 참기 위해 꽉 다문 아만의 입술이 조용히 벌어지며

들릴 듯 말 듯 한 목소리로 뇌까렸다.

"스밀란…."

원양어선을 타겠다고 했을 때 눈물을 찍어내던 아내의 얼굴이 떠올랐다. 아만은 아내의 눈물을 못 본 척했다. 잔뜩 찌푸린 아만의 얼굴에는 씁쓸한 미소가 번졌다. 이렇게 스밀란을 추억하는 것은 그리움인가 아니면 후회인가. 아만은 조용히 눈을 감고 살갗을 파고드는 봉합바늘의 깊은 통증 속으로 빠져들었다.

출항이 스밀란과 마지막이라고 해도 아만은 받아들여야만 했다. 그건 뱃사람으로서 당연한 일이었다. 이런 일 정도는 아무것도 아닙니다. 나는 원하는 것을 위해서 목숨까지 걸 수 있습니다. 누가 인생의 한 치 앞을 내다볼 수 있겠습니까?라고 중얼거리는 것 같았다.

"이제 되었다."

박 기관장이 어깨 위에다 한쪽 팔을 올렸다. 윗사람은 필요한 말만 해야 믿음이 가기 마련이다. 말을 많이 하게 되면 사람이 가벼워 보여 상대에게 신뢰감을 주지 못한다. 박 기관장은 아무런 말도 하지 않고 어깨를 두드렸다.

"감사합니다."

아만은 더듬더듬 한국말로 감사한 마음을 표현했다. 그러면서도 박 기관장이 올린 팔이 의식되는지 몸을 가만히 비틀었다.

남극해란 목숨을 얼음 위에 걸어 놓고 본능과 직관으로 살아가야 하는 절대적인 곳이었다.

만선 속에는 기쁨과 환희가 큰 비중으로 자리하고 있지만, 고통과 인내는 더 큰 비중으로 자리하고 있다는 것을 박 기관장은 알고 있다. 또 만선이라는 축복을 받기 위해서는 얼마나 많은 선원들의 눈물과 고통을 겪어 내야 하는지, 또 얼마나 자신을 희생해야 하는지도 박 기관장은 알고 있었다. 이 정도로 상처가 마무리되는 것을 감사해야 했다.

박 기관장은 아만에게 항생제 몇 알을 쥐어주며 식사 후에 한 알씩 먹으라고 했다. 아만은 연신 머리를 조아렸다. 그래 우리는 살아 있음을 고마워 하자. 박 기관장은 브리지 창밖으로 밝아져 오는 하늘을 올려다보았다. 이제 겨우, 남극해 입구에 왔을 뿐이었다.

대권항해

브리지는 일반선원들의 출입이 극히 제한된 특별한 구역이다. 그곳은 항해사관과 조타수를 제외한 어느 누구도 얼씬거리지 못하게 되어 있었다. 박 기관장 역시 1기사 시절에는 단 한 번도 마음 놓고 브리지에 들어서 본 적이 없다.

1항사와 1기사가 서로의 업무를 침범하지 않는 바다의 오랜 관습에 의해서다. 그건 항해사들과 기관사들이 서로를 존경하는 의미이기도 했다. 그러나 지금은 상황도 다르고 생각도 달랐다. 기관장이란 직책의 박 기관장은 이곳이 어느 해역인가에 대해서만큼은 어느 정도 알고 있어야만 했다.

항해란 행위는 언제나 반전과 좌절과 공허가 가득 찬 세상 너머로 뱃사람을 데려다 준다. 다시 말하면 인생의 수천 가지 문제가 뒤얽힌 복잡한 육지에서 목숨의 보존만이 존재하는 단순한 차원으로 순식간에 탈바꿈시킨다. 피닉스 호의 기관장으로서, 항해하고 있는 배의 선위를 정확히 알아둘 책임이 있었다. 가령 배가 조난의 위기에 처하는 경우를 상정한다면 더욱 그랬다.

   피닉스 호 해도실의 절반은 테이블로 되어 있었고 테이블 위에는 뉴질랜드에서 웨들 해까지 나온 남극해 대축척의 대권항법도가 펼쳐져 있었다. 해도 주변으로 가지런히 정리된 항해일지와 항해용삼각자, 디바이더, 각종 전파항해장비가 사용하기 좋게 배치되어 있었고 선박의 추적이 가능하도록 프로팅(Ploting) 시스템과 위성전화기가 보기 좋게 붙어 있었다.

   "마치 남극탐험을 나선 기분이네."

   남극점 정복에 나섰던 새클턴 경의 심정이랄까, 박 기관장의 말에 장 선장이 소리 없이 웃었다. 장 선장은 강 사장이 남극이빨고기 정보를 얻기 위해서 뉴질랜드의 티마루로 갔을 때 현지에서 선미트롤(Stern trawl)을 경영하고 있는 후배에게 소개받은 뱃사람이다.

   장 선장은 강 사장 후배가 운용하던 트롤선에서 1항사를 했다. 그런데 뉴질랜드에서 어쩌다 보니 아가씨를 사귀게 되었고 사랑에 빠졌다. 장 선장은 한국 트롤선에서 어로계약이 끝났지만 한국으로 돌아가지 않고 그대로 주저앉았다. 배타는 일 말고는 특별난 재주가 없는 탓에 현지 배를 타게 되었는데 그게 바로 남극이빨고기 연승선인 조안나 호였다. 장 선장은 조안나 호에서 처음엔 갑판부원으로 승선했으나 뛰어난 업무 능력으로 브리지 근무를 하게 되고 초급항해사에서 1항사로 다섯 차례나 웨들 해를 오갔다.

피닉스 호는 첫 출어라 현장 상황을 파악하기 위해서 강 사장이 승선했지만 강 사장은 선장이 아니었다. 강 사장의 선장 제의에 장 선장은 쾌히 승낙했다. 강 사장으로서는 커다란 행운이었다. 게다가 알고 보니 장 선장은 박 기관장과 기수 차이가 컸지만 수산고등학교 후배였다.

남극해는 크게 로스 해와 웨들 해 프리이즈 만 그리고 뉴질랜드와 근접해 있는 발레리 아일랜드 구역으로 나누어져 있다. 피닉스 호는 웨들 해에서의 조업을 허가받았다. 박 기관장은 남극반도 끝을 지나서 나타나는 웨들 해 어딘가에 남극이빨고기 어장이 있는 것으로 알고 있다. 피닉스 호가 뉴질랜드의 웰링턴을 떠나 웨들 해까지 항해하려면 남극반도로 가기 위한 침로를 110도 정도로 잡아야 옳지 않겠는가. 그런데도 침로는 엉뚱한 방향인 150도였다. 항해를 모르는 박 기관장으로서는 이해할 수 없는 항해였다.

박 기관장이 고개를 갸우뚱거리자 장 선장은 피닉스 호의 침로에 대하여 설명 해주었다.

"저희는 지금 대권항법(Great circle sailing)을 구사하고 있습니다. 항정을 단축하기 위해서인데 예를 들면 비행기가 한국에서 미국 쪽으로 날아갈 때 동쪽방향으로 똑바로 날아가지 않고 알래스카의

앵커리지 쪽으로 올라갔다 내려가는 것과 같은 이치입니다."

"그러면 빙빙 돌아가니까, 거리는 더 멀어지지 않나?"

"아닙니다. 기관장님, 가령 저위도인 적도에서는 일 해리가 1,852미터지만 위도가 높아질수록 일 해리의 거리가 짧아집니다. 보통 항행선에서 사용하는 해도는 점장도인데 그건 지구의 둥근 면을 평평하다고 가정하여 제작한 것입니다. 그러나 대권도에서 남위 60도 00분선이라면 1해리는 적도보다 3분의 1해리로 거리가 줄어듭니다. 따라서 고위도에서는 대권항법으로 항해하면 점장도로 측정한 항정을 3분의 1로 단축할 수 있습니다.

항행선이 대양을 횡단하는 경우 중위도나 저위도 지역에서 동쪽이나 서쪽으로 항해하면 선박이 둥근 지구의 가운데 부분 즉, 반지름이 제일 먼 거리로 돌아가는 형태가 되어 오히려 거리가 더 멀어집니다. 그런 이유로 횡방향 거리가 짧아지는 남극해 쪽으로 비스듬히 남진하다가 남극반도 끝을 보고 올라오는 항해를 하게 됩니다."

"여기까지는 이해가 되십니까?"

"응."

하지만 너무 남극해 쪽으로 근접하면 레이더에 탐지되지 않은 유빙조각이나 혹시 모를 블리자드(폭풍)로 피닉스 호에 위험을 초래할 수가 있고 무엇보다 남위 60도 이남은 선급에서 보험을 받아주지 않습니다. 또 받아주더라도 각 위도별로 고가의 보험금이 책정이 되기에 보험의 마지노선인 남위 59도 59분선까지만 내려간 다음 거등권(距等, 적도평행소권)을 따라 090도로 항해를 해야 합니다. 이렇게 하는 항해를 대권항법 중에서도 항해사들은 집성 대권항법이라 합니다."

장 선장의 이야기인즉 그렇게 남극해 초입에 도달하고 그때부터 수많은 유빙을 피해가며 어장을 찾아야 한다는 것이다.

"남위 59도 59분선이라면 남극수렴대가 아닌가?"

항해에 관한 무지에 가까운 박 기관장이지만 그 정도는 알았다.

"예."

"위도가 높아질수록 기상은 더 나빠진다고 하던데?"

"맞습니다."

"그럼 왜 남위 59도 59분을 고집하지?"

"물론 더 고위도를 선택하면 항정은 더욱 더 줄어들겠지요. 남위 59도 59분선을 넘어 고위도로 진입하게 되면 유빙으로 항해에 위험을 초래할 수 있습니다. 뿐만 아니라 대권으로 항해함으로써 얻는 거리 단축보다 악천후나 유빙지대로 인한 속력저하로 항해일수가 더 증가하기 때문에 연료의 소비량이 늘어날 수 있습니다. 남위 60도 남쪽은 남극해양생물자원위원회의 수역입니다. 매일매일 위치 보고는 물론이거니와 심한 규제로 쓰레기 하나라도 투기할 수 없습니다. 아닌 말로 선원들이 매일 해결해야 하는 대소변도 모두 가루로 만들어서 배출해야 하고요. 거기에다 선박보험도 껑충 뛰어오르지요. 그래서 남극유빙의 남하한계선인 남위 59도 59분을 경제적 항해의 마지노선으로 여기는 것입니다."

그러면서 위도가 90도인 남극점에서는 그 자리에서 한 바퀴 맴도는 것만으로도 세계 일주를 끝내는 셈이 된다고 했다.

"허허, 명선장이 다 됐네."

"블루마운틴입니다."

장 선장이 원두를 손수 갈아서 핸드 드립한 커피를 권했다. 핸드 드립 커피는 담배를 피우지 않는 장 선장이 항해사 때부터 즐겨 마시는 기호식품이라고 했다. 그러면서 장 선장은 이런 게 뱃사람의 낭만이 아니겠냐고 말하며 웃었다.

원두는 에티오피아산 예가체프에 몇 알의 블루마운틴을 브랜딩한 제품으로 뉴질랜드에서는 1킬로그램에 미화 백 불을 호가하는 제품이라고 장 선장은 너스레를 떨었다. 가득 채운 커피 잔 위에는 앨버트로스의 흰 깃털 같은 자연산 크리머 막이 향이 기화되는 것을 막고 있었다. 제품의 질을 모르면 돈을 많이 주라는 말이 있듯이 과연 고가의 커피 맛은 으뜸이었다. 박 기관장은 미학에 관심 있는 미식가는 아니었지만 입 안에서 시큼털털하면서도 구수하고 달콤하게 퍼지는 커피 맛과 향은 일품이었다. 과연 장 선장이 자랑할 만했다.

박 기관장은 커피 잔을 들고 좌현 윙브리지로 나갔다. 바람에 머리칼이 날렸다. 박 기관장은 바지주머니를 뒤져 빵모자를 눈썹 위까지 눌러 썼다. 빵모자의 앞면에는 박 기관장의 머리글자 P자가 수놓아져 있었다. 출국 전 보내주신 택배에 들어 있던 어머니의 마음이었다.

웰링턴을 벗어나자 불어오기 시작한 바람이었다. 방풍재킷을 입기도 그렇고 안 입기도 어중간한 바람이 남태평양 끝자락을 싸늘하게 만들고 있었다. 항진하는 피닉스 호 좌현에 커다란 새가 항적을 따라왔다. 윙브리지로부터 2~3미터 남짓 떨어졌을까. 손을 뻗으면 깃털을 만질 수도 있는 거리였다.

"앨버트로스입니다."

앨버트로스는 모든 조류 중 가장 활공을 잘하는 새였다. 바람이 부는 날에는 매우 길고 좁은 날개로 날갯짓을 하지 않아도 수 시간동안 떠 있을 수 있다. 바람이 없을 때는 덩치가 크기 때문에 공중에 떠 있기 어려워 해수면에서 휴식을 취하면서 바닷물을 마신다. 보통 육지에서 멀리 떨어진 섬에서 무리를 짓거나 쌍을 이루어 날개 뻗기, 부리 부딪히기와 함께 끙끙거리는 소리를 내며 짝짓기를 한다. 수명이 길어서 장수 새이며 대항해시절 선원들은 단백질을 보충하기 위하여 낚싯바늘에 미끼를 달아 앨버트로스를 잡았다. 고독한 항해에서 발의 물갈퀴로 담배쌈지도 만들고 속이 빈 뼈는 담뱃대로도 만들었다 한다.

 가장 잘 알려진 앨버트로스는 검은눈썹앨버트로스, 검은다리앨버트로스, 레이산앨버트로스, 로열앨버트로스, 회색앨버트로스, 떠돌이앨버트로스 등이다. 떠돌이앨버트로스는 현존하는 조류 중 370센티의 가장 긴 날개를 지녔는데 남극권 부근과 남대서양의 일부 섬에서 번식하며 비번식기에는 남위 30도 이하 남반구 해양을 떠돌아다녔다. 박 기관장은 새를 자세하게 관찰했다. 몸뚱이는 흰 깃털로 쌓여 있으며 날개 위는 흑갈색을 띠고 있었다. 떠돌이 앨버트로스였는데 박 기관장을 노려보는 눈매가 사나웠으며 붉은 색의 부리가 두드러져 보였다.

 "여기까지가 우리의 인연이에요."

 문득 김해공항 탑승 게이트 앞에서 눈물을 훔치던 선연의 붉은 입술이 떠올랐다. 선연을 만나지 않았더라면 어떻게 되었을까.

 선연은 박 기관장과의 만남을 사랑의 맹목이라고도 했고 만용이라고도 했으며 어떤 때는 낭만이라고도 했다. 그때 박 기관장은 육지에 내린 지 5년차였고 아내와 헤어지고 수리업체를 막 개업했던 시기였다. 날이 밝기 전에 수리업체로 나와 공구를 닦는 것으로 하루를 시작했고 어둠이 완전히 내린 후에야 공구를 다시 정리하는 것으로 하루를 마감했다. **빡빡한** 수리일로 옆도 돌아볼 수 없을 정도로 바쁜 일상이 반복되었다.

그러던 어느 날이었다. 모터를 수리해 준 배의 사장으로부터 회나 한점하자는 연락을 받고 나간 횟집에 선연이 있었다. 횟집은 자갈치 신동아 회 센터에 있는 영도 상회란 노점횟집이었다. 회집 사장이 여자고 예쁘기도 했지만 무엇보다 횟값이 저렴했다. 박 기관장이 단골이 된 후로부터 싱싱한 횟거리가 들어오면 여사장이 먼저 알려 주기도 했다. 술 생각이 나면 부담 없이 찾던 횟집이었다. 그날 박 기관장은 선연과 무려 3차까지 옮겨 다녔는데 마지막에 간 곳은 선연이 경영하는 노래주점이었다.

"박 사장님, 저에게도 한 잔 주세요."

주점의 주인이지만 맥주밖에 마실 줄 모른다는 선연은 박 기관장에게 술잔을 청했다.

"맥주?"

"마시는 걸로 저도 마시지요."

박 기관장이 술을 따르는 순간 두 손으로 술잔을 받는 선연의 손끝이 박 기관장의 손끝에 가볍게 스쳤.

이마로 흘러내린 몇 가닥의 머리카락을 쓸어 올리면 보일 듯 말듯 한 미소와 함께 앙증맞게 보이는 보조개가 무척이나 인상적으로 눈에 와 닿았다. 박 기관장은 그때 선연과는 어떻게 엮이든 인연이 생길 것이란 예감이 들었다.

"박 사장님에게는 애인이 없다고 했지요."

선연이 느닷없이 물었다. 그러고는 박 기관장이 대답도 하기 전에 말을 이어갔다.

"요즈음 제가 외롭고 쓸쓸한데요. 박 사장님에게 이상하게 끌리네요. 어떤가요, 때때로 제게도 시간을 내주실 수 있는가요?"

선연은 박 기관장이 마음에 들었던 모양이다. 사실 박 기관장은 어디에 내놔도 빠질 얼굴은 아니다. 게다가 뱃사람 특유의 고독함과 우직함마저 가지고 있었다.

"선연 씨. 저는 가정이 있습니다."

박 기관장은 아내와 헤어졌다고 말하기 싫어서 거짓말을 했다.

"호호 그런가요? 그럼, 안되겠군요. 좀 아쉽군요. 아내 되시는 분에게 큰 실수를 저지를 뻔했네요."

박 기관장은 선연의 웃음을 뒤로 하고 주점을 나왔다. 그러나 몇 발자국 걷지도 못하고 멈추었다. 이날따라 선연이 몸에 꽉 끼게 입은 청바지가 무척이나 육감적이었고 허리에서 엉덩이로 이어지는 곡선이 유별나게 선정적이라는 생각이 들었다. 취기였을까? 갑자기 선연을 안고 싶다는 욕망이 발걸음을 붙들었다.

"친구로 지내죠."

주점으로 뒤돌아온 박 기관장이 그렇게 말하자 선연은 기다렸다는 듯이 말을 놓았다.

"어머, 어떤 친구? 그러니까, 하고 싶은 이야기를 마음대로 할 수도 있고 들어줄 수 있는 친구. 가슴 속에 묻어 준 이야기를 누군가에게 하고 싶어 미칠 것 같은 때, 그런 느낌 아세요? 상대가 필요한 거죠. 진실한 이야기 상대 말이죠. 남편? 아내? 아니죠. 그보다 더 느낌을 주는 사람은 자신의 약점까지 드러내 놓고 이야기 할 수 있는 친구. 그러죠. 박 사장님과는 그런 친구가 되고 싶어요."

박 기관장은 대답을 하지 않았다.

"싫으세요?"

선연은 박 기관장의 대답을 기다리는 대신에 자리를 옮겨와서 어깨를 기댔다. 수리업체를 하면서 노동으로 다져진 박 기관장의 몸은 적당한 근육질과 단단함을 잃지 않았고, 그런 점에 있어서는 본인 스스로 생각해도 만족스러웠고 자신감도 넘쳤다.

"어쩌면 박 사장님을 좋아하게 될지도 모르겠어요. 그러나 지금은 허전함만 위로받고 싶어요."

선연의 어깨는 보기보다 자그마했다. 박 기관장은 손끝에 힘을 주어 어깨를 끌어 당겼다. 긴장된 맥동이 손가락 끝으로 전해졌다. 선연의 심장도 박 기관장처럼 급박하게 뛰고 있는 게 틀림없었다. 다시 전율이 일었다. 그러자 무엇인가를 해야 한다는 압박감이 박 기관장을 서두르게 했다. 박 기관장은 떨리는 손으로 선연의 뺨을 감쌌다. 선연은 눈을 감았다. 천천히 선연의 얼굴로 다가가던 박 기관장은 잠시 멈칫거렸다. 그러자 선연이 박 기관장의 허리를 당겼다. 선연의 입술이 코앞에 있었다. 박 기관장은 자신의 입술을 선연의 입술에 얹었다. 선연의 몸에서 가느다란 떨림이 느껴졌다. 박 기관장은 격정을 이기지 못하고 선연을 힘껏 끌어안았다.

그날 박 기관장의 자제력은 평소와 달리 전혀 브레이크를 걸어주지 못했다. 왜 그랬을까? 오래전? 아니 그보다 먼 전생에 정해진 인연의 끈이 마주 닿았던 것일까? 박 기관장은 선연과 그날 밤을 함께 보냈고 시간이 흐르면서 연인 사이로 발전했다.

박 기관장의 눈길이 수평선으로 향했다. 선연의 얼굴을 떠올릴 때마다 가슴이 답답해졌다. 주머니에서는 빈 담뱃갑만 나왔다. 장 선장이 눈치를 채고 다가와 얼른 한 개비를 건넸다. 박 기관장은 담배에 불을 붙이고 길게 빨아 당겼다. 그리고는 긴 한숨처럼 담배 연기를 뿜었다. 선연아, 안녕이다. 박 기관장의 눈앞에서 선연의 모습이 안개처럼 흐릿하게 흔들렸다. 연기가 사라지자 선연의 얼굴도 사라졌다.

"박 사장님과 영원히 함께할 수는 없어요. 눈에서 멀어지면 마음에서도 멀어진다는 이야기를 알고 계시죠. 저가 그렇게도 애원했는데 바다로 가시겠다니 더 이상 붙잡을 수 없군요. 저는 현실적인 여자예요. 바다로 떠난 남자를 기다리며 살고 싶지는 않아요. 한때의 감정만으로 서로를 지탱할 수는 없는 거죠. 좀 더 솔직하게 이야기할까요. 바다로 가신다니, 저가 아무리 발버둥을 쳐봐도 박 사장님과 나는 섞일 수 없는 존재 같군요. 가슴이 아프군요."

탑승을 알리는 안내가 로비의 모니터에서 깜빡거렸다. 이날따라 선연은 붉은 립스틱에 이별 분위기에 어울리는 검정색 긴 패딩코드에 검은 롱부츠를 신고 있었다.

"있어도 없어도 그만인 존재, 사랑받지 못하는 존재. 저는 박 사장님에게 무엇이었던가요. 아마도 여자로서 그것처럼 비참한 모습은 없겠죠. 박 사장님 출국을 계기로 헤어져야겠어요. 건강 조심하시고 바다에서 돌아오시더라도 저를 찾지 말아주세요."

선연의 이별통보가 아프게 와 닿았으나 박 기관장은 아무런 내색 없이 그저 뉴질랜드행 표만 움켜잡았다.

"추우신가 봐요."

장 선장이 힐끔거리며 박 기관장을 바라보았다. 그러나 박 기관장의 심각한 표정에 머쓱해져 입을 닫고 말았다. 장 선장과 박 기관장은 묵묵히 뱃머리를 쳐다보았다. 잿빛 구름이 몰려왔다. 뱃머리에 부딪쳐 깨어진 파도가 윙브리지까지 날아들었다. 파도는 지금쯤 어딘가로 떠나가고 있거나 어딘가에서 다가오고 있을 것 같은 선연에 대한 박 기관장의 마음 같았다. 박 기관장은 머리를 가로로 흔들었다. '사랑은 항구마다 두고 가는 마도로스의 잔상 같은 것이다'라고 마음을 다잡아도 박 기관장에게 있어서 선연과의 헤어짐은 무저갱 같은 상실감이다. 작고 부드러운 어깨를 어루만질 수 없어도 어쩔 수 없다고 생각했다.

 괜찮다. 정말 괜찮다. 그러나 무엇이 괜찮은지 박 기관장도 알 수 없었다. 선연이 왜 이별을 통보하는 것인지도 알지 못했다. 무엇이 잘못되었던 것일까? 그냥 선연에게 다른 남자가 생겼다고 마음을 편하게 먹었다. 피닉스 호로 출국하기 전 여러 가지 일들이 겹쳐 생기며 선연에게 신경을 많이 쓰지 못한 것은 사실이다. 박 기관장으로서는 그동안 마음으로 기대왔던 기둥이 꺾인 것이다. 박 기관장이 출국을 포기해야만 하는데 그럴 수는 없었다. 출항과 이별은 엄연히 다른 것이다. 다시는 선연을 볼 수 없었다. 선연의 맑은 눈을 들여다볼 수도, 선연의 부드러운 목덜미를 어루만질 수도, 가느다란 허리를 끌어안을 수도 없게 되었다.

 "바다로 돌아가는 것이다. 모든 세상일은 깨끗이 잊어야 한다."
 박 기관장은 크게 심호흡을 하듯 숨을 들이쉬며 중얼거렸다.
 남극해에서 그리움에 갇히게 되더라도, 잊을 수 없겠지만 묻을 수는 있을 것이다. 힘을 내자. 박 기관장은 주머니를 뒤져 핸드폰에서 선연의 전화번호를 찾았다. 힘껏 삭제 버튼을 눌렀다. 잘 지내라, 선연아. 핸드폰에서 순식간에 전화번호가 지워졌다. 선연과 함께했던 모든 시간들이, 간직하고 있던 많은 사진들이 그와 동시에 사라졌다. 박 기관장의 가슴은 날카로운 비수가 심장에 박히는 듯 아려왔다.

"앨버트로스가 보이니까 사나흘만 더 가면 얼음의 세계입니다."

그제야 장 선장이 자신에게 하는 말소리가 들려왔다. 그렇지 않아도 로스 해가 있는 남극대륙으로부터 서서히 얼음이 녹고 있었다. 유빙은 남극대륙의 빙하와 빙상의 경계로부터 떨어져 나온다고 알려져 있다. 유빙이라니, 남극해가 점점 가까워진다는 것인가? 마스트(Mast, 주기둥) 위에서 바람이 없어서 힘겹게 날고 있던 앨버트로스가 양묘기 덮개 위로 내려앉았다. 몸집이 워낙 커서 바람의 도움 없이는 날아오를 수 없다는 신화 속 바닷새는 박 기관장을 마중하는 것 같았다

"기상이 험악해질 징조입니다."

장 선장이 중얼거렸다.

"저 새는 바람이 없으면 날지 못하거든요."

장 선장의 말에 이제 피닉스 호는 바야흐로 남극권에 접어들고 있다고 박 기관장은 생각했다.

앨버트로스

출항하고부터 날씨가 좋았던 탓에 항해는 순조로웠다. GPS에 피닉스 호의 위치가 남위 59도 59분으로 찍혔다. 윙브리지로 나선 강 사장 어깨 너머로는 남극해로 향하는 바다가 펼쳐져 있고 수평선은 텅 비어 있다. 그동안 남빙양에 취한 듯 강 사장은 입을 꽉 다물고 턱을 약간 들어 수평선 너머를 보고 있었다. 박 기관장도 함께 수평선을 보았다. 수평선은 강 사장이 꾸고 있는 꿈처럼 넓었다. 그리고 남극해가 아니면 볼 수 없는 어떤 위엄으로 가득 차 있었다.

"날씨 한번 좋다."

강 사장이 하늘을 향해서 팔을 쫙 벌렸다.

대기의 기온이 영하로 뚝 떨어져 있었고 서쪽에서 불어오는 바람에는 눈발까지 섞여 체감 온도는 더욱 낮게 느껴졌다.

선원들은 아침 일찍부터 어구조립에 동원되었다. 모두들 방한복과 방한화로 중무장했는데 여기저기서 콜록거리며 기침을 해대는 통에 준비해 온 감기약이 모자랄 형편이었다. 남극해 남극이빨고기 조업에는 많은 규제가 있다. 토리라인이라는 것도 수많은 보존조치 중의 하나였다.

토리라인은 투승이나 양승 때 생기는 찌꺼기를 먹으려 선측으로 접근하는 바닷새의 접근을 경고하는 장비였다. 길이가 150미터나 되는 토리라인은 남극에서 퇴역하는 순간까지 설치하고 다녀야 했다. 거기에다 양승 현에는 양승 때 낚시에 남은 미끼를 탐내서 달려드는 바닷새의 접근을 막기 위해서 버드 머플러도 설치해야 했다. 규정을 위반하고 작업을 하다 경비정이나 비행기에서 사진이라도 찍히면 즉시 남극해에서 퇴출되고 어업허가장마저도 취소되었다. 보존조치를 어기게 되면 적발 즉시 남극해에서는 영원히 조업을 할 수 없도록 처벌이 강력했다. 남극해가 첫 출어인 피닉스 호에 토리라인이 있을 턱이 없었다.

강 사장의 지시를 받은 1항사는 스트리머라인(주낙) 설계도를 펼쳐 놓고 갑판에서 토리라인을 만들기에 열중하고 있었다. 1항사는 남극해 남극이빨고기 저연승선은 처음이다. 1항사의 승선경력은 모두 다랑어연승선에서 쌓았다. 오랜 항해사 경력이 있음에도 불구하고 선장이 되지 못했다. 운도 운이지만 선원으로부터 뱃생활을 시작한 1항사에게는 아만처럼 배경이 없었다.

금수저라 불리는 일부 사람들은 선대로부터 선택을 받은 삶이지만 보편적인 사람들의 삶이란 스스로 선택해야 하는 과정이라고 한다. 인생의 모든 것은 선택의 타이밍이다. 미래를 갈망하는 꿈도 선택이고 현실에서 가능성 있게 하는 것도 어떻게 보면 선택이었다. 세상에서 흔히 말하는 성취라는 것은, 그 선택의 과정을 겪었기 때문에 얻는 것인데 선택조차 할 수 없는 배경이라면 낙담할 수밖에 없었다. 1항사는 학연이나 지연이나 심지어 혈연조차 없었다. 1항사는 고아였다. 선장이 될 수 없다는 것을 알게 된 후부터 절망에 빠졌고 그런 절망감은 선택할 수 없는 삶의 모든 것을 엉망으로 만들었다.

　사람은 저마다 삶의 모양이 있다. 세상의 사물이 제각기 다른 모습을 하고 있는 것처럼 삶의 모습도 여러 모양이다. 오랫동안 승선했지만 선장이 될 수 없다는 절망이 꿈도 빼앗아 갔다. 사리대로 되지 않는 현실에서 승선계약을 제대로 마치는 배가 없었고 실망한 애인마저 떠나갔다. 그때서야 겨우 정신을 차리고 선택한 배가 피닉스 호였다. 피닉스 호의 항해가 남극해이었기 때문이다. 1항사는 남극해에서 자신을 정화시키고 싶었다. 아니, 어쩌면 마음속 깊은 곳에는 남극해에서 아무도 모르게 사라지고 싶은 마음이 더 컸는지도 모른다.

　"수고하십니다."

모든 일은 화기애애한 분위기 속에서 진행되고 있다. 선미갑판에 들어 선 박 기관장이 인사를 건네자 1항사가 웃으며 반겼다.

"수고는 기관장님이 더 하시는데요."

선미갑판에서 일하는 대부분의 갑판원은 인도네시아 선원들이다. 그 중에는 승선 경험이 많은 선원도 있지만 처음으로 뱃전에 발을 디딘 선원들도 있다. 인도네시아 오지로부터 온 선원들은 영양상태도 좋지 않을뿐더러 승선 경험이 전혀 없어서 뱃멀미에 시달리고 있었다. 웰링턴을 출항하고부터 피닉스 호는 오른쪽 선미에서 약간의 횡바람을 받고 달렸다. 때문에 선체가 좌우로 많이 흔들렸고 배가 좌우로 흔들릴 때 더욱 심해지므로 뱃멀미를 떨쳐내지 못하고 있었던 것이다.

"슬라맛 빠기."

박 기관장은 누구랄 것 없이 모두에게 인도네시아 말로 인사를 했다. 여기저기서 와 하는 함성이 들렸다. 인도네시아 선원들이 엄지와 검지를 모아서 화답했다. 엄지와 검지를 모아 만든 동그라미는 매우 좋다는 뱃사람들의 은어였던 것이다.

피닉스 호의 선원구성은 다국적이다. 한국, 인도네시아, 필리핀, 한족, 베트남이었는데 인도네시아 선원들이 절반을 차지했다.

일은 베트남 선원들이 잘했지만 인도네시아 선원들은 천성적으로 순수했고 인건비가 다른 외국인 선원에 비해서 낮았다. 승선계약도 다른 외국선원들은 1년이었지만 이들은 2년이었는데 낮은 인건비와 선원교체 비용의 비용이 낮아서 다른 외국선원 한 명을 고용하는 비용으로 인도네시아 선원은 두 명을 고용할 수 있었다. 게다가 베트남 선원처럼 약아빠지지 못했다. 박 기관장은 그래서 인도네시아선원들에게 정이 더 갔다. 그러다보니 인도네시아 선원들과 자주 어울리게 되고 말도 배우게 되었다.

"이것 좀 마셔보세요."

1항사를 돕고 있던 제롬 곁에서 아만이 다가오며 보온병에 든 차를 따라주었다.

"손가락은 어때?"

아만이 손가락을 보여주었다. 손가락의 실밥은 이미 제거했다. 봉합한 상처는 아만의 건강한 정신만큼 회복의 속도도 빨랐다. 혹시나 손톱이 빠진 자리가 오염될까 봐 드레싱은 계속하라고 지시했는데 드레싱을 하지 않아도 될 만큼 좋아보였다. 원한다 해서 다 가질 수도 없는 게 인생이고 원치 않는다 하더라도 불의의 일격이 저격수의 총알처럼 꾸역꾸역 날아오는 것이 인생이다. 어쩌면 그런 게 있음으로 해서 사람들은 인생을 보다 더 새롭게 계획하는 것인지도 모른다. 손가락에 흉터야 남겠지만 그만하길 다행이었다.

남극의 바다는 굳이 말로 표현하지 않아도 좋을 만큼 박 기관장을 사로잡았다. 광활하게 펼쳐진 남극대륙에서부터 불어오는 바람은 마치 가슴속 깊은 곳까지 얼려 버릴 것 같았고 일조량이 부족한 바다는 검푸른 색으로 철썩거렸다. 오염이 되지 않은 신선한 대기는 삶에 찌든 몸과 마음까지도 깨끗이 씻어 주는 듯했다.

바람이 차가워지며 날카로워졌다. 마치 단단한 고드름이 온몸을 파고드는 느낌이었다. 남극해가 점점 가까워지고 있었다. 박 기관장은 어머니가 보내주신 택배상자를 뒤져서 발열내복을 찾아 입었다. 백야가 시작되어 이미 어두워졌지만 수평선이 어두워지자 항해등에 불이 들어왔다. 상선들이 다니는 항로도 없고 그렇다고 5,000미터나 되는 수심에 조업선이 있을 턱이 없으나 항해사들은 잊지 않고 항해등을 점등하고 소등했다.

아침부터 폭설이 쏟아졌다. 처리갑판으로 나가는 해수공급 파이프가 부식으로 파공이 생겼다. 박 기관장은 아만을 데리고 파이프를 절단했다. 눈발은 이중으로 되어 있는 선미갑판까지 날아들었다. 함박눈이 내리고 있었기 때문에 바다는 마치 만재도 겨울바다 풍경 같았다. 선연과 함께 바닷가 벤치에서 보았던 눈 내리던 날의 풍경 같았고 출국을 만류하며 훌쩍이던 낮고 슬픈 선연의 울음소리 같았다.

박 기관장은 마음을 가라앉히려고 상갑판으로 발걸음을 옮겼다. 그동안 바다는 언제 눈이 내렸냐는 듯 햇살이 쏟아져 내렸다. 피닉스 호가 남극으로 접근해 가자 날씨 변덕이 요란했다. 눈이 내렸다가 해가 나고 다시 구름이 끼고 구름이 어느 순간 짙어지며 우박이 쏟아지고 도통 종잡을 수 없었다. 마치 출국 직전 기관장이 맛보았던 선연의 서늘한 마음과 같았다.

이날은 이래저래 일거리가 많이 생겼다. 파이프를 교체하자 와인딩 드럼으로 가는 유압라인에서 이상한 소리가 나고 힘이 없다며 갑판장이 박 기관장을 찾았다.

와인딩 드럼은 남극이빨고기 연승선에서 무엇보다 중요한 장비였다. 1,000에서 2,000미터 수심에서 연승을 끌어올리는 어로 장비인데 기관실 정비로 데크에 있던 어로장비까지는 미처 점검을 못하고 있었다. 1기사나 조기장이 점검을 해도 되었지만 박 기관장 성격이 이를 용납하지 못했다. 1기사나 조기장은 자신들을 신뢰하지 못하는 박 기관장에게 불만이겠지만 모든 것은 본인이 손수 확인해야 했다.

와인딩 드럼은 이상이 없었다. 와인딩 드럼을 설치하고 유압라인을 연결했던 설치 팀들이 바이패스(Bypass, 과부하유압 컨트롤 밸브)를 헐겁게 열어 놓은 탓에 유압펌프에서 오는 유압의 흐름이 원활치 않았던 것이다. 박 기관장이 바이패스를 오픈하고 와인딩 드럼을 운전하자 유압계수가 상승하며 운전이 되었다. 그 외에도 탈수기의 전원이 들어오지 않던가, 선원들이 사용하는 전기히터가 작동을 하지 않던가, 포트 현에 설치되어 있는 유빙 감시용 CCTV의 화면이 먹통이 되던가, 주방의 조리용 열판이 단락되었다. 와인딩 드럼을 제외하고는 모두 전기계통의 고장이었다. 특별한 원인은 없는 것 같았다 모두 오래되고 낡은 것들이었다. 피닉스 호 개조로 엄청난 경비가 발생하자 수리가 급하지 않고 당장 고장이 없는 것들을 미뤄 놔두었던 것들이었다. 박 기관장이 생각하기에는 날씨가 갑자기 추워지자 늘어난 전기 사용량으로 과부하가 걸리면서 발생한 것들이었다. 오늘 역시 기억되지 않을 뱃사람의 날들 중의 하루로 지나갈 것이다. 일과를 마치고 침실로 돌아온 박 기관장은 벽면에 걸려 있는 달력을 물끄러미 쳐다보았다.

그렇게 며칠을 더 항해하자 피닉스 호 주변을 배회하던 앨버트로스는 보이지 않았다. 남극해를 여름이게 짐작하게 하는 것은 엷고 반투명한 햇살뿐이다. 브리지 외벽에 붙은 온도계의 마이너스 수치가 차가운 느낌을 더하게 했고 스며들 듯 선실 유리창을 덮어오는 성에는 한밤이 되면 몸을 움츠리게 했다. 박 기관장은 두껍게 껴입은 방한복이 불편한 가운데도 남극해에 도착했다는 것을 실감하지 못했다. 하루 종일 붙어 있는 기관실의 열기도 열기지만 남극해의 대표적인 풍경, 유빙이나 빙산을 아직까지도 만나지 못했던 것이다.

처리갑판은 바닷물의 유입을 저지하기 위해서 철판으로 지붕을 만들어서 이중으로 되어 있다. 웰링턴을 출항하기에 앞서서 박 기관장이 백열등 조명을 모두 LED조명으로 교체한 탓에 처리갑판은 대낮 같이 밝았다. 이날도 갑판부원들은 삼삼오오 모여서 줄을 자르거나 목줄에 낚시를 매거나 갑판장에게 부여받은 일거리에 열중하고 있었다.

"어서 오십시오."

어구 제작을 지휘하고 있던 갑판장이 박 기관장하고 눈이 마주치자 먼저 인사를 건넸다. 갑판장은 입도 대지 않은 것이라며 종이컵에 든 믹스커피를 권했다. 사실 박 기관장은 카페인 반응이 예민해서 믹스커피는 마시지 않았다. 그렇지만 갑판장이 권한 것은 커피가 아니라 뱃사람의 마음이고 정이었다. 맛있게 마셔 주는 것이 뱃사람의 의리이고 서로의 결속을 단단하게 하는 일이었다. 박 기관장은 맛있다는 시늉을 하듯 믹스커피를 목 안으로 쏟아 부었다.

남극이빨고기를 잡기 위해서 사용하는 어구 조립은 세 가지 방법이 있었다. 첫 번째는 오토라인 스타일이고 두 번째는 스페니쉬 스타일의 '아파니오'이고 다른 한 가지는 트롯이었다. 오토라인은 뉴질랜드조업선과 유럽조업선들이, 아파니오는 스페인과 칠레 등 남미조업선이 선호했지만 강 사장이 선택한 어구는 트롯이었다. 스페니쉬 스타일 오토라인은 다랑어연승 어구 구성과 비슷했지만 트롯은 어구의 구성이 복잡했다. 그 대신 바이캐치(by catch, 의도하지 않은 어획물) 어획량이 적었다. 트롯은 메인라인에 27미터 간격으로 브런치 라인을 설치하고 그 끝에 3미터의 트롯 라인을 연결하는데 트롯 라인에는 1미터마다 세 개의 목줄이 있고 각각 30센티의 목줄 끝에는 네 개의 낚시가 매달려 있었다. 그러니까 브런치 라인 하나에 낚시가 열두 개나 매달리는 것이다. 그리고 침적율을 높이기 위해서 트롯 라인 끝에 5킬로그램 무게 추를 조류의 강약에 따라 하나 내지 두 개씩 달았다.

박 기관장은 양승기 쪽으로 발걸음을 옮겼다. 그리고 메인 전원을 넣고 와인딩 드럼을 작동시켰다. 일전에 갑판장으로부터 와인딩 드럼이 이상하다기에 점검은 해서 이상이 없었지만 다시 한 번 점검한다고 와인딩 드럼이 닳는 것은 아니었다.

와르릉거리는 소리와 함께 와인딩 드럼이 돌아가기 시작했다. 와인딩 드럼은 1,000에서 2,000미터 수심에 가라앉은 메인라인을 끌어올리는 장치였다. 깊이도 깊이지만 메인라인에 설치된 브런치 라인과 그 끝에 매달린 트롯, 그리고 낚시를 물은 남극이빨고기를 갑판으로 인양하자면 엄청난 힘이 필요했다. 박 기관장은 와르릉거리며 돌아가는 와인딩 드럼에 이리저리 부하를 채워 가며 분당 회전수를 확인했다. 와인딩 드럼의 회전수는 완벽했다.

박 기관장은 작업 중인 갑판부원들을 둘러보았다. 육지 사람들은 각자 자기에게 알맞은 직업에 종사하면서 삶을 영위하려고 하지만 뱃사람들은 두려움을 모르는 사람들이었다. 미래는 불확실했고 곁에 죽음만 있는, 바다를 택한 사람들이었다. 박 기관장이 바다를 떠나면서 한동안 잊고 살았던 세계였다. 알고 보면 박 기관장이 육지에 머물렀던 시간은 스스로 무의식 안쪽에 숨겨 놓은, 후회와 회한의 시간이다.

어떤 사람들은 박 기관장의 수리업체만 보고도 부러워했지만 들여다보면 갈등과 혼란의 늪에서 허우적거린 시간이다. 일감을 얻기 위해 자존심을 팔아야 했으며, 결제를 기다리며 낡고 컴컴한 철공소에서 사람들에 대한 증오로 얼마나 가슴을 쓸어내리곤 했던가. 바다는 뱃사람들의 살아가는 무대이며 순정한 땀방울이 철썩되는 곳이며 가짜는 끼어들 수가 없는 신성한 곳이었다. 서로에 대한 신뢰로 목숨을 이어가는 순결한 세상이다. 과연, 나는 선원들로부터 신뢰를 얻을 수 있을까, 박 기관장은 피닉스 호의 기관장으로서의 자신을 뒤돌아보았다.

"기관장님, 여기에 계시는군요. 선내 시간을 한 시간 당기겠습니다. 갑판장도 처리갑판 시간을 한 시간 더 빠르게 맞추세요."

무슨 바람이 불었는지 장 선장이 처리갑판까지 내려왔다.

"기다리는 사람도 갈 곳도 없는데 시간을 당겨서 어디다가 쓸 건데."

박 기관장의 우스갯소리에 시계바늘을 돌리던 갑판장도 웃고 장 선장도 웃었다. 그러나 두 사람의 웃음에서 어딘지 모를 쓸쓸함이 묻어났다. 외로움, 바다에서 살아가야 하는 뱃사람들의 근본적인 고독이었다. 시간을 앞당기며 박 기관장은 현실과 다른 또 다른 차원의 계단에다가 발을 올리는 심정이 되었다. 뱃사람이란 출항과 함께 육지에서의 모든 관계를 영원히 유보시켜 놓은 채 파도 끝에서 고독한 존재로서 살아가야 했다. 아무리 현실에 존재한다고 해도 배를 타고 나온 이상 가족도 친구도 바다에는 없는 것이다. 뱃사람이란 방향조차 알 수 없는 안개 속 앨버트로스는 아닐까 하는 생각이 들었다.

지구의 경도는 그리니치천문대를 통과하는 본초자오선을 기준으로 동경과 서경으로 180도씩 나누어져 있고 15도마다 한 시간씩 차이가 나는데 한국은 동경 135도에 속해 있으며 135도를 15도씩 나누면 아홉 시간으로 나누어진다. 이렇게 얻어진 시간을 표준시간이라고 하는데 본초자오선이 있는 기준시각대 시간에 표준시간을 더하면 한국의 표준시가 된다. 이 시간을 지방시라하고 동쪽이나 서쪽으로 7도 30분 안에 포함되는 지역은 같은 시간을 사용한다.

피닉스 호는 웰링턴을 떠나서 동쪽으로 항해를 계속했다. 그러면 경도 15도를 지나갈 때마다 한 시간씩 빨라지고 마침내 날짜 변경선인 동경 180도가 되고 서경 180도도 되는 자오선을 통과하면 날짜가 하루 늦어진다. 피닉스 호가 남위 59도 59분선을 기준으로 정침하고 평균 항해속력이 12노트라면 평균적으로 삼 일에 한 시간씩 시간을 앞당겨야 한다. 그러므로 남극해를 항해하는 뱃사람들은 보편적 시간의 범주를 벗어나야 했고 육지의 삶으론 상상조차 불가한 삶을 살아가는 시간여행자인 것이다.

일반적으로 시각대를 조정할 때는 선원들이 모두 잠든 자정을 기준으로 삼는데 이번엔 정오를 기준으로 했다. 추위에 노출되어 작업 중인 선원들이었다. 한 시간이라도 빨리 쉬게 하려는 강 사장의 마음이 반영된 것도 같았다. 그리고 이날 저녁에는 남극해양생물자원해역 진입을 기념하기 위한 조촐한 파티가 있었다.

"기관장 수고 많았소. 한잔합시다."

"사장님이 수고하셨지요."

드럼통을 잘라 만든 불판에다 삼겹살과 등심을 올렸다. 불판에서 올라오는 연기에 반쯤 눈을 찌푸린 강 사장이 고기를 뒤집어 놓으면 박 기관장은 먹기 좋은 크기로 잘랐다. 돼지고기를 먹지 않는 인도네시아 선원들은 등심을, 필리핀이나 베트남 선원은 삼겹살을 부지런히 입으로 날랐다. 박 기관장은 고기 굽기에 여념이 없는 강 사장 얼굴을 슬쩍 훔쳐보았다. 다랑어연승선을 타던 젊은 시절보다야 못하지만 여전히 괜찮은 용모라는 생각이 들었다. 우묵하고 그늘이 짙은 눈과 뚜렷한 턱의 윤곽을 가진 얼굴은 흔치 않을 것이다.

강 사장이 사업을 시작하자 다랑어연승선 시절 때처럼 행운이 따라주지 않았다.

"고기 태우지 마세요, 아버지."

제롬이 언제 나타났는지 자기가 고기를 굽겠다고 했다. 평소에도 박 기관장을 아버지라고 불렀다. 박 기관장은 불판의 앞자리를 내주었다.

"피곤하신데 선원들보고 하라 하고 올라가시죠."

"어, 그럴까."

박 기관장은 혹시라도 있을 술 사고를 방지하기 위해서 좀 더 자리를 지키기로 했다.

선실로 돌아가는 강 사장의 뒷모습을 보면서 박 기관장은 작업이 시작되는 지금부터 더욱 신경을 쓰지 않으면 안 된다고 마음을 다졌다. 그러지 않으면 강 사장의 사업을 말아먹는 것은 둘째치고 육지로 돌아가지 못할 수도 있다는 생각이 들었다. 일찍이 남극 탐험에 나섰던 인듀어런스 호도 그랬다. 지금부터는 얼음이 지배하는 세상, 남극해인 것이다. 물개와 고래와 바닷새 그리고 얼음의 세계였다. 남극해는 인간들의 무대가 아니었다.

"고생 많이 했어."

제롬은 선뜻 술잔을 받지 못했다. 박 기관장은 제롬의 손에 종이컵을 쥐어주었다. 그리고는 잔이 철철 넘치도록 소주를 따라 주었다. 두 손으로 종이컵을 받아든 제롬은 주저하고 있었지만 박 기관장은 어서 마시라며 재촉을 했다. 제롬은 두 눈을 질끈 감더니 원샷을 했다. 술을 못하는 제롬은 목구멍이 화끈거려 견딜 수 없었겠지만 박 기관장 앞이라 호들갑을 떨지 못했다. 제롬은 잔을 비우고 박 기관장에게 건넸다.

서른 중반인 제롬은 인도네시아 선원들의 지도자였다. 아니 외국인 선원들을 대표하고 있었다. 이십대 때부터 다랑어연승선에서 승선생활을 시작한 제롬은 타고난 근면성으로 누구에게나 친밀감을 주는 좋은 성격의 소유자였다. 그뿐만이 아니었다. 같은 외국인 선원들도 제롬의 지시에는 복종하고 따랐다. 설사 인도네시아 선원에게 외국인 선원이 잘못을 했더라도 제롬은 먼저 외국인 선원들 편을 들고 아무도 없는 자리에서 조용히 타일렀다.

아만은 재미있다는 듯 킬킬거렸다. 제롬이 부어준 잔을 단숨에 마신 박 기관장이 제롬의 술잔에 술을 부어 이번에는 아만에게 권했다. 아만은 양미간을 찡그리며 단숨에 마셔버렸다. 아만의 모습을 지켜보던 선원들로부터 박수와 환호성이 터졌다.

웰링턴을 출항하고 하루도 쉼 없이 어구조립에 매달렸던 선원들이다. 선원들도 오랜만의 휴식이며 술자리였다. 외국인 선원들은 국적별로 모여서 술잔을 채워 주면서 휴식 시간을 즐겼다. 처리갑판은 외국인 선원들의 본국말로 시끌벅적했다.

불판이 뜨겁게 달아올랐다. 숯불이 정점에 오른 열기였다. 박 기관장은 준비해 두었던 고기를 한꺼번에 올렸다. 지지직거리는 소리가 처리갑판을 가득 메웠다.

남빙양수렴대

 피닉스 호 주변 100마일 이내에 항행선이라곤 한 척도 없었다. 한 뼘의 땅이라도 더 발견하려던 쿡 선장의 항해 이후 남극항로는 버려진 항로다. 혹시 여름철이라면 남극반도 끝이거나 사우스조지아 근해에서 크릴을 어획하는 트롤선이 한창 그물을 끌어올릴지도 모른다. 하지만 그런 대형선들도 남반구의 겨울철을 피해 이제야 슬금슬금 출어를 채비하고 있을 것이다.
 "유빙입니다."
 레이더를 지켜보던 1항사가 긴장했다.
 남쪽 수평선으로부터 수상돌출물이 보였다. 출항하고 처음 만난 유빙이다. 대충 어림잡아도 높이가 50미터에 달하고 길이도 8킬로미터 정도 되어 보이는 대형 빙산이었다. 남극해의 빙산은 북극해의 빙산과는 모양이 달랐다. 특이하게도 남극해의 빙산은 판상이며 북

극지방보다 크기가 크고 높이도 높았다. 대부분 수직으로 이루어진 까닭에 선명하게 위용을 드러내고 있었다. 빙산이 판상인 까닭으로 빙산 위의 하늘은 주변의 하늘과 달랐다. 빙산 위의 하늘이 좀 더 밝게 빛났다. 직접 빙산을 눈으로 확인하지 않아도 하늘만 잘 살피면 빙산이 있는 곳을 찾아낼 수 있었다.

피닉스 호가 빙산 쪽으로 접근해 가자 빙산은 차츰 윤곽을 선명히 드러냈다. 남극빙하에서 떨어져 얼마동안이나 남극해를 표류를 했던, 빙산은 푸른빛을 발하고 있었는데 가장자리의 단단하지 못한 부분은 모두 녹아 버리고 얼음으로 변질된 부분들이 바닷물에 녹아가고 있었다. 마치 살점은 모두 사라진 인체의 골격처럼 뼈만 남아 있는 것처럼 느껴졌다. 박 기관장이 그렇게 느꼈던 까닭은 빙산으로 접근할수록 빙산의 아랫도리 부근, 바닷물과 맞닿는 곳은 마치 커다란 동굴처럼 구멍이 뻥뻥 뚫려 있었기 때문이다. 빙산이 바닷물에 침식되며 약한 부분부터 녹아들어 바람이 들락거리며 구멍을 키워서 그렇게 된 것이다.

빙산은 피닉스 호가 접근하는 거리에 따라 모양을 달리했다. 피닉스 호 브리지에서 바라보는 시야의 각이 변화하는 데 따라 빙산도 모양이 변했다. NGO 프로그램에서나 빙산을 보았는데 실물로 대하는 빙산은 그야말로 감탄을 자아내게 했다. 게다가 일조량이 달라 빙산에서 뿜어내는 신비한 푸른빛은 무슨 색이라고 지정하기도 어렵고 표현하기도 어렵다. 그야말로 자연의 신비는 오묘했다.

드디어 왔구나, 박 기관장의 놀람은 남극의 신비 앞에서 드러나는 두려움, 그 자체였다. 그렇다고 자신의 두려움을 그대로 드러낸다는 것은 뱃사람답지 않았다. 바다에 대한 두려움은 뱃사람들의 수치이며 명예를 더럽히는 일이다. 지레 겁먹을 필요는 없었다.

"이제부터 시작인가?"

강 사장이었다.

"나오셨습니까?"

박 기관장은 얼른 예의를 갖추었다.

브리지에 자주 나타나지 않던 강 사장이었다. 웰링턴을 출항하자 강 사장은 선원을 독려하며 어구를 꾸미는 일에만 전념했다.

"어구는 어선에서 전쟁터에 나선 병사의 총과 칼이야."

그게 강 사장의 신조이자 선원들에 대한 끊임없는 당부였다.

전설 같은 다랑어연승선의 선장 경력을 가진 강 사장은 남극이빨고기를 잡는 어구에 대해서도 이해도가 남다르게 빨랐다. 어구의 구성이나 어로방식은 다랑어연승선의 어구 구성과 비슷했기 때문이다. 다른 점이 있다면 낚시를 500미터 이상의 심해까지 내려야 했다. 그러하므로 부이라인(Buoy line)도 길이가 그만큼 길어야 한다. 메인라인 역시 인장력이 강하려면 굵어야 했고 낚시 가까이에 5킬로그램의 무게를 매달기까지 한다. 그렇지 않으면 심해의 해류와 용승

(湧昇)류에 밀리어 연승이 떠오르며 헛낚시질이 되고 말기 때문이다. 그처럼 까다로운 어구조립을 강 사장은 직접 선원들을 독려하며 완성했다.

　박 기관장은 강 사장이 덤덤하게 남극해라는 말을 하자 자신도 모르게 등골을 타고 내리는 전율을 느꼈다. 남극해라니, 몇 백 년 전 대항해시대에 허다한 항해사들이 목숨 걸고 도전하였지만 미지의 세계로 남아 있는 지구의 마지막 변경이다.

　"우리는 얼음의 왕국에 도착했소."

　이제부터 본격적으로 쇄빙 항해에 돌입하게 될 것이라고 말했다. 강 사장은 피닉스 호에 승선한 누구보다도 바다에 관하여서는 경험이 많았다. 그런 사람이 위험을 경고했던 것이다.

　유빙은 남극대륙의 만년빙에서 떨어져 해류를 타고 떠다니는 거대한 얼음 덩어리, 빙산을 말한다. 워낙 덩치가 큰 탓에 견시로도 발견이 충분하지만 거기서 떨어져 나온 소규모의 얼음조각이라면 문제가 달라졌다. 수면 위로 돌출한 부분이 크지 않아 흐릿한 백야에서는 분간이 쉽지 않다. 신경을 곤두세우는 것이 당연한 일이다.

　"나는 기관장만 믿소. 기관장이 피닉스 호 승선에 동의했을 때 나는 더 이상 바랄 게 없었소. 이제부터는 죽자사자 고기만 잡으면 된다고 말이요."

　강 사장은 속마음을 감추지 않았다. 박 기관장은 가슴이 뭉클했다. 어릴 때 만재도를 벗어나 각박한 세상에서 뒹굴며 인간의 정이라는 것을 모르고 천방지축 날뛰던 박 기관장에게 강 사장은 자애롭고 편안했다. 처음으로 인간의 끈끈한 정을 느끼게 해 줬던 사람이었다. 1기사 시절에 강 사장이 자신을 이끌어 주지 않았다면 지금의 자신은 있을 수 없었다.

"기관실은 저에게 맡겨 주십시오."

만선을 이루는 순간까지 결코 낭패를 보는 일이 없도록 메인엔진을 완벽하게 돌리겠다는 것이 다짐이자 결의였다. 말 못하는 기계지만 사람처럼 호흡도 하고 피톨을 흘려야만 하는 생명체였다. 관심을 가지는 것만큼 기대에 부응했다.

기계의 지구력은 어디까지일까? 인간은, BC 490년, 아테네군은 침공해온 페르시아 적들을 마라톤 광장에서 대파했다. 승전보는 곧 왕궁에 알려져야 했다. 그래서 한 병사가 달리기 시작했다. 성문 앞에 도착한 병사는 승전보를 알린 후 숨을 거두었다. 기계도 마찬가지다. 말 못하는 쇳덩어리라고 무한한 가동을 요구하는 것은 결국 파탄을 초래하게 된다. 기계의 능력과 한계를 뛰어넘는 무리한 운전은 배기온도의 상승으로 이어진다. 그리고 피스톤을 팽창시켜 결국 가동을 멈추게 한다. 따라서 윤활유의 끊임없는 공급도 그러하지만 적절한 휴식도 필수적이었다. 하지만 박 기관장은 한계를 극복할 자신이 있었다. 조업이 시작되면 전속으로 항진하는 것은 아니다.

때로는 기관을 정지시킬 때도 있었고, 아주 느린 속력으로 연승을 걷어 올릴 때도 있다. 이때를 이용해 각종 엔진을 정비하면 되는 것이다. 거기에 1기사와 동행한 조기장까지 자기를 보좌하고 있다. 해낼 자신이 있었다. 박 기관장은 다시 한 번 스스로에게 다짐했다.

최초의 유빙을 흘려보낸 새벽 무렵, 번개와 천둥이 번갈아 치며 강풍과 함께 바다가 부풀어 올랐다. 바람은 초속 30미터로 피닉스 호의 우현선미를 사정없이 후려쳤다.

피닉스 호 뱃머리가 곡선을 그리며 피칭을 할 때면 눈에 보이는 것은 하늘의 검은 구름과 소용돌이치는 무시무시한 바닷물밖에 보이지 않았다. 박 기관장은 피닉스 호가 그대로 다이빙을 하여 바다 속 깊숙이 가라앉아 버리는 것은 아닐까 하는 공포가 밀려왔다. 이번엔 옆구리에 파도를 맞은 피닉스 호가 부르르 떨었다. 기관실에 있는 박 기관장은 피닉스 호가 빙산에 부딪혔을까, 깜짝깜짝 놀랐다.

저기압 중심에서 폭풍의 진행방향으로 선을 그었을 때 이선을 축선이라고 하면 남반구에서는 측선의 왼쪽이 위험반원이고 오른쪽이 피항반원이 된다. 그러니까 피닉스 호는 폭풍의 위험반원에 위치해 있었다. 영락없이 저기압의 중심에 든 것이다. 쉴 사이 없이 남극해와 남태평양 해류가 만들어 낸 삼각파가 몰려왔다. 엄청난 에너지를 지닌 파도에 강타당한 피닉스 호는 덫에 걸린 한 마리 가여운 물짐승이었다.

휘몰아치며 윙윙거리는 바람과 맹렬하기 그지없는, 용솟음치며 포효하는 파도는 쉬지 않고 피닉스 호를 두들겼다. 메인엔진 소리마저 바람과 파도소리에 잠겨 버렸다. 힘차게 쿵쿵거리는 소리는 아예 들리지도 않았다. 박 기관장은 혹시 피닉스 호의 외벽이 파도에 찢어질까 봐 또 걱정이 되었다. 선수는 선수대로 흔들렸고 선미는 선미대로 흔들렸다. 동시에 피닉스 호는 전복이 될 수도 있는 위험각도까지 롤링을 했다.

선실에서는 물건들이 바닥에 떨어지는 소리, 휴게실 책꽂이에 있던 책들이 우르르 쏟아지는 소리, 식당에서 그릇들이 떨어져 와장창 부서지는 소리, 묶어 놓지 않은 물건들이 이리저리 굴러다니는 둔탁한 소리 등이 아우성쳤다. 특히나 금속성의 찌그덕거리는 뒤틀림소리를 기관실에서 듣고 있는 박 기관장의 긴장한 온몸에 소름이 돋아났다.

"침로를 변경해야겠습니다."

장 선장이 마침내 히브 투(Heave to, 파도정면 최소저항 엔진으로 멈추듯 떠있는 피항법)를 결정했다.

기상이 악화되기 전에 한시라도 빨리 유빙해역으로 들어서기를 바랐다. 돌출한 유빙들이 바람의 방패막이가 되어 파도의 기세를 꺾는 효과를 기대해서였다. 파도가 두려워 오히려 위험한 유빙 사이로 파고 들어가는 피항법인 것이다. 기대와는 달리 피닉스 호는 미처 유빙 해역에 들어가기도 전 악천후를 만났다. 폭설을 동반한 블리자드의 내습이다. 눈보라에 막혀 버린 바람은 방향마저 일정하지 않았다. 몰아치는 눈보라로 한 치 앞도 구별을 할 수 없는 화이트아웃이 되었다. 브리지 밖은 시계가 제로였고 미친 듯 기승을 떨어대는 강풍과 삼각파로 일정한 침로로 뱃머리를 유지하는 것이 불가능했다. 장 선장은 어쩔 수 없이 항해하던 방향의 반대쪽으로 뱃머리를 돌렸다.

"장 선장, 출력을 조절하도록 하세."

피닉스 호가 피칭을 하면 뱃머리가 바닷물 속에 3분의 1 가량 잠겼다가 너울을 타고 바다 위로 솟구쳐 올라오며 엄청난 양의 바닷물을 토해냈다. 전진출력이 50퍼센트였기에 강한 전진력으로 파도와 부딪치는 충돌계수도 높았다. 파도를 응시하던 강 사장이 출력을 더 줄이자고 권고를 했다.

"알겠습니다."

장 선장도 동의했다.

"전진출력 30퍼센트."

강 사장과 장 선장의 피항 운용술은 일치하고 있었다.

"출력 30퍼센트, 써."

지시를 받은 1항사가 레버를 조금씩 꺾어 30퍼센트 출력에 맞추었다. 지침이 출력 30퍼센트에 맞추어지자 요란한 부저소리와 함께 피닉스 호의 속력이 뚝 떨어졌다. 뱃머리를 바람에 맞서도록 한 최소한 타효(舵效)이다. 이제 목적지에로의 침로는 무의미해졌다. 아무리 갈 길이 바쁘다고 해도 선체의 내항성과 감항성(파도, 바람 등의 외부조건을 견디는 것)을 도외시할 수는 없는 일이다.

전진 출력을 낮추어 파도와 충돌계수를 줄이자 모처럼 기관실이 조용해졌다. 그렇다고 긴장을 늦추면 안 된다. 오늘처럼 황천으로 히브 투를 하다가 메인엔진에 탈이라도 생기면 그 길로 모두 황천행이었다. 그래서 뱃사람들은 날씨가 나쁜 날을 황천이라고 했다. 물론 한문으로 표기하면 황천의 황은 누를 황이다. 아마도 악천후로 배가 요동을 쳐대니까, 배를 타고 있던 사람들에게 하늘이 샛노랗게 보인다는 의미일 것이다. 어쨌든 박 기관장의 오체육감은 오로지 메인엔진 소리에 집중되어 있었다. 눈으로 보고, 귀로 들으며, 호흡하는 공기 속에서 풍겨날 냄새에도 예민할 필요가 있다.

"메인엔진 상태는 어때?"

"굿 컨디션입니다."

1기사는 기관실의 모든 엔진 상태가 양호하다며 엄지와 검지를 동그랗게 말았다.

"오늘 같은 날은 브리지보다 기관실에서 정신을 차려야 해. 메인엔진이 스톱되면 그날로 똥구멍에 해삼 박는 날이 되니까."

박 기관장은 1기사에게 그래도 신경을 쓰라는 당부의 말을 잊지 않았다.

강 사장의 마음을 장 선장이나 박 기관장은 잘 알고 있었다. 이미 외국 조업선은 웨들 해를 중심으로 남극해를 헤집으며 남극이빨고기 어로작업에 돌입했다. 문제는 남극해양생물자원위원회가 설정한 연간 어획허용총량의 잔여량이었다. 위원회는 처음부터 조업규제를 까다롭게 만들었다. 남극해양생물자원위원회로부터 조업허가를 받은 배는 일본선 한 척을 포함하여 11개국 21척이었다. 거기에 피닉스 호가 뒤늦게 가세했다.

그런데 각선의 사정은 고려하지 않은 채 남극해양생물자원위원회는 남극해에서 남극이빨고기 어획허용량을 3,000톤으로 묶었다. 자원보존만을 강조하고 우선시한 까닭이다. 그에 따라 매일매일 실시간으로 조업선들의 어획량을 보고받으면서 조업선의 어획 총량을 집계했다. 그러다가 어느 날, 각선이 잡은 어획량이 3,000톤의 90퍼센트가 되면 남극해양생물자원위원회는 어장을 폐쇄한다. 서든데스(Sudden death)라 불리는 올림픽 쿼터 방식이 그것이다. 그래서 여전히 항해 중인 피닉스 호 선실에서 강 사장은 마음이 바쁘다.

척당 만선량은 평균 150톤이다. 스물한 척의 배가 만선하기 위해서는 최소 6,000톤은 되어야만 했다. 어장으로 진입을 시도하다가 예기치 않게 유빙으로 고립되거나 출항을 뒤늦게 한 조업선은 어창의 반도 채우지 못할 수 있다. 어쩌면 피닉스 호가 어장에 진입하기 도 전에 남극해양생물자원위원회의 종료 휘슬이 울릴지 모른다. 그런 상황에서 황천과 조우해서 아까운 시간만 낭비하고 있다. 강 사장의 애간장이 탈 수밖에 없었다.

꼬박 이틀을 몸부림친 끝에 피닉스 호는 겨우 침로를 잡았다. 강풍은 선체 곳곳에 생채기를 남겼다. 강풍에 중장파무선송수신 안테나가 부러지고 갑판의 조명등과 외벽등 대부분이 파손되었다. 격렬한 바람의 공격이었고 처음 만나는 지독한 파도였다. 박 기관장은 잠시 동안이지만 왜 다시 바다로 나왔는지, 왜 바다를 잊어버리지 못했는지를 후회했다. 그러나 후회도 잠시, 폭풍으로 상처받은 피닉스 호의 복구 작업에 매달렸다.

서해안에 있는 흑산도에서도 반나절을 달려야 만나는 만재도가 박 기관장의 고향이다. 고추가 빨간 시절부터 바다를 보면서 성장했다. 쑥부쟁이가 만개한 언덕에서 수평선을 넘어 항해하는 꿈을 키웠다. 그러면서 이국나라의 풍경을 상상하며 나래를 폈다. 성장기를 거쳐 이런저런 사연 끝에 원양어선에 올랐을 때 바다는 어머니의 가슴처럼 포근했다. 하는 일은 힘들었지만 무엇보다 마음이 자유롭고 편했다. 아마도 그래서였을 것이다. 바다로 다시 돌아온 이유가. 그런데도 불구하고 막상 폭풍 속으로 들어가자 겁이 났다.

브리지에 장착된 두 대의 레이더는 쉬지 않고 바다를 훑어냈다. 바람이 지나가자 피닉스 호를 기다리고 있는 것은 전년도에 결빙되었다가 해빙이 되며 바다를 떠다니는 유빙이었다. 중장파무선송수신기에서 흘러나오는 외국 조업선 선장들에 의하면 웨들 해의 얼음 상태가 최악이라는 것이다. 당연하지만 그 여파가 피닉스 호의 침로에까지 미쳤다. 피닉스 호 브리지에서는 유빙을 만날 때마다 경계령을 발동했다.

피닉스 호는 유빙을 피하기 위해서 느릿느릿 지그재그로 항해하지 않으면 안 되었다. 하지만 한계가 있었다. 어둠이 몰려오면서 시야가 차단되었고 작은 유빙조각들은 레이더에도 탐지가 되지 않았다. 피닉스 호의 안전을 위해서 항해를 멈출 수밖에 없었다. 피닉스 호는 떠다니는 여러 개의 소형 빙괴에 갇히고 말았다. 빙산이나 유빙은 전체의 구분의 일만 수면 위로 돌출한다. 전체의 90퍼센트 이상이 보이지 않는다는 이야기다. 아무리 작은 유빙 조각이라도 잘못 부딪치면 선체에 막심한 피해가 발생했고 잘못되면 침몰까지 할 수 있었다. 때문에 곡예항해마저 할 수가 없었다.

정지하고 있는 피닉스 호의 옆구리를 해류를 타고 온 작은 유빙조각이 스치며 지나갔다.

"쿠쿵."

기관실 외벽을 울리며 기관실에서 공명되는 굉음으로 박 기관장은 심장이 콩알만해졌다. 타이타닉 호의 마지막 침몰 순간이 떠올랐다. 승객들은 불침선이란 말을 믿었지만 빙산과 충돌한 초호화 여객선은 겨우 두 시간도 버티지 못하고 영원한 침몰선이 되고 말았던 것이다.

장 선장은 메인엔진의 출력을 제로로 만들었다. 다행히 별다른 손상은 입지 않았다.

"시야가 확보될 때까지 드리프팅(Drifting, 표박漂迫, 엔진을 끄고 떠있는 상태)하겠습니다."

최선책이었다. 해류를 따라 유빙과 함께 흘러가는 것이다. 남위 60도 해역에는 고정으로 해류가 북동쪽으로 흘렀다. 남극대륙에서 떨어져 나온 빙산과 유빙은 해류에 얹혀 함께 흘렀다. 추진력을 잃어버린 피닉스 호도 같은 해류를 타고 있으므로 유빙과 같은 거리를 유지한 채 흘러가는 것이다.

"장 선장, 적절한 판단이오."

바다라는 것이 그렇다. 찰나에 뱃사람들 목숨을 삼켜버린다. 그리고는 입술을 떠난 휘파람처럼 잊어버린다. 때문에 하나의 실수라도 있어서는 안 된다. 피닉스 호가 전진력을 잃었다고 해도 메인엔진까지 피니쉬위드엔진(Finish with engine)을 할 수 없었다. 남극해의 수온은 영하를 밑돌았다. 만약 피닉스 호의 선체에 위협이 될 수 있는 빙산이 나타나면 그때는 이동해야 했다. 하지만 낮은 수온으로 배 밑바닥에 저장된 연료의 기화점이 낮아져 있어서 제때에 시동이 걸리지 않을 수도 있다. 까닭으로 엔진은 오프할 수가 없었다. 당연히 연료가 소비되며 쓸데없는 경비가 발생하는 것이다. 속이 쓰리지만 강 사장도 장 선장의 판단에 동의했다. 아무리 조업이 바쁘지만 위험을 알면서도 휘발유를 들고 불속으로 뛰어들 순 없었다.

　장 선장은 남극해를 다섯 번이나 들락거린 베테랑이다. 장 선장의 판단을 신뢰해야 했다.

　쿵쿵거리던 메인엔진 소리가 들리지 않자 박 기관장은 뱃전에서 철썩거리는 파도 소리에 도통 잠이 오지 않았다. 선실 특유의 퀴퀴한 냄새도 그렇지만 메인엔진 소음이 사라진 남극해의 완벽한 적막 때문이다. 박 기관장은 갑판으로 나섰다. 쌀쌀한 바람이 얼굴을 스쳤다. 그때 피닉스 호 옆구리에서 푸우거리는 장쾌한 소리와 함께 시커먼 물체가 솟구쳤다. 고래였다. 커다란 덩치는 고래가 분명하지만 무슨 종의 고래인지 알 수가 없었다. 아마도 밍크고래일 것이다.

　남극해는 고래들의 천국이다. 고래의 주요 영양공급원은 플랑크톤이었다. 플랑크톤 가운데 고래가 제일 좋아하는 먹이가 크릴이다. 크릴은 남극해에서만 서식했다. 남극해에 여름이 시작되면 멀리 적도에서부터 고래들이 새끼를 데리고 찾아왔다. 피닉스 호를 스쳐가는 고래도 그런 무리중의 한 마리일 것이다. 사람이나 짐승이나 먹어야 사는 건 어쩔 수 없는가 보았다. 다시 한 번 고래가 수면 위로 솟아오르며 분기공을 뿜어냈다. 고래가 뿜어내는 퀴퀴한 숨결 냄새가 맡아지자 박 기관장은 정신이 번쩍 들었다.

어둠이 걷히자 피닉스 호의 항해는 다시 시작되었다. 웰링턴 출항 시간도 열흘이나 경과했다. 남극해는 고도가 낮아질수록 태양은 장엄한 노을을 길게 남긴 채 자정 무렵에만 잠깐씩 모습을 감추었다. 대기 중의 수분이 얼어붙어 가느다란 바늘처럼 생긴 수백만 개의 미세한 결정체가 노을 진 하늘 아래로 반짝거리며 떨어져 내렸다. 남극해는 환상적인 동화의 나라가 되었지만 피닉스 호는 아직도 서경 160도에 머물렀고 어장까지는 긴 항정을 남겨 두었다.

박 기관장은 엔진룸을 떠나지 못했다. 메인엔진의 배기온도와 서비스탱크의 연료공급 게이지를 체크하는 일도 기관장의 몫이었다.

"1기사, 이상은 없는 거지?"

메인엔진 가동상태를 전반적으로 체크하였음에도 불구하고 재차 1기사에게 확인을 요구했다.

"문제없습니다."

"좋다는 건가?"

"그렇습니다."

누구든 메인엔진의 가동상태가 양호하다고 단언할 수는 없는 일이다. 문제없다는 건 메인엔진의 상태가 완벽하면서, 앞으로도 얼마든지 바라는 대로 작동될 거라는 확신이다. 그거야말로 책임지기 곤란한 응답이다. 어느 누군가 메인엔진 속내를 자신의 마음처럼 읽어낼 수 있단 말인가? 바다는 언제나 두 얼굴을 지니고 있다. 지금은 잔잔해도 언제 어느 때 돌변할지 모른다. 순간적으로 뱃사람의 목숨을 삼켜버린다. 그때를 대비하여 메인엔진의 가동상태를 확인하고 또 확인해야 했다. 바람과 파도가 몰려오는데 메인엔진이 덜컥 멈추어 서면 그것으로 뱃사람의 운명은 끝 아닌가? 그래서 틈만 나면 박 기관장은 같은 말을 뇌이고, 또 뇌이곤 한다.

드레이크해협

　남극반도의 끝 드레이크해협 어귀인 서경 80도선에 도달한 것은 웰링턴을 떠난 지 꼭 이십 일째 되는 날이다. 벽에 걸린 달력은 남반구의 초여름인 12월 초순을 가리켰다. 강 사장이 부산항을 출항한 것은 늦더위가 한창이던 9월 중이었다. 피닉스 호는 남태평양의 미크로네시아와 멜라네시아의 수많은 섬들을 우회하며 뉴질랜드 웰링턴을 향해 항해했다. 피를 토해내는 털보 기관장을 귀국시키는 동시에 박 기관장을 승선시키기 위해서였다. 물론 중간 유류 공급도 받아야 했다. 웰링턴에서 박 기관장을 승선시키고 대권항로에서는 온갖 악천후와 마주하며 가까스로 드레이크해협에 이르렀다. 그 항해기간이 무려 한 달 반이었다.

　브리지를 밝히고 있는 것은 파란 LED 빛이 빛나는 중장파송수신기와 외국 조업선 등이 교신하는 내용을 도청하기 위해서 장착한 도청기의 흐릿한 빛뿐이었다. 강 사장은 테이블 앞에 앉아 도청기의 주파수를 응시하고 있었다. 구부정하게 앉아 있는 강 사장의 눈빛이 흰 뿔테의 돋보기 속에서 빛났다. 23시 30분이었기에 스페인 조업선들이 어황교신을 하려면 30분이나 더 기다려야 했다.

초저녁부터 내리기 시작한 폭설은 삽시간에 수평선을 뒤덮어 버렸다. 유빙이 부담스러운 피닉스 호는 서치라이트 두 개를 켜고 브리지마스트에 1항사가 올라가 견시를 보면서도 전진 출력을 제대로 내지 못했다. 눈보라로 선수마스트가 보이지 않을 정도였다. 남극해를 여러 번 항해했던 장 선장이었지만 짙은 시계 제로 상태에서는 불안감을 떨쳐 버릴 수 없었다.

"주파수는 정확하지."

팔짱을 낀 채 중장파송수신기 도청기가 설치된 테이블 앞 의자에 앉아 있던 강 사장이 장 선장의 얼굴을 보며 확인했다.

"24시 00분부터입니다."

"알겠어."

"커피 한잔하시겠습니까?"

강 사장은 고개를 끄덕였다. 피닉스 호 앞의 유빙과 곧 교신을 시작할 스페인 조업선의 어황교신으로 브리지 안은 긴장감으로 넘쳤다. 오후 여섯 시쯤, 장 선장이 스페인 조업선들의 어황교신 도청에 마침내 성공했다. 막 스페인 조업선들이 다음 교신시간을 24시

00분으로 정하고 교신을 끝내던 차였다. 피닉스 호에서 자신들을 도청했다는 사실을 알면 스페인 조업선들은 뱃바닥을 치며 분통해할 일이었다. 좌우지간 낮말은 새가 듣고 밤 말은 쥐가 듣는다는 말이 하나도 틀린 것이 없었다.

강 사장은 안절부절못했다. 브리지를 오가며 시계를 들여다보기도 하고 의자에 앉아 줄담배를 피우기도 하며 어황교신이 시작되기를 기다렸다. 스페인 조업선들의 교신 주파수가 정확하다면 중장파송수신기 도청에 투자한 금액이 아깝지 않았다. 장 선장이 원두를 갈아서 커피를 내렸다. 구수한 커피 냄새가 브리지를 가득 채웠다. 때맞추어서 지지직거리며 중장파송수신기에서 잡음이 들렸다. 스피커를 통해 귀에 익은 언어가 흘러나왔다. 에스파뇰이었다. 잡음이 많이 섞여서 깨끗하지 못한 음이 함부로 커졌다 작아졌다 하면서 음이 찌그러지고 퍼져서 무슨 말인지 알아들을 수 없었다. 강 사장은 주파수 볼륨을 아래위로 세심하게 조정했고 주파수를 고정하자 희미하게나마 또렷하게 들렸다.

"그렇지."

장 선장의 얼굴에 회심의 미소가 퍼졌다. 강 사장은 의자를 당겨서 중장파송수신기 도청기에 자신의 귀를 갖다 댔다. 스페인 조업선들은 5분 정도 선단 공지를 알리고 본격적으로 어황방송을 시작했다.

"감도가 안 좋아, 못 알아듣겠는데."

강 사장은 중장파송수신기에서 흘러나오는 스페인 조업선들의 도청 내용에 귀를 기울였다.

피닉스 호에는 타국 조업선의 정보를 듣기 위해서 중장파송수신기 도청기를 장착했다. 어획정보를 교환할 선단도 없었고 남극해 남극이빨고기 조업 경험도 없었다. 남극이빨고기는 회유 반경이 크지 않았다. 자기가 태어난 곳에서 자라고 산란하며 성장하고 죽기 때문에 남극이빨고기 조업은 어획 포인트와 어장의 확보가 중요하다. 회유성이 없는 물고기를 잡으려면 무엇보다 물고기들이 살고 있는 포인트 정보가 필요했다. 피닉스 호는 남극해가 첫 출어다. 많은 시간과 경험이 필요한 어장 포인트는 남극이빨고기 조업선의 일급 기밀이었다. 보물 중의 보물을 외국 조업선들이 넘겨 줄 리 없었다.

어장 포인트와 어획정보를 알려면 외국 조업선들의 어황을 도청해야만 했다. 강 사장은 중장파송수신기와 UHF 무선기의 도청장비를 구입했었다. 장비는 시중에 거래되지 않는 불법 장비였지만 한국은 IT강국이다. 장비 구매에 적지 않은 자금이 들어갔지만 피닉스 호에는 각 주파수별로 도청기가 있었다. 피닉스 호가 서경 80도를 지나서부터 브리지 항해사들이나 장 선장의 일과 중 가장 중요한 임무가 주파수를 탐지하는 일이기도 했다. 강 사장의 정성이 하늘에 닿았던가. 어황교신 중인 스페인 조업선들이 걸려들었다. 남극반도 가까운 웨들 해에서 남극이빨고기 저연승에 경쟁적으로 뛰어든 스페인 배들의 육성교신이다. 오랜 승선 경력이 있는 강 사장과 장 선장은 토막토막이지만 에스파뇰을 이해했다.

"어황은 그런 대로 평균치라는군."

스페인 조업선의 어황교신을 도청하고부터 강 사장은 조바심을 물리치지 못했다. 그럴 수밖에 없었다. 남극해의 이빨고기 연승조업은 이미 시작되었고 남극해의 출어는 인생의 마지막 선택이자 베팅이다. 그 밖에 다른 이유가 있다면, 타고난 뱃사람으로서 한시라도 빨리 일본을 비롯한 포르투갈, 칠레, 아르헨티나 뱃사람들과 경쟁해서 만선을 이뤄내고 싶은 마음이었다. 바다를 떠돌아다닌 햇수가 수 십 년, 바다가 좋아 수산업을 하고 있지만 여전히 사람들과의 관계가 스트레스인 강 사장이었다. 책상머리에 앉아 있는 사장이란 직함보다 만선을 쫓는 명 선장이 되고 싶었다. 국내에서는 아직까지도 남극해에서 남극이빨고기를 잡고 있는 줄도 모르고 있었다. 피닉스 호의 출어로 남극해 어장을 선점할 수 있다면 강 사장이 설립한 블루오션의 회사 명칭처럼 몸집을 부풀리기는 식은 죽 먹기나 마찬가지다. 또 수산대학에서 어로학을 전공한 탓에 물고기를 잡는 일이라면 누구에게라도 뒤처지긴 싫었다.

"술이나 한잔합시다."

초조함을 이기지 못한 강 사장이 사룡(Saloon, 사관식당)으로 박 기관장을 초대했다. 사롱에는 조니워커 블루와 안주로는 냉동 연어과 와사비 그리고 돼지머리 누른 것이 놓여 있었다. 강 사장은 얼음을 가져 오라 일렀다. 항해 도중 작은 유빙들을 만났을 때 그때 건져 올린 빙산의 편빙이다.

"기관장 그동안 애썼소."

"아니, 사장님이 수고하셨습니다."

"조업이 본격적으로 시작되면…."

위스키를 따르면서 강 사장이 말했다. 잔에 담겨 있던 얼음조각에서 수많은 기포가 보글거리는 소리를 냈다.

남극해에서 바닷물이 얼면, 염낭이라 부르는 미세한 소금 알갱이와 공기가 얼음 내에 갇히게 된다. 빙원이 완전히 형성되면 염낭은 중력과 온도에 의해 얼음덩어리 아랫부분으로 이동하게 되고 공기는 그대로 얼음 속에 남게 된다. 수주일이나 몇 달이 지난 후에는 얼음 내의 소금성분이 심부보다 더 줄어들게 되고 얼음의 온도가 상승하면 얼음 내에 있던 소금은 더 빨리 밖으로 빠져나오게 된다. 그 결과 공기만 남고 소금 성분은 모두 사라진다. 때문에 바닷물에 떠다니는 얼음을 녹여서 마실 수 있게 되는 것이다. 실제로 에스키모 인들은 이를 담수의 공급원으로 사용하고 있다고 했다. 남극이빨고기 저연승어선에서는 이런 얼음조각을 건졌다. 그리고 위스키에 녹여 마셨다. 남극이빨고기 연승선의 술꾼들은 얼음조각에 갇혀 있던 공기가 얼음이 녹으면서 피어오르는 걸 즐겼다.

"옛날 범선의 선장들은 낭만적이었어."

"내가 보기에는 사장님이 더 낭만적인 것 같습니다."

"아니, 그런 이야기가 아니고."

남극해를 처음 찾아온 사람들은 남극점을 정복하려는 탐험가들은 아니었다고 했다. 바스크인들이다. 유럽의 연안에서 바다표범을 잡던 그들은 거듭된 남획으로 바다표범이 멸종 위기에 이르자 새로운 사냥터를 찾아 남극대륙으로 왔다.

석유가 발견되기 이전 시대였다. 유럽과 미대륙에서 조명용으로 바다표범의 기름을 이용했다. 바스크족 바다표범 사냥꾼은 남극대륙으로 건너와 바다표범의 기름을 짜내기 위해 지핀 불의 연료로 펭귄을 잡아 태웠다. 그리고 그 뒤를 포경선들이 따라왔다. 그들을 태우고 온 선장들은 남극수렴대에 도착하여 처음 본 얼음조각을 건져 올렸다. 남극대륙에서 떠날 때까지 건져 낸 얼음조각을 위스키에 띄워 남극바다에서의 고독을 달랬다고 한다. 그것이 낭만이 아니냐는 것이다.

"낭만과 모험이 넘치는 서사의 시대였지요."

"남극점을 서로 정복하려고 경쟁하면서 수많은 사람들이 얼어서 죽어갔어. 그런데도 그들은 남극점 경쟁을 멈추지 않았어. 아문젠이 남극점에 깃발을 꽂고서야 경쟁이 끝났지만, 우리가 남극이빨고기를 찾아 남극해를 떠도는 이유와 비슷하지. 지금 남극점에 있는 미국 남극연구기지 이름이 아문젠 스콧기지야. 목숨마저 도외시했던 그들의 탐험정신을 기리기 위해서지."

"기관실은 저에게 맡기시고."

보글보글 끓어오르는 기포를 바라보면서 박 기관장은 강 사장의 말에 응답했다. 곧 이어서 조선족 조리장이 새우튀김을 담은 쟁반을 갖고 왔다. 마흔이 넘은 나이다. 무엇이 불만인지 몽골족의 인상을 가진 조리장은 예의도 갖추지 않은 채 입을 한 발이나 내밀고 있었다. 아마도 한국과 중국에서 살아온 환경이 달라서 생기는 일일 것이다. 조리장의 입장에서 보면 자기가 할 일은 벌써 끝났다. 선원들의 식사준비만 해 주면 되는데 과외로 술안주를 해오라고 하니 불만일 수밖에 없다. 아무리 그렇다고 해도 삭막한 바다에서 인정 넘치는 인사 정도는 기본 아닌가? 하지만 조선족 조리장을 타박할 수도 없는 일이었다. 그동안 살아온 이념이 달라 문제의 소지가 될 수 있었지만 워낙 선원 구하기가 어려워 부득이 외국인 선원을 쓸 수밖에 없었다.

태평양에서의 일이다. 조선족 일당이 선장을 포함한 전 승조원을 흉기로 몰살시킨 페스카마호 사건 이후에도 각 배들은 모자라는 선원을 외국인들로 채울 수밖에 없었다. 하지만 페스카마호 사건 이후로 각 배들은 한 나라 출신으로만 머리수를 채우는 인원 배정은 지양하기로 묵계하고 있다. 페스카마호는 여덟 명이나 되는 조선족을 단체로 고용하였다가 조직적이면서 집단적인 반란으로 비극적인 상황이 연출되었다. 근래에는 인도양에서도 그와 비슷한 사건이 일어났다. 세이셀 빅토리아 항을 기지 항으로 조업하던 다랑어연승선이었는 데 선장과 기관장에게 불만을 품은 베트남 선원 두 명이 선장과 기관장을 무참하게 흉기로 살해한 사건이다. 선상난동은 시와 때를 가리지 않고 발생하고 있다. 그러기에 피닉스 호에서도 그런 일이 일어나지 말라는 법이 없었다.

"어쩐지, 조리장이 마음에 썩 들지 않아."

강 사장이 목소리를 낮추었다.

"왜 그런?"

박 기관장이 궁금해 했다.

"노파심 때문이기도 하지만 나는 사람을 볼 줄 아오. 영도다리 밑에 자리를 펼 용한 점쟁이는 아니지만."

잔을 단숨에 비운 강 사장이 끝말을 이어갔다.

"조리장의 눈은 뭔가 불만이 가득해. 수산부장이 신원을 알아봤더니 지린성 어느 중학교에서 수학을 가르친 교사 출신이더군. 물론 공산당에 입당도 했고. 탁 까놓고 말해 중국에서 중학교 선생질을 하기보다야 원양어선 승선벌이가 훨씬 낫지 않아? 서너 달이면 일년치 급료를 넘으니까. 그런데도 조리장은 쥐꼬리만 한 자긍심이라고 할까. 자기는 소수민족이 아니라 당당한 중국인인 양 으쓱댄단 말이오. 겉으로는 예, 예, 그러면서도 속으로는 한국을 중국에 사대 하던 나라라고 우습게 보고 있다고."

"그렇군요."

박 기관장은 선내의 제반 현안에 대해 정확한 견해를 피력하고 있는 강 사장의 혜안에 놀라지 않을 수 없었다. 강 사장은 선주였다. 선원관리는 장 선장이나 항해사들에게 맡겨 놓아도 될 사항이다. 강 사장은 향후의 어획고 달성에만 연연해 하지 않았다. 서른 명도 넘는 선원들의 성향이나 문제점까지도 세밀히 파악하고 있었다. 강 사장은 박 기관장의 성격과 닮은 곳이 많았다.

"이러다간 연승을 담그기도 전에 판이 깨질 것 같아."

강 사장의 관심은 남극이빨고기 조업으로 돌아갔다.

사롱 문을 두드리는 노크소리가 났다. 박 기관장이 문을 열자 선내 순시를 마친 1항사가 들어왔다. 강 사장을 앞에 두고 머뭇거리는 1항사의 표정이 밝지 못했다.

"저어, 사장님 나쁜 소식이 있습니다. 조기장 말인데요."

"심근수?"

박 기관장이 1항사의 말을 가로채었다. 심근수라면 박 기관장이 특별히 조기장으로 추천한 선원이다. 철공소에서 박 기관장을 도와 일을 했는데 박 기관장이 피닉스 호에 기관장으로 승선한다는 말을 듣고 외국 구경도 할 겸 남극이빨고기잡이에 동행하겠다고 나섰던 것이다.

"허허, 뭔지 말이나 해 보시오."

강 사장이 다그쳤다.

"방금 전화를 받은 모양입니다."

피닉스 호에는 위성전화 두 대가 설치되어 있다. 하나는 이리듐(Iridium)이고 또 하나는 인마세트(Inmarsat, 인공위성 전화)였다. 그러나 위성을 사용해서 통화를 하는 것이라, 요금이 엄청나게 비싸서 비상시에만 사용하는 전화이기도 했다.

"당직 중이던 3항사가 통화했는데 부친이 별세하셨다면서."

"그래요?"

강 사장이 상체를 앞으로 끌어당겼다.

"독자에 장자라서, 귀국해야만 장례를 치를 수 있다고."

"그럼 조기장이 귀국을 원한다는 말이요? 그게 무슨 된장이오, 똥이오. 이야기가 되는 말이오. 여기가 도대체 어디라고, 아니 1항사도 잘 알고 있지 않나? 이번 항해가 얼마나 중요한지. 1항사는 이번 항해를 망치게 되면 어떻게 되는지 모른단 말이오."

박 기관장은 1항사 보고를 듣는 순간 가슴이 철렁했다. 이곳이 어디인가. 남극해의 중심이 아닌가? 가장 가까운 육지라고 해봐야 남극대륙뿐이다. 얼음으로 된 감옥에 유배되어 있는 상황이나 마찬가지다. 그리고 남극해에는 인간이 필요로 하는 문화는 존재하지 않았다. 얼음뿐인 곳이다. 박 기관장의 마음이 무거워졌다.

심근수는 수리업체를 시작할 때부터 박 기관장을 도왔다. 아니 강 사장과 함께 승선하던 이전부터 알고 있었다. 심근수는 박 기관장이 피닉스 호 기관장 임무를 수행하는 데 있어서 유일무이한 협력자였고 믿음이었다. 그것은 다분히 맹목적이었으며 깊고 순수한 신뢰에 가까운 절대적인 것이었다. 그런 심근수의 입장을 생각하자 박 기관장의 얼굴표정은 어둡고 긴 터널로 들어가는 듯 구겨졌다.

남극대륙에 사람이 살지 않는 이유야 여러 가지겠지만 무엇보다도 추위 때문이다. 수분이란 모두 얼음이나 눈뿐이다. 기온이 마이너스 60도 아래로 떨어진 적도 있다. 이 정도의 기온이면 사람이 만든 모든 섬유가 견디지 못하고 부스러진다. 단지 자연섬유, 예컨대 솜이라거나 양털, 낙타털, 늑대가죽, 곰가죽 같은 것만이 견딘다. 고무와 플라스틱과 유리가 견디지 못하며 알루미늄 캔도 작은 충격에 쉽게 부서진다. 남극이 얼마나 추운 곳인가를 알 수 있는 증거였다.

정말이지 사람이 살 곳은 아니다. 실제 그곳에서 2년을 살았던 남극탐험의 영웅 가운데 한 사람인 호주 지질학자인 더글라사 모슨 경이 이끄는 남극탐험대는 바람이 불어오면 걸어 다니지 못하고 기어서 다녔다. 블리자드다. 블리자드가 불어오면 남극은 그야말로 가혹한 세상으로 바꾸어 버린다. 눈보라로 수 미터 앞이 보이지 않게 되며 보통 이 바람은 며칠간 계속된다. 상황이 이러니 역사 이래 문명이 발달했다고 해도 인간들은 남극에 발을 붙이지 못했다.

"비행기를 탈 수 있는 곳이 어디요?"

한숨을 몰아쉬던 강 사장이 장 선장을 물끄러미 바라보았다.

"여기서는 포클랜드밖에 없습니다."

"그곳에서도 한국으로 바로 가는 비행기는 없습니다. 다만 일주일에 한 번 운항하는 군용 비행기가 있고 그것을 타고 푼타아레나스를 거쳐 칠레의 산티아고까지 나가야 유럽으로 가는 비행기 노선이 있습니다. 그곳에서 다시 유럽의 허브공항을 거쳐 인천공항으로 들어가야 합니다.

"포클랜드라?"

"예, 오징어채낚기선이 진출해 있는 곳입니다."

"알고 있소."

"……"

"참으로 안타까운 일이오. 귀국편이 마땅치 않소. 비행기를 타려면 포클랜드로 입항해야 하고, 그러더라도 일반 여객기는 없지 않소. 그곳에 주둔하고 있는 영국 군인들의 협조를 받아 군용기를 타거나 민항기를 타야 하는데 그게 어디 쉬운 일이오. 그리고 그 어마어마한 경비는 누가 감당할 것이오. 생명이 경각에 달린 위독한 환자라면 모르겠지만. 게다가 우리는 아직 첫 투승도 못한 처지 아니오. 여기까지 오는 데만 두 달이 걸렸고. 박 기관장도 잘 알지 않소? 나의 의견은 아무래도 불가하오."

박 기관장은 강 사장의 단호한 결심에 더 이상 어쩔 수 없음을 느꼈다. 강 사장은 그렇게 말해 놓고 눈을 반쯤 감고 있었다. 그러나 박 기관장이 아는 한 강 사장은 결코 예의가 없거나 경박한 사람이 아니었다. 박 기관장은 강 사장의 분위기가 평상시보다 다르다는 것을 어렴풋이 느꼈다. 전보다 말소리는 높았지만 느껴지는 분위기는 한층 더 무겁고 조용했다.

"저도 잘 압니다. 그래서 설득을 했습니다. 그런데도."

"알겠소. 이제 더 이상 그 얘긴 꺼내지 마시오. 방법이 없소. 이게 다 뱃사람이 된 운명이오."

"……."

"이건 조기장의 슬픔이기도 하지만 피닉스 호를 타고 있는 모든 사람의 슬픔이기도 하오. 아니 전 지구상을 떠다니는 원양어선에 승선한 뱃사람들의 운명이오. 어쩌면 우리는 인간이 아닐 수도 있소, 야생을 살아가는 물짐승이오. 뱃사람이 된 이상 육지에서 사는 사람들과는 차원이 다른 세상에서 산다고 보면 되오. 그건 뱃사람이 죽어서야 벗을 수 있는 멍에란 말이오. 조기장이 아니라 만약 그런 일이 나에게 닥쳤다고 해도 나 역시 돌아갈 수 없소. 그러니 장 선장과 박 기관장이 조기장의 마음을 잘 달래어 주도록 하시오."

강 사장의 결정을 듣고 있던 박 기관장은 온몸의 힘이 소리 없이 빠져 나가는 것처럼 허탈했다. 한동안 대화가 끊어졌다. 누구든지 먼저 말을 꺼내도 안타까운 현실의 상황을 바꿀 수 없다는 듯 그냥 술잔에 술을 따르고 그리고 마셨다.

  박 기관장은 심근수를 생각하자 또 다른 슬픔에 가슴이 저미었다. 지금 만재도에는 늙으신 어머님이 홀로 계신다. 이번에도 배를 타러 나간다고 하니까 큰 걱정을 하시며 택배까지 보내셨다. 추위를 막기 위해서 쓰는 빵모자와 방한복 속에 껴입은 발열내의도 어머니가 보내주셨다. 연로한 나이 탓에 언제 세상을 떠나실 줄 모른다. 지금까지 자식 노릇 한 번 제대로 한 것이 없었다. 결혼생활도 깨어지고 세상에 내놓을 무엇 하나 제대로 이루어 놓지도 못했다. 무엇을 위해 살아왔는지, 어디를 향해서 가고 있는 건지, 모든 것들이 회의에 가득 차기만 했다. 그래서 선택한 남극해이기도 했다.

  강 사장은, 회사 차원에서 조의금을 마련하여 전달하도록 수산부장에게 지시했다. 또한 고인에게 잔을 올릴 수 있도록 조촐한 상이나 차려 주자고 했다. 그렇게 말하는 강 사장도 침통한 표정이 역력했다. 박 기관장은 가슴이 답답해져 왔다. 누구라 할 것 없이 뱃사람 삶이란 고래회충에 영양분을 빼앗겨야 하는 고래처럼 바다에서는 바다를 벗어날 수 없다. 할 수 없지, 할 수 없다며 기관실로 향하는 박 기관장의 발걸음이 무겁기만 했다.

케이프 호너

피닉스 호를 초토화시킨 감기가 다시 배 안에 돌았다. 본래 남극권에는 바이러스가 살지 못해 감기가 없다. 하지만 육지로부터 실려온 바이러스는 선원들과 함께하며 잠복했다가 발병하길 반복하며 선원들을 괴롭혔다. 선원들의 면역력이 똑같지 않기에 바이러스는 이리저리 숙주를 찾아서 이동하며 발병했다. 박 기관장도 감기에서 벗어나지 못했다.

박 기관장은 하루 종일 누런 콧물과 심한 기침으로 시달렸다. 날이 저물면 온몸이 욱신거리며 팔다리까지 저려왔다. 지금까지는 감기약을 먹지 않고 견뎌 왔지만 더 이상 진행이 된다면 자리 보존을 하고 누워야 할 판이었다. 땀을 푹 흘리고 한잠 자고 나면 별 것이 아니었는데 나이 탓인지, 면역력이 떨어져서 나아질 기미조차 보이지 않았다. 초저녁에는 전기장판 온도 레벨을 다섯 단계까지 올려놓고 잠이 들었다. 그런데 잠에서 깨어나니 온몸이 식은땀으로 젖어 있었고 정신마저 맑지 못했다. 그동안 쌓여 왔던 피곤이 남극대륙 깊숙이 움츠리고 있던 거센 블리자드처럼 감기로 휘몰아쳤다.

박 기관장이 어렵사리 몸을 추스렸을 때는 새벽 01시 40분이었다. 배의 평형 상태가 고르지 못해서 피닉스 호는 포트 현으로 3도나 기울어져 있었다. 조기장 당직 시간이다. 넋을 놓고 있는 것이 분명했다. 조기장이 당한 개인적인 일은 안타까운 일임이 분명했지만 그런 이유로 어장을 벗어나면 원양어선을 운영하지 못한다. 수십 명이 승선했다. 개개인마다 사연은 발생할 것이며 이를 모두 수용할 수 없는 것이 원양이었다. 수많은 자금이 투입된 원양어선은 출어할 때부터 만선하지 못하면 육지로 돌아가지 못한다는 묵시가 관습처럼 굳어진 곳이다.

박 기관장은 기관실로 갈까 하다가 단념했다. 3도 기울기는 선체 운동인 롤링과 피칭에서 그렇게 심각한 상태도 아니고 또 괜히 얼굴을 부딪쳐서 귀국이라도 하겠다고 매달리면 난처하기만 했다. 박 기관장의 발길이 브리지로 향했다. 감기약은 효과가 별로였다. 아무래도 감기약보다는 주사를 맞아야 할 것 같았다.

"기관장 우리는 이제 케이프 호너가 되었소."

브리지에 벌써부터 나와 있던 강 사장이 GPS플로터에 눈길을 고정시킨 채 말했다.

"케이프 호너라니요."

"피닉스 호가 이제 막 케이프 혼을 통과하고 있어. 대항해시절부터 케이프 혼을 통과하면 케이프 호너라고, 뱃사람으로서는 명예로운 호칭을 얻게 되는 곳이 이곳이라오."

케이프 혼은 남아메리카 대륙의 최남단에 있는 곳으로 칠레의 티에라 델 푸에고 제도에 위치했다. 그리고 케이프 혼이 있는 푸에르토 윌리엄스는 대서양과 태평양을 나누는 분기점이기도 했지만 남극과 가장 가까운 칠레의 마을로 눈 덮인 산과 바다의 풍경이 환상적으로 펼쳐지는 곳이다. 피닉스 호가 그 케이프 혼을 어빔(Abeam, 직각방향) 중이라고 말했다.

"이것 좀 봐."

강 사장이 자리에서 비켜나며 레이더 화면을 가리켰다. 레이더 화면은 32마일 레이지로 조정이 되어 있었다. 희고 푸른 휘도선(거리표지선)이 중심을 따라 모니터에서 회전하고 있었는데 정북 방향을 지날 때 뿔 모양의 스팟이 나타나곤 했다. 강 사장은 저것이 케이프 혼이라고 했다. 그러면서 자신도 오늘에서야 케이프 호너가 되었다며 껄껄 웃었다.

칠레의 우수아이아도 있지만 케이프 혼도 남극반도와 가장 가까운 곳으로 남극으로 가는 이들에게 관문 노릇을 하고 있었다. 케이프 혼의 지명 이름의 유래도 흥미롭다. 칠레의 티에라 델 푸에고

제도에 위치한 이 곳의 이름은 영어로 생각하면 뿔 모양으로 생겨서 지어졌을 것이라는 생각이 들고 레이더에 나타나는 영상도 뿔을 닮은 것이 사실이다. 케이프 혼이라는 이름은 네덜란드 항해 가였던 빌렘 쇼우텐의 고향인 네덜란드 도시 호른에서 유래되었다. 네덜란드어로 이 곳은 카페 호른이라고 쓰며, 스페인어로는 '카보 데 호르노스'라고 한다. 세 개의 그레이트 케이프인 아프리카 희망봉, 오스트레일리아의 로윈 곶, 혼 곶 중에서 가장 남쪽에 위치했다.

박 기관장이 경험한 항해 루트를 따라가다 보면 그레이트 케이프 세 곳 중 이미 두 곳을 지나갔다. 이제 케이프 혼까지 통과했다. 뱃사람으로는 전 세계 해역을 항해한 거나 다름이 없다. 만약 박 기관장이 대항해시대의 뱃사람이었다면 대단한 영광이다. 히말라야 8,000미터급 14좌를 등반한 거나 마찬가지였다.

"사장님, 그럼 이제야 진짜 뱃사람이 된 거군요?"

그렇게 묻는 박 기관장의 목소리에는 감추지 못한 자부심이 묻어났다.

"글쎄, 그렇지."

내색을 하지 않으려 애썼지만 실은 강 사장도 자랑스러웠다. 오랫동안 바다에서 생활했지만 그레이트 케이프를 모두 통과할 수 있다는 것은 뱃사람으로서는 행운 중의 행운이고 영광이다. 그것도 안전하게 지나간다는 건 생각지도 못할 일이었다. 혹시 황천과 조우할까. 긴장되어 있던 마음이 누구라 할 것 없이 누그러졌다. 드레이크 해협이 끝나고 소코티아해협으로 접어들고 있었다. 무시무시하다는 드레이크해협의 터줏대감 흰수염할아버지는 피닉스 호의 항정에는 나타나지 않을 것 같았다.

"가만 있어 보세요, 지금 선미 쪽에서 따라오고 있는 게 안 보입니까?"

장 선장의 농담에 브리지 안에는 때 아닌 웃음소리로 시끌벅적했다.

"전혀 신경을 안 쓰고 있는데."

사실이다. 모두들 흰수염할아버지가 달려와서 피닉스 호를 좌우로 흔들어 놓지 않을까 걱정을 하고 있었던 것인데 저기압이 지나간 후라서 바다의 기상이 너무나 좋았다.

대서양과 태평양을 겹치는 케이프 혼은 1616년 네덜란드 동인도회사 탐험대의 제이콥과 윌리엄에 의해 발견되었으며 그들이 타고 있던 배인 호너의 이름을 땄다. 드레이크 해협의 북쪽 경계선에 자리하고 있으며, 대항해시절부터 오스트레일리아에서 나는 양모와 곡식 등을 유럽으로 운송하거나, 동부와 서부를 잇는 철도가 놓이기 전까지 뉴욕에서 샌프란시스코로 뱃짐을 나르는 통로로서 중요한 역할을 담당했다. 오랫동안 범선들이 이용하던 범선의 항로, 클리퍼 루트 역할을 했지만 선원들에게는 악명 높은 곳이다. 그러나 1914년

파나마 운하가 개통된 이후로 케이프 혼을 따라 항해하는 무역선들은 크게 줄었다. 그러나 요트를 즐기는 이들에겐 케이프 혼을 항해하는 것은 여전한 꿈이며 요트로 이곳을 통과한 요티에게는 '케이프 호너'라는 명예로운 호칭이 주어졌다. 요트는 아니지만 피닉스 호에 승선한 모든 선원들은 '케이프 호너' 라는 호칭을 받고도 남음이 있다고 박 기관장은 생각했다. 한국서 이곳까지의 항정이 도대체 얼마인가. 아무리 지난날의 가치기준이 무너져 내리고 있다고 해도 피닉스 호는 드레이크해협을 통과해서 케이프 혼을 지나가는 중이다. 이들이 케이프 호너였다.

칠레의 최남단, 바다의 에베레스트라고 불리는 케이프 혼, 시속 100㎞가 넘는 강풍과 30m가 넘는 파도로 예로부터 선원들의 무덤이라 불리는 곳이며 지구에서 가장 험난한 바다 중에 하나였다. 이곳은 세계를 돌며 무역을 하며 유럽과 극동, 오스트레일리아 그리고 뉴질랜드를 오가던 클리퍼 선들이 사용하던 클리퍼 루트의 이정표였지만 혼 곶 주변의 바다는 블리자드 같은 강풍과 산더미 같은 파도, 빠른 해류와 수많은 유빙 때문에 난파된 범선이 한두 척이 아니다. 한마디로 케이프 혼은 대양을 항해하는 항해사들에겐 뜨거운 감자였다. 이러한 위험으로 선원들의 무덤으로 알려지게 되었고 케이프 혼은 전설이 되었다.

대항해 시대에 드레이크해협을 항해하는 선원들에겐 흰수염할아버지란 괴담이 있었는데 조타수들이 항해 중 뒤를 돌아볼 때면 배 뒤로 지팡이를 질질 끌며 흰 수염을 기른 노인이 바다 위를 걸어 배 뒤를 쫓아온다는 것이다. 기록에 의하면 이곳의 파도가 가장 높았던 것은 파고가 50미터였다. 아무튼 거대한 파도가 배를 덮칠 듯이 몰려온다면 그럴 만도 했다. 흰수염할아버지란 파도더미였다. 다행히도 전설적인 파도와 수많은 항해사들을 수장했던 세상의 끝, 남극해가 피닉스 호에게는 다정하게 뱃길을 열었다.

"여기서부터 바로 웨들 해로 진입할 수 있도록 변침을 하세. 그리고 이제 어장으로 진입하니까 오늘부터 미끼를 준비하는 것이 어떨까 싶네. 미끼의 무게는 150그람으로 맞추세. 그리고 낚시 3,000개 정도는 미끼도 끼워 놓고 시투를 하고 처리를 하다 보면 처음이라 모두들 우왕좌왕할 것이 아닌가. 시간이 있을 때 준비하도록 하세."

강 사장은 남극이빨고기 어장으로 가는 마지막 항로의 변침을 장 선장과 상의했다. 장 선장은 케이프 혼을 정횡으로 어빔하자 피닉스 호의 침로를 변침했다. 그제야 강 사장은 박 기관장이 쿨럭거리는 것을 보고 컨디션은 어떠냐며 걱정을 했다.

"좀 괜찮아졌습니다."

강 사장은 감기약과 함께 먹으라며 개인적으로 준비한 홍삼액이 든 박스를 통째로 건네주었다.

"그냥 버텨 볼까도 했는데 입맛도 없고, 감기에게 졌습니다. 장 선장, 이번엔 주사를 놔줘요."

"기관장, 몸을 살펴가며 일해."

"사장님도 감기 조심하세요. 대단한 놈입니다. 도대체 떨어질 생각을 하지 않습니다."

박 기관장은 항해에 방해가 될까 봐 서둘러 브리지를 벗어났다. 그때까지 여전히 배의 기울기는 포트 3도로 기울어져 있었다. 조기장이 당한 사연이야 눈물겹지만 배를 떠나지 못하는 건 누구의 잘못도 아니다. 그건 뱃사람들이 영위하는 바다가 뱃사람에게 강요하는 생활의 양식일 뿐이다. 기관실을 책임지는 책임자로서 침묵만 지키고 있을 수는 없는 일이었다. 조기장에게 무슨 말이라도 위로를 건네야겠지만 마음이 바뀌어서 침실로 발길을 돌렸다. 괜히 들어줄 수도 없는데 이런저런 말을 늘어놓아 보았자 무슨 위로가 되겠는가. 조기장 스스로 귀국을 단념해야 한다. 그러기 위해서 무엇보다도 중요한 것은 본인의 마음이지 박 기관장의 위로가 아니다.

조기장이 피닉스 호 승선을 스스로 선택하였듯 조기장 자신이야말로 자신의 주인이다. 극심한 혼란에 빠져있을 조기장이지만 스스로에게 너는 정말 귀국하기를 원하는가를. 어차피 실현 가능성도 없는 얘기지만 조기장은 자기 자신에게 물어야 했다. 지금 자신 앞에 있는 벽을 부셔버릴 것인지 아니면 넘어가야 할 것인지를 결정해야 한다. 그건 박 기관장이 대신해 줄 수 없는 일이었다.

침실로 돌아온 박 기관장은 감기약을 털어 넣고 전기 히터의 온도 레벨을 5로 올렸다. 오른쪽 목 뒤를 힘주어 꾹꾹 눌렀다. 조기장의 일로 신경을 쓴 탓에 조금만 신경을 쓰면 목덜미가 뻣뻣하게 굳어졌다.

 박 기관장은 담배에 불을 붙였다. 실내에서는 금연을 하고 있었지만 조기장 일로 마음이 심란했다. 불을 켜지 않은 선실은 현창(舷窓, 양측 통풍창) 밖에서 비춰지는 실외 불빛에 의해서 희끄무레하게 윤곽을 드러내고 타들어 가는 담배연기는 가느다란 선을 이루며 현창 밖으로 빨려 나갔다.

 박 기관장은 창가에 놓인 소파에 앉아 미동도 않은 채 조기장의 심경과 만재도에 계시는 어머니 생각을 했다. 그리고 지금쯤 이별의 아픔에 시달리며 슬픔을 삭이고 있을 선연을 생각했다. 안타까운 마음에 가슴이 아려왔다. 선연의 마음을 몰랐던 것은 아니었지만 항해기간이 길어지며 선연의 진정한 마음을 이해할 수 있었다. 요즘 들어 더욱더 자신의 마음을 야금야금 갉아먹는 허전함이 박 기관장의 숙면을 방해했다 그러다가 어느 순간 잠 속으로 흘러 들어갔다. 감기약에 미약하지만 수면제 성분이 섞여 있었다.

 박 기관장이 눈을 떴을 때는 점심시간이 가까운 정오경이었다. 감기약의 기운이 남아 머리가 지끈거렸지만 감기주사가 효과가 있었던지 몸이 한결 가벼웠다. 배의 평형은 맞아 있었다. 박 기관장이 잠에 빠져 있는 동안 조기장이 평형을 맞추었거나 아니면 조기장과 교대한 1기사가 조정을 했을 것이다. 박 기관장은 천천히 일어나서 현창의 커튼을 걷고 밖을 내다보았다. 남극해라고는 하지만 기온은 따뜻했다. 한낮이었지만 잔뜩 구름이 끼어 있었고 어제부터 가늘게 내리던 눈발이 안개인지 눈인지 구분이 가지 않을 정도의 형체로 뿌옇게 변하여 바람에 이리저리 날렸다.

그때 박 기관장이 그동안 들어보지 못한 귀를 거슬리는 소리, 무엇이 불규칙하게 부딪치며 턱턱거리는 신경을 긁어대는 소리가 들려왔다. 나무와 쇠가 부딪치는 탁한 소리였다. 일종의 패턴을 갖춘 소리였는데 기관실로부터 발생한 소음은 아니었다.

박 기관장은 소리의 근원지를 찾아서 처리갑판까지 나섰다. 처리갑판에는 어창으로부터 꺼내 놓은 냉동 점보 플라이 오징어가 이곳저곳에 가득 널려 있었고 한 편에서는 일정한 크기의 토막으로 자르고 있었다. 일부의 선원들이 자른 토막을 넘겨받아 트롯낚시에 미끼를 끼우기도 하고 일부의 선원들은 자른 토막을 플라스틱 자루에 담아 나중에 사용할 수 있도록 어창에 적재하기도 했다. 박 기관장은 자신의 머리를 쥐어박았다. 감기약을 타러 브리지에 들렀을 때 미끼를 준비하라던 강 사장의 지시를 기억했기 때문이다. 작업에 돌입하면 미끼를 준비할 시간적인 여유가 없다. 턱턱거리던 소리는 미끼를 토막 내는 소리였다.

살점의 두께가 3센티미터에서 5센티미터에 이르는 점보 플라이 오징어는 페루 연근해에서 서식하는 포타였다. 한국에서는 대왕오징어라고 불렀다. 물론 두족류에 속해 있고 일반적으로 다 자란 놈은 크기가 2미터에 이르렀다. 체중도 100킬로그램이 넘는다. 종종 해외 토픽으로 소개되는 놈들은 크기가 10미터에 달하는 놈들도 있다. 말향고래가 좋아하는 먹이로 고래뱃속에서 대왕오징어의 살점이 발견되기도 했고 전설 속에 나오는 크라켄(Kraken, 노르웨이 앞바다에 나타난다고 하는 전설적인 괴물)의 모델이기도 했다. 살점에 암모니아 성분이 많아 식용으로 하자면 일정한 가공공정을 거쳐야 하는데 시중에서 팔리는 오징어채의 원재료이기도 하다. 미끼 치고는 고가였다.

"기관장님, 식사 하십시오."

사롱 보이(Saloon boy, 급사)가 다가와 모두 기다리고 있다면서 식사 시간이라고 알려주었다.

"식사하십시다."

사관 식당으로 들어오는 박 기관장을 장 선장이 반겼다.

"입맛이 없다고 해서 오늘은 특별식이야."

"예."

박 기관장은 점심까지 건너뛰고 몸이나 뜨겁게 지지려고 했는데 강 사장의 부름에 그만 대답을 하고 말았다. 먹는다는 일이 영 귀찮았다. 도통 입맛이 살아나지 않았다.

"입맛이 없다길래."

온실에서 길러 낸 무와 메밀의 새싹이다. 강 사장은 침실 모퉁이에 조그맣게 온실을 만들었다. 강 사장의 텃밭이다. 가로 1미터 세로 50센티미터 나무상자에 바닥에는 전기장판을 깔고 부엽토를 채웠다. 부엽토 위에 씨앗을 고루 흩뿌리고 위에는 비닐로 막을 쳤다. 전기장판에 열을 가해 부엽토에서 씨앗들이 발아하기 좋게 온도를 맞추고 하루에 한 번 생수를 주면 끝이었지만 세심한 관심과 주의가 필요한 농사였다. 강 사장은 경영자이기 전에 뱃사람다운 낭만적인 면도 있었다. 남극해에서 채소 농사를 짓다니, 육지에 사는 사람들의 상상을 뛰어넘는 발상이다. 야채가 크게 자라도록 기다릴 필요는 없다. 물론 환경의 특수성으로 크게 자라지도 못했다. 그저 5센티미터 정도만 자라서 식감만 느끼면 되었다. 그리고 다시 씨앗을 발아시켰다.

강 사장은 박 기관장이 입맛이 없다는 이야기를 듣고 수확을 결정했다. 온실에 있는 것을 한꺼번에 거두어들이면 두 끼 정도는 사롱에 공급할 수 있다. 그것도 그것이지만 망망한 바다에서 농사를 짓고 수확물로 비빔밥을 만들어 먹는 재미란 무엇과도 비교할 수 없다. 장 선장이 원두커피를 핸드 드립으로 즐기는 것처럼 자그마한 것, 스쳐 지나가는 것, 소박한 것, 순간적인 것을 강 사장은 놓치지 않았다. 결코 지폐로 환산할 수 없는 그런 것들로서도 잠깐잠깐 즐거워지는 것이 바다의 삶이었다.

낭만적 선장들은 사롱을 바로 둔갑시켰다. 사롱에 미러볼과 사이키 조명과 노래방 기계를 설치하고 보스 스피커도 부착했다. 또 고급와인 카페에서 볼 수 있는 풍경처럼 천정에 와인 잔을 거꾸로 정렬할 수 있는 받침을 만들어서 크기별로 와인 잔을 구비하기도 했고 바베큐통을 걸고 숯불로 아사도(소갈비) 파티를 했으며 또 하몽(염장 돼지다리)을 통째로 걸어 놓고 술잔을 기울일 때마다 조금씩 썰어 먹기도 했다.

바다에서 평생을 보내며 살아온 뱃사람답게 강 사장은 바다에서 어떻게 살아야 하는가를 잘 알고 있었다. 강 사장을 넌지시 바라보고 있으면 문득 존재에 대한 외경심을 느끼게 된다. 어떤 면에서는 바다보다 강 사장이 훨씬 더 순수한 존재라는 생각마저 들었다.

"맛이 어때? 맛이 있다고 하는 기준은 굉장히 주관적인 거야. 내가 맛있다고 해서 괜히 맛있다는 척할 필요는 없어. 하지만 입 안에 넣고 천천히 씹다보면 고추장의 매콤한 맛을 좋아하거나 아니면 아삭한 새싹의 식감을 좋아하거나 그것도 아니면 고소한 들기름에서 맛을 찾아낼 수도 있지. 들기름은 나만의 비법이고 알려줄 수 없는데 박 기관장 입맛이 없다고 하니 특별히 공개하겠어. 언젠가 기회가 있어서 강원도 주문진 주변에 있는 소금강이란 계곡에 들렀던 적이 있었어. 점심때가 되어서 배가 출출했는데 허름한 식당이 보여서 들어갔지. 그런데 식단표에 달랑 산채비빔밥밖에 없는 거야. 식당을 되돌아 나오긴 그렇고 해서 그냥 시켰는데 글쎄, 이게 말이야. 대박이었지. 세상에 그처럼 맛있는 산채비빔밥은 처음 맛보았지. 조리법이 궁금해서 주인에게 슬쩍 묻자 주인이 뭐라고 그랬는지 아나? 들기름 맛이라고 했지. 여기에 들어간 들기름이 그대로 조제한 거지. 참기름 3에 들기름 6.5고 0.5는 나만의 비법이므로 공개는 불가야."

강 사장은 반응이 무척이나 궁금했던지 박 기관장의 비빔밥 그릇이 비워지기를 기다렸다.

"아주 그냥 밥집을 하세요. 요식업요. 배 사업을 왜 해서 사서 고생을 하고 계세요. 어느 셰프가 와도 이런 맛은 못 낼 겁니다. 아주, 아주 훌륭해요."

"허허."

강 사장은 박 기관장의 칭찬을 웃음으로 받아넘겼다. 그랬다. 삶을 도전적으로 바라보는 사람도 있고 절망적으로 바라보는 사람도 있다. 삶을 능동적으로 대하는 사람이 있는가 하면 그저 끌려가기만 하는 사람도 있다. 두 부류의 사람들 사이에 벌어진 틈은 가치관의 차이고 선택의 순간뿐이다. 그러나 결과적으로 하늘과 땅만큼이나 머나먼 간격이 생긴다. 강 사장의 경우 동부태평양을 통틀어 최고의 어획 실적을 올렸던 선장이다. 선장으로서 어획 실적이 뛰어나다는 건 명예와 경제적인 이익도 따라 온다는 의미였다. 그때, 다랑어연승선 선장을 은퇴하며 육지에만 머물렀어도 여생을 살아가는 데 부족함이 없었다. 그런데도 강 사장은 바다를 택했다. 그리곤 실패를 했다. 그렇다고 주저앉아 있을 강 사장이 아니었다. 아파트까지 저당 잡혀서 다시 바다로 돌아왔다.

시인이지만 시를 쓰지 않는 사람은 시인이 아니고 산악인이지만 산을 오르지 않는 사람은 산악인이 아니다. 얼마 전 히말라야에서 조난을 당해 실종한 박영석 대장이 히말라야로 떠나기 전 한 말이다. 강 사장은 뼛속부터 뱃사람이었다. 바다를 떠나면 살 수 없는 사람이었다. 항상 그랬다. 자신이 가지고 있는 기득권들을 완전하게 비우고 그 안을 다시 채우기 위해서 거칠거나 조용하게 들여다보는 사람이었다. 삶은 하나의 과정이라면서 멈추어 있는 걸 싫어하는 사람이다. 강 사장의 그런 면을 접하고 나면 반하지 않을 뱃사람이 없었다.

"꿀맛입니다."

강 사장은 박 기관장의 말에 고개를 끄덕였다. 박 기관장은 비빔밥의 맛을 달리 표현할 단어가 떠오르지 않았다. 다른 반찬은 필요가 없었다. 압력 밥솥에서 갓 지은 흰 쌀밥에 직접 재배한 싱싱한 채소를 얹고 고추장과 들기름을 얹어 비비면 끝이었다. 볶은 고추장의 감칠맛과 들기름의 고소함이 야채의 싱싱함과 부드럽게 어울려 환상의 맛을 만들어 냈다. 미슐랭 별을 다섯 개 받았다는 식당의 음식도 이것보다 뛰어날 것 같지 않았다. 박 기관장은 앉은자리에서 뚝딱, 비빔밥 한 그릇을 게걸스럽게 비워 냈다. 오랜만에 밥그릇을 비워 내자 감기가 한꺼번에 떨어지는 것 같았다.

웨들 해

　피닉스 호 선위가 남위 65도 30분을 나타내자 큰 유빙으로부터 떨어져 나온 새끼 유빙들이 관측되기 시작했다. 게다가 수시로 눈 폭풍이 불어왔다. 눈 폭풍은 파도를 만들고 파도 속에 파묻힌 작은 유빙들은 레이더에도 잘 감지되지 않았다. 피닉스 호 브리지는 초긴장 상태로 돌입했다. 영하로 떨어진 기온 탓에 뱃머리에서 깨어진 파도가 상갑판을 빙판으로 만들고 브리지 유리창까지 얼음의 막으로 둘러쳤다. 시야확보를 위해서 신경이 예민해진 장 선장이 필리핀 선원 시스코에게 얼음 막 제거를 지시했다. 물론 실외의 온도가 영하로 떨어졌고 물보라가 날리는 상갑판에서 유리창 닦는 일이 쉬울 리는 없다. 장 선장이 지시하기 전에 한 발 먼저 알아서 하면 좋으련만 외국선원들에게는 그런 관심이 없었다. 일일이 지시를 하고 확인까지 해야만 했다.

장 선장이 뱃머리 방향에서 떠내려오는 작은 유빙을 발견하고 변침을 지시했다.

"헤딩 200도."

웨들 해에서 조업 경험이 있는 장 선장이다. 강 사장은 얼음 사이의 물길을 재빨리 찾아내는 장 선장의 능력을 지켜보며 흐뭇해했다. 마치 자신의 젊은 시절 모습과 닮아 있었다. 남극해 이빨고기 어장으로 진입하기 위한 마지막 고비였다. 아무리 해빙의 계절이라고는 하지만 남극해에 있는 얼음이 한꺼번에 녹을 수는 없다. 웨들 해의 얼음은 여름이 되면 남극대륙 연안에서부터 덩어리째 떨어져 나왔다. 유빙은 해류를 타고 떠다니는데 훔볼트해류를 타고 남아메리카 대륙의 해안을 북상하며 녹았다.

일반적으로 남극해 여름은 남위 63도에서 남위 70도까지 거대한 얼음벨트로 띠를 이루었고 얼음벨트를 통과해야만 웨들 해 어장에 도착했다. 얼음벨트를 뚫고 어장까지 가는 길에는 무수한 난관과 위험이 도사리고 있었다.

몇 년 전에는 그리스 냉동운반선 한 척이 유빙과 충돌해서 침몰했다. 남극반도 끝에서 조업하고 있는 트롤의 어획물을 싣기 위해서 남극해로 진입하던 중이었다.

물론 뉴질랜드의 해양기상청에서 보내주는, 유빙에 관한 모든 예상도를 받고는 있다. 그러나 유빙도는 위성에서 유빙의 분포를 전체적으로 촬영한 것으로 현지에 도착하면 얼음의 두께와 유빙의 위치가 달라졌다. 피닉스 호는 엉터리 유빙도를 참고하면서 항해계획을 세웠는데 막상 얼음의 평원에 들어서자 10미터 앞의 뱃길조차 찾아내기 힘들었다.

희미하게 보이는 윤곽이나 유빙조각에 부딪쳐 철썩이는 파도 소리보다 더 중요한 것은 직감에 의한 감각적인 판단력이다.

뱃머리 정면으로 다가오는 작은 유빙을 포트 5도로 피하고 선미를 향해 밀려오는 유빙은 전진력을 상승시켜 지나왔지만 스타포트 10도로 변침하는 찰나 포트 정횡에서 쿵 하는 소리가 들렸다. 충돌부위를 확인할 겨를도 없이 다시 뱃머리 앞으로 크게 확대되어 들어오는 판빙(평평하고 거대한 판자형 유빙)은 전진력을 급속히 다운시켜 타력으로 들이박았다.

-쿠쿵

피닉스 호 볼바우에 부딪쳐 조각조각 부서지는 판빙의 소리가 둔탁하게 들려왔다. 다시 피닉스 호의 스타보드(Starboard, 우현)와 포트(Port, 좌현)를 노리고 쏜살같이 다가서는 유빙을 유연한 조타동작으로 흘려보내자, 10미터나 떨어져서 피닉스 호 뱃머리 방향으로 작은 웅덩이가 보였다.

지난해에도 스페인 선적의 남극이빨고기 연승선 한 척이 야간항해를 하다 미처 유빙을 발견하지 못하고 얼음 위로 올라갔다. 선체의 무게로 잠시 가라앉았던 유빙이 부력에 의하여 수면으로 솟구치자 유빙을 올라탄 조업선은 균형을 잃어버리고 전복이 되었다. 침몰의 원인조차 확실하지 않았다. 항행선도 없을뿐더러 섬도 없는 남극해에서 유빙과의 접촉이 아니라면 구조요청도 못할 만큼 빠르게 침몰할 다른 원인은 없었다.

지금부터 피닉스 호 뱃머리 앞에는 거대한 얼음의 세계가 있다. 어느 유빙 틈에 죽음의 위험이 도사리고 있는지 몰랐다. 아이스클래스에 근접하도록 개조한 피닉스 호였지만 유빙과의 충돌에서 안전은 장담은 할 수 없다. 첫째도 안전, 둘째도 안전, 셋째도 안전이 제일이다. 피닉스 호가 도착한 곳은 겨우 얼음 세계가 시작되는 입구였다.

"이제 시작해봅시다. 장 선장."

강 사장이 얼음의 세계로 본격적 진입을 지시했다. 강 사장은 어디로 가는 것이 제일 빠른 물길인가를 생각하며 유빙도를 뚫어지도록 보았다. 피닉스 호가 어장에 도착하는 일은 지독한 미로 찾기였다. 남극해 바람이 매섭게 불어오는 가운데 수평선은 미로의 윤곽을 희미하게 드러냈는데 군데군데 갈라진 유빙 사이로 실뱀 같은 구불구불한 물길이 있었다.

기온이 따뜻해지면 얼음들은 더 빨리 녹을 것이며 새로운 물길이 생겨난다. 강 사장은 새로운 물길로 웨들 해의 크릴을 노리고 고래들이 몰려들 것이라고 예상했다. 아니나 다를까. 피닉스 호가 항해하고 있는 물길 앞에는 가족으로 추측되는 고래무리의 분기공이 아지랑이처럼 피어났다. 빙산으로부터 분리된 작은 유빙이 피닉스 호 스타보드 현으로 접근했다. 유빙의 윤곽이 파도 속에서도 뚜렷하게 구분이 되었다. 피닉스 호가 유빙과 가까워지자 유빙이 표류해 온 방향으로는 혜성이 끌고 가는 흰 꼬리처럼 더 작은 얼음조각들이 띠를 이뤘고 파도가 철썩일 때마다 흩어졌다. 유빙지대로 들어설 때 만났던 유빙들은 그야말로 예고편에 불과했다.

한 손은 조타기 휠에 놓고 또 다른 한 손엔 쌍안경을 들고, 손수 조타를 하고 있는 장 선장은 쓰고 있던 개털 모자를 벗으며 말했다.

"고래들은 본능적으로 얼음이 갈라지는 길을 아는가 보죠."

"그렇겠지. 그렇지 않고서야 웨들 해 연안까지 고래가 들어오겠나. 그럴 때 보면 사람이 아무리 영리하다고 해도 고래보다 못하지."

"그럼 저놈들을 따라가야겠네요."

"그렇다면 얼마나 좋겠나. 그런데 고래가족이 가는 최종 목적지도 모를뿐더러 저놈들의 스피드도 따라잡질 못하네. 저것 좀 보게, 고래들이 유빙 사이로 들어가지 않았나? 괜히 저놈들을 따라간다고 출력을 올렸다가 유빙과 접촉이라도 하면 낭패가 아닌가. 이 바다에서는 안전이 최고일세. 그건 그렇고 톱브리지 견시는 올려 보냈겠지?"

"1항사가 올라가 있습니다."

"음, 고생이 많겠군."

"어찌되었거나 스페인 조업선들이 이미 조업을 시작했으니 뱃길이 열렸다는 것이겠지요."

피닉스 호는 전진출력 30퍼센트만 사용하여 유빙을 피해 가면서 항해했다. 그렇지만 조각난 유빙이 와그르거리며 선측 외판을 두드리는 것까지는 피하지 못했다.

박 기관장은 기관실에서 발전기의 회로도를 점검하던 중이었다. 기관을 사용하고 있어서 얼음의 세계로 진입을 시작했구나 하고 단순하게 생각했다. 그런데 기관실 외벽으로부터 만재도 해안가 몽돌 밭에서 파도에 쓸려 내려가는 몽돌같이 와그르거리는 소리가 계속해서 들렸다. 박 기관장은 대체 무슨 소린인가 싶어 기관실 현창으로 걸음을 옮겼다.

"선수 3시, 3마일 거리에 웅덩이가 있습니다."

레이더마스트에 올라가 있는 1항사가 보고하는 앰프소리가 현창을 넘어서 기관실까지 들렸다.

박 기관장은 현창을 통해 끝없이 펼쳐진 얼음의 세계를 보았다. 피닉스 호가 지나가자 주먹보다 조금 큰 얼음조각과 그보다 더 큰 얼음조각들이 생뚱맞게 둥글둥글거리며 흘수선을 따라서 선미 쪽으로 흘러갔다. 얼음조각들은 마치 모네의 그림 속 수련같이, 남극해에 피어 있는 얼음꽃처럼 보였다. 썰물 때의 뻘강처럼 검푸르고 불투명한 물길도 보였는데 시퍼렇게 갈라진 물이랑은 피닉스 호가 지나가자 겹겹이 물결치듯 얼음조각들이 모여들면서 사라졌다.

"선수 2시 방향, 1마일 앞에 웅덩이가 있습니다."

검푸르게 빛나던 물길이 해류에 의해서 순식간에 사라지자 피닉스 호는 전진할 방향을 잃었다. 이럴 때에는 얼음의 세계 속에 숨겨진 웅덩이를 찾아야 했다. 웅덩이는 얼음이 녹을 때 조금 더 빨리 녹는 부분인데 톱브리지에서 보면 주변의 얼음보다 검게 보였다. 당연히 얼음의 두께가 얇았다. 그렇기 때문에 피닉스 호는 재빨리 숨구멍과 숨구멍을 찾아 볼바우로 얼음을 부셔가며 전진해야 했다. 톱브리지에 나가 있는 1항사로부터 유빙 정보가 허공을 갈랐다.

"출력 50퍼센트, 하드포트(Hard port, 좌현전타), 출력 30퍼센트, 하드 스타보드. 출력 50퍼센트."

강 사장의 지시에 메인엔진 소리가 다급해지고 볼바우에 부딪쳐 갈라지는 유빙 소리가 우지끈거리며 들려왔다.

얼음이 전년도보다 빨리 녹고 있다는 뜻은 유빙이 완전히 녹아서 바닷물이 되는 것이 아니다. 유빙이 해빙이 될 때 가장 약한 부분끼리 맞물린 곳이 분리가 된다는 뜻이다. 피닉스 호는 그렇게 갈라진 틈을 찾아가며 어장으로 가야 했다.

일반적이지만, 쇄빙선에서 얼음을 깨고 뱃길을 만드는 방법에는 두 가지가 있다. 얼음의 두께가 두껍지 않으면 강력한 추진력으로 얼음을 쥐어박아 얼음을 부수는 것이고 얼음의 두께가 두꺼우면 얼음 위로 올라타 선체의 무게로 눌러서 뱃길을 만든다. 피닉스 호의 경우 갈라진 유빙 틈을 볼바우로 박아서 틈을 넓혀 가며 뱃길을 냈다. 남극해에서 남극이빨고기 연승선들이 주로 사용하는 방법이었는데 상가(Dry dock)를 하면 볼바우가 납작하게 찌그러들어 있을 정도로 선체의 손상이 심한 쇄빙방법이다.

선수에서 둔중한 파열음이 다시 들렸다. 얼음이 갈라지면서 물길이 열리는 소리였다. 그것은 얼음의 세계가 끝날 때까지 들어야 할 레퀴엠 같은 유빙들이 연주하는 음악이었다. 박 기관장의 눈살이 저절로 찌푸려졌다. 연속적으로 쿵쾅거리는 소리들이 달구질하듯 용골을 타고 퍼졌다. 유빙은 부서지며 피닉스 호를 사정없이 흔들었다.

유빙에 반사되는 강한 햇볕 탓으로 고글을 착용하지 않은 눈이 시려왔다. 박 기관장은 손바닥을 펴서 손 그늘을 만들었다. 그때 박 기관장은 부서진 유빙 사이에서 검은 부리와 검은 눈, 하얀 깃털을 가진 새가 날아오르는 것을 보았다.

앨버트로스와 서든 자이언트페트롤이 보이지 않는 시간도 꽤 되었다. 앨버트로스야 남위 60도 이남으로 내려오면 볼 수 없는 새였지만 서든 자이언트는 남극해를 배경으로 살아가는 새였다. 그렇다고 서든 자이언트를 구별 못할 정도는 아니었다. 앨버트로스는 아니었고 서든 자이언트는 더더욱 아니었다. 덩치만 보더라도 앨버트로스와 서든 자이언트에 비해 서너 배나 작았다. 남극해에 저렇게 작은 새가 살고 있다는 것을 감히 누가 상상이나 하겠는가? 그리고 저처럼 작은 새는 얼음과 바람과 추위뿐인 이곳에서 먹이는 어디서 구하고 어떻게 생명을 이어가는 걸까? 부화는 어디에서 하며 새끼들은 어떻게 키우는 걸까? 자연의 위대함은 끝이 없었고 그 속에서 생명을 유지하는 새도 그랬다. 그렇다고 남극해에 지레 주눅들 필요는 없었다. 기관실의 온도는 각종 기계에서 쏟아져 나온 열기로 더웠지만 박 기관장은 방한복 옷깃을 여미고 목까지 움츠렸다.

  문득 선연이 떠올랐다. 이별을 통보하는 선연을 보며 세월이 흘러갔듯 그렇게 사랑도 흘러가는 것이다.

  그날은 봄이었고 경주였는데 반야월 성터에서였다. 그때까지 갈참나무들은 새순을 내놓지 못하고 있을 때였다. 이날따라 보슬보슬한 봄비가 물안개처럼 내리고 있었다. 뿌연 물방울로 몇 미터 앞의 시야도 확보되지 않았고 빗방울은 정수리를 타고 흘러내렸다. 앞서 가던 선연이 돌아서며 박 사장님에게 나는 무엇이냐며 물었고 박 기관장은 웃어 넘겼지만, 그 말이 어쩌나 쓸쓸하게 들렸던지 박 기관장은 할 말을 잃었다. 그때 선연의 얼굴이 물안개로 온통 젖어있었는데 그 속에 눈물이 감추어져 있었다.

  짙은 쓸쓸함이, 성터에 가득했던 적멸만큼 박 기관장의 가슴으로 몰려들었다. 선연의 중얼거림을 듣는 순간 박 기관장은 깊이를 알 수 없는 심연으로 빠져드는 것 같았다. 그건 선연을 처음 만날 때 느꼈던 싱크홀 같은 마음이었다. 그날 선연은 입술이 파래지도록 무작정 비를 맞으며 목적지도 없이 걸었다.

경주에서 묵기로 했다. 불을 켜지 않은 실내의 어둠에 눈이 익자 선연의 모습이 희끄무레하게 비쳤다. 박 기관장의 가슴이 벌떡벌떡 뛰었다. 이불을 덮고 있는데도 잘록한 허리와 둥그런 엉덩이의 윤곽이 드러났다. 선연의 몸은 놀랍도록 뜨거웠다. 그것이 사랑이었는지 눈먼 욕정이었는지는 중요하지 않았다. 그날 밤의 벌거벗은 뜨거움. 박 기관장은 그것이 그리웠다. 가슴에 품었던 희망도, 가지고 있던 사람도 송두리째 잃어버리고 자신은 지금 남극해 얼음에서 무엇을 하고 있단 말인가?

"선수 12시 방향, 1마일 앞에 웅덩이가 있습니다."

또 다시 톱브리지에 나가 있는 1항사로부터 유빙 정보가 마이크를 통해 쩌렁쩌렁 울려 퍼졌다. 그와 동시에 우르릉거리며 메인엔진의 출력이 높아졌다.

−콰콰쾅

선체가 부서질 듯한 충격에 박 기관장의 몸이 앞으로 쏠렸다가 뒤로 젖혔다. 메인엔진의 출력이 다시 높아졌다. 피닉스 호가 잠깐 후진했다가 전진했다.

–콰콰쾅

얼음덩어리와 사정없이 부딪친 충격이 선체를 강타했다. 갑자기 엔진 출력이 높아지며 50퍼센트이던 출력이 순식간에 120퍼센트까지 올라갔다. 급속한 출력에 과부하가 걸린 발전기는 죽겠다는 소리를 냈다. 선체를 뒤흔드는 공명소리와 요란한 충돌 음으로 헤드기어를 착용하지 않은 박 기관장은 귓속까지 멍멍해졌다. 그때 기관실 강 선장의 전언을 가지고 출입구에서 계단을 내려오는 3항사가 보였다.

"어서와, 커피 한잔하고."

강 사장의 호출을 받고 간 브리지에서 내려다보는 남극해, 사방은 유빙으로 꽉 차 있었다. 유빙지대의 풍경은 적막하고 아름다웠지만 그야말로 얼음의 왕국이다.

"3마일 앞쪽에 웅덩이가 열려 있는데 그곳까지 가려면 얼음을 깨면서 가야 해. 얼음의 두께가 50센티미터에 가까워서 엔진 출력을 120퍼센트까지 써보았는데 좀 더 써야 할 것 같아서. 어때, 가능하지?"

"장시간 사용은 곤란하고 한 시간 정도라면 150퍼센트까지는 가능하겠습니다."

박 기관장은 그러나 장담은 할 수 없다고 말했다. 강 사장은 묵묵히 고개를 끄덕였다.

"지금 얼음의 상태는 두께가 50센티미터밖에 안 되니까, 제기랄, 그 출력이라면 충분해."

강 사장은 무표정하게 뱃머리 앞의 판빙을 바라보았다. 시선은 통나무를 쪼개려고 높이 쳐든 토끼날처럼 싸늘했다. 오히려 보고 있는 박 기관장이 긴장감으로 침을 꿀꺽 삼켰다.

"장 선장, 한 번 더 박아 봐."

강 사장이 내뱉듯 말했다. 강 사장은 현역을 떠났어도 여전히 감각은 살아 있었다. 유빙을 움직임이게 하는 해류를 보는 눈이 빨랐으며 또 그것을 느낄 수 있는 직관력도 뛰어났다. 자연히 유빙의 종류에 따라 대처하는 조타 지시까지도 빨랐다.

장 선장은 피닉스 호를 후진시켰다. 피닉스 호와 유빙과의 거리가 30미터로 벌어졌다. 장 선장이 피닉스 호의 출력을 120퍼센트로 높였다. 피닉스 호는 미국 옐로우스톤 국립공원의 눈밭 속 버펄로 입김처럼 허연 연기를 토해 내며 판빙을 향하여 돌진했다.

"꽉 잡아!"

강 사장이 소리쳤다.

-콰콰쾅!

피닉스 호 볼바우가 이미 두 번이나 충격을 준 곳에 가서 정확하게 꽂혔다. 브리지 난간을 붙잡고 있었음에도 곤두박질하듯 내리꽂혔다가 흔들리는 진동에 중심을 잃고 비척거렸다. 박 기관장 몸을 강 사장이 쓰러지지 않게 붙들어주었다. 이번엔 피닉스 호의 출력을 150퍼센트로까지 올렸다. 곧이어 쩡, 쩌저정 하는 소리와 함께 뱃머리에서부터 웅덩이가 노출된 곳까지 구불거리는 새끼 뱀 같은 실금이 생겼다. 장 선장은 왼편으로 전타를 했다. 얼음이 갈라지는 굉음과 실금의 간격이 조금씩 넓어지기 시작했다. 그것은 마치 개화하기 직전의 얼음꽃이 꽃잎을 벌리며 서서히 봉오리를 펼치는 것과 같았다.

피닉스 호 뱃머리가 간격을 확보하자 장 선장은 기회를 놓치지 않았다. 이번엔 재빨리 오른쪽으로 전타를 했다. 피닉스 호의 선수가 회두하며 오른쪽 현의 얼음덩어리를 밀었다. 마침내 얼음의 세계를 가로지르는 뻘강 같은 물길이 생겨나면서 피닉스 호는 전진했다. 유빙의 문이 열렸다는 것은 남극해가 피닉스 호를 받아 준다는 정표였다. 남극해에서 연승을 투승할 수 있고 남극이빨고기를 어획할 수 있는, 피닉스 호에 승선한 모든 선원들의 희망과 미래였으며 꿈이었다.

강 사장은 방한복을 벗고 있었지만 박 기관장은 후덥지근한 브리지를 벗어나 윙브리지로 나왔다. 여름이라지만 남극해 날씨는 제법 쌀쌀했고 대기는 한기를 느낄 만큼 차가웠다. 정신이 번쩍 들 정도로 싸늘한 한기가 짜릿하게 피부에 와 닿았다. 기분이 상쾌해지며 개운한 느낌이 들었다.

박 기관장이 남극의 신선함과 차가움에 취해 있을 때쯤 뱃머리 앞 수평선부터 검은 구름들이 몰려왔다. 검은 구름은 갑자기 눈보라로 변했다. 박 기관장은 브리지 안으로 얼른 몸을 피하여 창 바깥의 눈송이를 바라보았다. 미처 눈구름이 도착하지 않은 하늘에서 흘러나오는 몇 가닥의 햇빛이 수평선 위에서 휘날리는 눈송이들과 어우러져 아름다운 풍경을 만들었다.

　박 기관장은 풍경에 시선을 고정시킨 채 생각에 젖어들었다. 선연의 황당한 이별통보, 그로 인해 감당하기 어려운 슬픔만 가슴에 가득 담고 항해를 한 지도 어느덧 한 달이 훨씬 지났다. 아침에 일어나 남극해를 마주보며 하루를 시작해 선연과의 쓰라린 기억을 지우기 위해 미친 듯이 기관실의 정비에 몰두하는 동안 무엇을 버리고 무엇을 얻었는지 자신도 알 수 없었다. 다만 1개월이란 시간 속에서 한 가지 분명하게 깨달은 것이 있다면 선연의 이별을 현실로 받아들여야 한다는 것이다.

　모든 것은 흘러갔으며 앞으로의 상황이 어떤 형태로 펼쳐질지는 누구도 알 수 없다. 그에 따른 결과 역시 가늠할 수 없는 일이지만, 사랑 같은 것은 생각지 않기로 했다. 단지 아침이 되면 해가 뜨고 저녁이 되면 어둠이 찾아오는 것처럼 피닉스 호에 승선해 있고 현실은 남극해라는 것이다. 박 기관장은 모든 뱃사람이 수긍하는 바다의 관습, 지극히 간단명료한 법칙을 따르면 되었다.

박 기관장은 곁의 강 사장을 보았다. 강 사장은 뱃머리에 시선을 고정한 채 꼼짝도 하지 않고 있었다.

강 사장은 지금 무엇을 생각할까? 평생을 바다에서 살아왔음에도 박 기관장이 품고 있는 바다와 강 사장이 간직하고 있을 바다가 같은 것은 아니었다. 분명히 그럴 거라고 생각했다. 어느 쪽이 더 푸르고 어느 쪽이 더 깊은가는, 중요하지 않았다. 다만 바다라는 것, 그러면서 다른 바다라는 것. 박 기관장은 강 사장을 통해 위로받을 수 있을 정도로 자신의 바다가 사라진 것은 아니었다. 그런 생각 때문인가, 박 기관장은 강 사장의 굵어진 이마 주름에서 애잔함을 읽었다.

눈구름이 피닉스 호를 지나가자 하늘은 언제 그랬냐는 듯이 푸른 하늘을 보여 주었지만 시야는 흐렸다. 흘수선을 따라 우지근거리며 유빙조각들이 선체를 훑고 나가는 굉음이 선내를 진동시켰다.

강 사장의 지시에 따라 장 선장은 피닉스 호의 출력을 30퍼센트로 낮추었다. 피닉스 호 볼바우는 얼음과의 충돌을 예상해 티타늄으로 무장을 했지만 현측은 평범한 강철이었다. 잘못해서 얼음의 각진 부분과 충돌하면 찢어질 수 있다. 대서양으로 처녀항해에 나섰던 타이타닉호가 가라앉은 이유이기도 했다. 갈 길이 먼 피닉스 호이었기에 시간이 없었다. 시야가 좋지 않다고 멈출 수는 없었다.

유빙의 왕국

　메인엔진에 부하가 걸리자 쿵쿵거리는 굉음과 함께 피닉스 호가 부서질 듯이 흔들렸다. 브리지에서는 130퍼센트 출력으로 후진을 사용했다. 순항 중인 배에서는 후진을 쓰지 않는다. 쓸 일이 없기 때문이다. 빙산과 충돌하지 않으면 넓고 넓은 남극해에서 기관을 무리하게 사용할 이유가 없다. 그런 생각이 들자 박 기관장은 마음이 더 바빠졌다. 박 기관장은 상갑판으로 향하는 계단을 단숨에 올라갔다. 피닉스 호 볼바우 앞에는 거대한 큰 빙산 하나가 버티고 있었다. 며칠 전 얼음에 갇혀 겨우 탈출하고부터는 순탄한 항해였다. 그런데 어느 순간부터 유빙들이 피닉스 호의 항해를 저지했다. 기관실을 다급하게 벗어날 때의 급박함은 잊어버린 듯 빙산 앞에서 박 기관장은 꼼짝하지 못했다.
　빙산은 하늘을 보고 70도 정도로 기울어져 있었는데 모양은 마치 어머니가 계시는 만재도 고향집 앞마당에 있는 고추장 독을 닮았다. 수면으로부터 부드러운 곡선으로 부풀어 올라서 상부로 가며 줄어들어 전체적인 윤곽은 이름 없는 장인이 잘 빚어 놓은 장독과 비슷했고 사람으로 치면 S자 몸매를 지닌 여인과도 같았다. 빙산 꼭대기는 미처 녹지 못한 눈덩어리들이 이스터 섬의 모아이 모자처럼 놓여 있었는데 앙증맞은 뚜껑처럼 보였다. 빙산은 비취색이었으며 보는 각도에 따라 색깔이 조금씩 바뀌었지만 어느 색이더라도 푸르기는 마찬가지였다. 빙산은 전체적으로 바닥에서부터 위까지 수많은 결을 가지고 있었고 결마다 비취색의 농도가 달라서 신비한 느낌마저 자아냈다. 수천 년 동안 내린 눈이 쌓이고 겹쳐진 것이 중력의 무게로 다져지며 만들어 낸 빙산의 나이테였다. 그리고 주변에는 조각난 유빙이 꽉 들어차서, 마치 연못 전체를 덮고 있는 수련의 잎 같아서 바닷물은 아예 보이지 않았다.

군데군데 구름을 비집고 나온 햇살이 바다를 하얗게 비추고 있었다. 그렇지만 구름을 뚫고 나온 햇살의 양은 적었다. 그것 때문인가? 빙산의 푸른색은 신비했다. 전체적으로 빙산에서 뿜어진 서늘하고 푸른 기운이 남극해 차가운 느낌을 더하게 했고 가끔 지지직거리며 피닉스 호 볼바우에 부딪쳐 갈라지는 유빙에 간담이 서늘했다.

선체를 훑고 가는 크고 작은 아이스 팬케이크와 다도해 섬처럼 떠 있는 빙산의 두려움에도 불구하고 박 기관장은 남극해 한복판에

와 있다는 것을 온몸으로는 실감하지 못하고 있었다.

항해를 시작해서 이제야 겨우 얼음의 세계에 도착했고 펭귄이나 물개는 한 마리도 보지 못했다. 남극하면 펭귄이었다. 바다와 폭풍과 파도는 만재도에서 자란 박 기관장에겐 낯설지 않은 수생생물이다. 파도와 바람이 사라지자 남극해는 빙산에 반사되어 푸르게 빛을 내는 대기의 차가움만 아니라면 어느 봄날의 한려수도 풍경과 같다는 느낌이 들었다. 바다는 호수처럼 잔잔했고 점점이 떠 있는 빙산들이 마치 섬처럼 보여서 다도해 풍광을 연상했다.

박 기관장은 주머니에서 핸드폰을 꺼내 셔터를 눌렀다. 남극해 풍경이 고스란히 핸드폰 안으로 들어왔다. 이런 기회가 아니면 어디에서 빙산을 만날 것인가. 대충 사진을 확인한 박 기관장의 발걸음은 기관실로 향했다. 평형수를 점검하기 위해서다. 피닉스 호는 얼음을 피한다고 대각도 변침을 자주했다. 조타기를 전타하므로 선체의 중심이 이리저리 쏠렸는데 아무래도 포트 현의 중심이 좋지 않았다. 얼음에서 반사된 햇살 탓에 실내로 들어오자 설맹에 걸린 듯 아무것도 보이지 않았다.

박 기관장은 당직시간이 바뀌기를 기다렸다. 1기사 당직이라 괜히 나섰다가는 자존심을 건드릴 것이다. 남극이빨고기 저연승선은 상갑판에 이것저것 적재량이 있어 톱헤비(과적)에 주의해야 했다. 게다가 한 달 정도의 항해로 연료 소비량도 많았다. 무게 중심이 출항시보다 많이 움직였을 것이다. 1·2번 어창의 예비유류를 3·4번 유창으로 내려야 할 때가 되었다.

"안녕하세요."

"트리마가시, 슬라맛."

하품을 하다 말고 박 기관장과 눈이 마주친 아만이 인도네시아 말로 인사를 했다. 피닉스 호에 승선한 인도네시아 선원들은 영어를 할 줄 아는 사람이 별로 없었으므로 어느 나라 말로 인사를 해도 마찬가지다. 아만은 박 기관장에게 환하게 미소를 지었다. 동남아 선원들을 대할 때마다 느끼는 점이지만 낙천적이었다. 삶에 대한 고통도 있을 것인데 항상 웃었다.

박 기관장은 발전기의 운전 상태를 잠시 관찰하다 컨트롤 룸으로 발길을 옮겼다. 몇 가닥 남지 않은 머리칼까지 빡빡 깎은 민머리 1기사가 기관일지를 작성하며 당직교대를 준비하고 있었다.

"포트 쪽으로 기우는데?"

박 기관장은 1기사의 의견을 물었다.

"기름을 모두 스타보드로 옮겼는데도 넘어갑니다."

1기사가 유창 플랜을 보여주며 자세하게 설명했다.

"흠…."

포트 현의 3·4번 유창이 비워져 있고 기름은 스타보트 유창으로 몰려 있었다.

"어구들을 옮기라고 하시죠."

선체의 평형을 잡히고 당직시간 내내 이송펌프를 돌렸는데 피닉스 호의 균형이 잡히지 않았다. 박 기관장은 1·2번 유창의 기름을 옮기자고 말하려다가 말았다. 당직시간도 끝났는데 괜히 신경을 쓰게 할 필요가 없었다.

피닉스 호가 남극점을 향해 항해하면 할수록 얼음은 끝없이 나타났다. 바다 같지 않은 바다. 얼음으로 막막히 막혀 버린 바다를 바라보며, 박 기관장은 이제야 남극해에 도착했다는 것을 실감할 수 있었다. 그야말로 얼음의 왕국이었다. 마치 팬케이크를 닮았다고 붙여진 유빙 아이스팬케이크가 흘수선을 스치며 지나갔다. 유빙에는 선체에 부딪친 흔적으로 방청도료(부식방지 페인트)가 벌겋게 묻어났다. 그럴 때마다 기관실 외벽은 우직근거렸고 박 기관장은 가슴을 쓸어내렸다. 한때 오대양 바다가 좁다고 설쳤던 박 기관장이었다. 그렇지만 남극해만큼은 경험하질 못했다. 뱃사람이라고 내세우려면 남극해는 경험했어야 했다. 그래야 진짜 뱃사람인 것이다. 그러나 코앞도 예측할 수 없는 얼음의 세계, 상상만 했던 유빙의 바다 남극해였다.

브리지와 연결되어 있는 인터폰이 삐 하며 울렸다.

"기관장 브리지로 좀 오세요."

"예."

강 사장이 직접 원두커피를 내려주었다.

박 기관장은 목도 말랐으므로 물을 마시듯 단숨에 벌컥벌컥 커피를 들이켰다. 강 사장은 잔이 넘치도록 한 잔 더 따라주었다.

피닉스 호가 유빙과 부딪칠 때마다 선체는 쿵쿵거렸다. 작업준비를 마쳐놓은 탓일까. 무료함을 이기지 못한 선원들은 선미갑판을 어슬렁거리며 담배도 피우고 빙산과 유빙을 배경으로 사진도 찍었다.

"아무래도 안 되겠어, 1항사가 올라가 봐야겠어."

장 선장이 지켜보고 있던 레이더 화면이 온통 벌겋다. 주변이 모두 얼음이라는 의미였다. 피닉스 호에서 가장 높은 곳은 레이더 마스트(Radar mast, 레이다 기둥)였다. 방법이 없었다. 수없이 레이더 마스트로 올라가서 수평선을 살펴야 했다. 얼음이 녹는 계절이라 바다가 모두 얼음으로 뒤덮인 것은 아니다. 군데군데 녹은 곳이 있고 녹은 곳은 멀리서 보면 주변보다 검은색을 띠었다. 그곳을 찾아야 했다. 그러면 그 방향으로 전진해야 한다. 1항사는 벌써부터 준비 중이었다. 발열내의를 아래위로 입고 그 위에 서너 벌의 옷을 껴입고도 방한복을 입던 중이었다. 남극해의 추위는 그야말로 강추위였다. 바람이 불지 않아도 차가움은 뼛속까지 파고 들어왔다. 방한옷으로 중무장한 1항사는 마치 빼꼼하게 눈만 내놓은 부엉이 꼴이었다.

"포트 정횡으로 진입하면 150도 방향에 물길이 있습니다."

레이더 마스트로 올라간 1항사로부터 연락이 왔다. 장 선장이 왼쪽으로 전타를 하자 피닉스 호는 오른편으로 사정없이 기울었다. 무심히 서 있던 박 기관장은 어어 하는 소리와 함께 브리지 한구석으로 사정없이 처박혔다. 박 기관장이 들고 있던 커피 잔을 놓쳐 브리지 바닥은 커피로 엉망이 되었다.

피닉스 호 볼바우가 제법 큰 유빙을 들이박았다. 쿵하는 충격과 함께 선체가 멈칫했으나 장 선장은 개의치 않았다. 메인엔진의 출력을 더 높이자 유빙은 반으로 갈라졌다. 그 틈으로 피닉스 호가 전진했다. 장 선장은 다시 한 번 전진출력을 100퍼센트까지 올렸다. 과연 유빙을 부수고 물길을 만드는 방법은 남극해를 다녀본 경험에서 관록이 묻어났다. 메인엔진 출력소리에 놀란 물개 한 마리가 조각난 유빙 위를 엉금엉금 기어서 바닷물 속으로 들어갔다.

"요즘 꿈자리가 아주 더러워서 하는 말인데 기관실에는 문제가 없지."

강 사장은 호출한 이유를 넌지시 말했다. 박 기관장은 발전기 이야기를 할까 하다가 참았다. 왜냐하면 발전기에서 나는 소리를 자신만 듣고 1기사나 조기장은 듣지 못하기 때문이다.

"잘 돌아가고 있습니다."

박 기관장은 그렇게 이야기하는 것이 좋겠다 싶었다. 괜히 여러 가지로 근심이 많은 강 사장인데 자기까지 한 다리를 더 보탤 필요는 없었다.

　피닉스 호는 결국 얼음 속에 갇혔다. 시간이 지나면서부터 유빙은 판빙으로 바뀌었고 피닉스 호 주변에서 자리를 잡았다. 피닉스 호 주변은 판빙으로 바닷물이 전혀 보이지 않는 설원으로 변해 버렸다. 브리지에는 팽팽한 긴장감이 감돌았고 주변에는 그동안 보이지 않던 칼날 닮은 유빙들이 빙원 위에서 번뜩였다. 피닉스 호 주변으로 모여드는 유빙으로 압류가 점점 세어졌다. 선수 연료 탱크 1번의 포트 현과 스타보드 현이 먼저 유빙의 공격을 받았다. 피닉스 호가 질러 대는 비명처럼 굉음이 들리며 선측 외판이 어창 쪽으로 밀려들었다. 주변은 온통 판빙뿐이었고 거대한 힘이 브리지 옆 선측까지 압류했다. 조여오는 판빙의 압력을 뿌리치기라도 하려는 듯 피닉스 호는 계속해서 전진과 후진을 반복했다. 그러나 결과는 아무것도 달라지는 것이 없었고 엔진을 쓰면 쓸수록 두려움과 공포는 배가되어 마치 메아리처럼 강 사장에게 되돌아왔다.

　겁에 질린 선원들은 당황했고 갈피를 잡지 못해 선수로 갔다가 선미로 갔다가 하며 우왕좌왕했다. 박 기관장은 잘못하면 피닉스 호가 침몰할 수도 있다는 것을 비로소 깨달았다. 박 기관장은 갑자기 머리끝이 쭈뼛 곤두서면서 숨이 막힐 것 같은 공포가 온몸을 감쌌다.

장 선장은 유빙에 갇힌 것이 자신의 실책이라며 얼굴을 들지 못했다. 최선을 다했지만 장 선장의 능력으로서는 어쩔 수 없었을 것이다.

펭귄들이 뱃전 주변으로 모여들었다. 황제펭귄들이었다. 사람이 펭귄을 구경하는 게 아니라 펭귄이 인간을 구경하는 꼴이 되었다. 피닉스 호의 선체가 그런 대로 버티고 있지만 유빙의 압력으로 늑골까지 밀릴까 걱정이 되었다.

강 사장은 밥 대신 소주를 마셔 가면서 얼음의 세계에서 빠져나갈 궁리만 했다. 그러나 방법이 없었다. 대항해시절 남극탐험에 나섰다가 얼음에 갇혀 실패한 선례만 없었더라도 걱정은 덜하였을 것이다. 다랑어연승선을 말아먹은 강 사장에겐 물러날 자리가 단 한 치도 더 남아 있지 않았다. 남극이빨고기 조업을 실패하면 그것으로 끝이었다. 어떻게 하면 빠져 나갈 수 있을까. 소주잔을 비우다보면 잠이 들었고 잠이 들면 하루가 갔다. 한 가지 분명한 것은 강 사장이나 자기나 세상에 태어나서 단 한 번도 경험해 보지 못한 일생일대 최대의 '위기'라는 것을 알고 있다는 것이다.

선원들은 강 사장의 심경을 아는지 모르는지 얼음판으로 상륙을 해서 눈싸움을 한다, 족구를 한다, 펭귄을 쫓아다닌다고 야단이었다. 기다리는 수밖에 없었다. 자연의 힘에 맞서는 건 자연의 힘 밖에 없었다.

그동안 힘차게 움직이던 메인엔진, 쉴 틈도 없이 돌아가던 레이더 스캐너 그리고 선위를 나타내던 GPS플로터까지 제자리에서 커서를 번쩍이며 깊은 잠으로 빠져들었다. 그렇게 나흘을 지내는 동안 박 기관장은 다시 한 번 깨달았다. 사람의 의욕만으로 안 되는 것이 너무나 많다는 사실이었다. 하지만 남극해는 여름이고 해빙이 되는 계절이었다. 다행히 물때가 사리를 지나면서 조류가 강해졌고 북풍의 바람이 불자 유빙들은 흩어졌다.

강 사장은 탈출의 기회를 놓치지 않았다. 피닉스 호가 얼음 속에서 탈출하기까지 꼬박 나흘이나 걸렸다.

"식당 흘수선 부근이 조금 밀려들어 왔지만 항해는 지장이 없겠습니다."

강 사장은 피해사항을 점검하고 오랜만에 샤워를 했다. 아직까지는 그런 대로 체형을 유지하고 있었다. 수염을 깎을까 하다가 포기했다. 강 사장이 거울 속에 비친 얼굴을 뚫어져라 바라보았다. 남극해가 두렵다는 생각이 엄습했다. 어디선가 유빙이 눈보라를 뚫고 피닉스 호의 침로를 조여올 것만 같은 공포로 소름이 돋았다. 순간적으로 굵은 주름이 이마에 두 줄이나 생겨났다. 주름은 사라지지 않았다. 강 사장은 이마의 주름을 오래도록 들여다보았다.

피닉스 호가 얼음 속에 갇히자 박 기관장은 벼루고 있던 1호 발전기의 점검을 시작했다. 피스톤 헤드를 분해하고 실린더 속을 자세히 살펴보았지만 이상한 점은 눈에 띄지 않았다. 발전기에 붙은 액세서리도 정상 상태를 유지했다. 박 기관장은 윤활유를 모두 교체하고 필터까지 교환했다. 그런데도 마음 한구석이 편하지 못하고 찝찝했다.

"기관장님, 더 할 일이 없으면 그레징(Grazing, 얼음웃) 배관이 얼어붙었다는데 더 얼기 전에 조치를 해야겠습니다."

조기장이 눈치를 살피면서 말했다. 그때서야 박 기관장은 미루어 놓은 일거리가 있다는 것을 알았다. 기관실에서 처리갑판으로 공급하는 청수의 배관이다. 청수는 추운 기온 탓에 보일러에서 데워져 급냉실까지 공급되었다. 잠시 방심한 사이 급격한 기온의 저하로 배관의 파손은 없었지만, 배관 전체가 얼어붙었던 것이다. 처리갑판의 청수공급은 무엇보다 중요하다. 어획물의 어가에 큰 영향을 끼치기 때문인데 일 톤에 삼만 미국달러를 호가하는 어가가 처리 결함으로 일만 불까지 뚝 떨어지기도 한다. 남극이빨고기를 '메로'라고 하며 일본인들이 좋아하는 줄 알지만 잘못된 정보였다. 메로는 유럽인들이 더 선호했다. 메를루자 네그라는 유럽의 식당에서 고급 식재료로 쓰였다. 유럽에서도 하류층은 메를루자 네그라는 물고기 자체를 알지 못했다. 일부 상류층만 즐기는 물고기다. 남극에서만 어획할 수 있고 전량이 남극생물자원위원회의에서 쿼터로 관리되는 탓에 어가가 고가였다. 그런 이유로 1차 상인들은 어획물에서 조그마한

흠집이라도 찾아서 가격을 낮추려고 안간힘을 썼다.

　남극이빨고기를 어획하면 모든 지느러미와 내장을 제거하고 대가리와 꼬리를 잘라 HGT(머리, 내장, 꼬리제거 몸통처리)로 만드는데 그걸 트렁크라고 한다. 남극이빨고기가 트렁크로 만들어지면 핏대를 긁어내고 깨끗이 세척해서 초저온으로 급속냉동을 시킨다. 어획물이 냉동이 되면 어창에 적재하는데 이때 어획물 껍질에서 수분이 증발하며 껍질이 마르는 현상이 발생한다. 그렇게 되면 어획물의 껍질과 살이 부석부석해지고 어가는 바닥을 치며 똥값이 되는 것이다. 어획물이 마르는 것을 방지하기 위해서 선원들은 그레징을 했다. 급속냉동 된 트렁크를 청수에 푹 담그면 담갔던 횟수만큼 얇은 얼음막이 생겨서 수분의 증발을 막는다. 이것을 '그레징'이라고 했다. 이때에 청수가 필요했다. 박 기관장은 남극해로 진입하기 전 배관이 얼어붙는 것을 염려했다. 바닷물은 영하 2도에서부터 결빙을 시작했고 청수는 영하에서부터 결빙이 된다. 수온이 영하 1도였다. 당연히 밸브를 적당히 열어서 청수를 흘려보내도록 지시를 했지만 그런데도 불구하고 선원들이 밸브를 잠가 놓아서 청수 배관을 얼어붙게 했다.

　한국선원들만 타고 다닐 때엔 한 번의 지시로 일사불란하게 일처리가 되었는데 외국인 선원들과의 승선에선 그게 안 되었다. 외국인 선원들은 자신이 일을 벌려 놔도 돌아서면 모른다고 했다. 청수 배관만 하더라도 그랬다. 선박운용에 관한 모든 것은 한국선원들이 일일이 신경을 써야 했다. 배관의 동결 상태를 알려면 배관과 배관을 연결한 플렌지(Flange)를 일일이 해체해 가며 확인해야 했다. 그리고 동결 부분이 발견되면 그때부터 산소절단기로 굽어서 얼음을 녹여야 한다.

"이거야, 완전히 막노동판이네요. 도대체 남극이빨고기 맛은 볼 수나 있을는지 모르겠습니다. 얼음에나 갇히고. 도대체 장 선장은 남극을 다섯 번이나 왔다갔다는 말이 맞습니까? 사흘이나 지냈는데도 아직도 얼음 안에서 허우적거리고 있으니. 어장엔 언제 가며 연승은 언제나 던져질는지."

얼어붙은 배관에 산소로 담금질을 하며 조기장은 투덜거렸다. 조기장의 어조는 차라리 애원에 가까웠다.

"강 사장을 믿어야지. 기다리면 만선할 수 있을 거야."

조기장의 하소연에 대꾸하는 박 기관장의 심정도 안타까웠지만 아버지 장례도 참석하지 못하고 조업이 시작되기를 기다리는 조기장은 마음이 편치 않았던 것이다. 그러나 박 기관장은 분명히 알고 있었다. 블리자드가 몰려오며 남극해가 다시 얼어붙는다 하더라도 강 사장은 자신이 마음먹은 만선을 이루지 않고서는 육지로 돌아가지 않을 거라는 것을. 박 기관장은 침묵으로 대답했다. 괜히 강 사장을 편드는 듯 속마음을 내보일 필요는 없었다. 조기장은 귀국을 단념하게 한 강 사장에게 원망스런 마음이 있었기 때문이다.

피닉스 호가 빙원의 족쇄에서 풀려났지만 웨들 해에 도착하려면 예기치 않은 일을 몇 번이나 더 겪어야 할지 아무도 알 수 없었다. 피닉스 호가 남쪽으로 내려갈수록 얼음의 두께가 두꺼워지며 바다는 깨뜨릴 수 없는 판빙으로 덮여 있었다.

박 기관장이 수리업체를 폐업하고 남극해를 선택했을 때 주변 사람들이 굳이 왜라며 말렸다. 단정할 수는 없었지만 바다를 벗어난 금단증세 같은 거였다.

하선하고부터는 인생에 특별함이 없었다. 결혼을 했지만 곧 헤어졌다. 되돌아보면 어제도 우울했고 그제도 우울했었다. 오랜 배생활로 속내를 털어놓을 친구마저 없는 상황에서 눈을 뜨면 출근하고 해가 지면 퇴근했다. 그리고 자고 다시 깨면 출근했다. 파도도 없고 폭풍도 없는 매사가 무덤덤하고 시큰둥했다. 수리를 맡긴 기계를 해체했다가 결합하면서 단 한 번도 행복함을 느껴 보지 못했다. 하루 삶의 부피가 한 주먹도 되지 않았다. 이렇게 살아도 되는 걸까. 박 기관장이 남은 인생에 대해서 고민이 깊을 때였다. 그랬다. 그저 삶의 노예로 살았다. 그런 생각이 언제부터인가. 피로가 쌓이기 시작한 크랭크축 같이. 크랭크축의 회전피로가 점점 쌓여서 마침내 크랭크축이 와장창 소리를 내면서 절단되듯이 절박한 부르짖음을 토해 냈던 것이다.

"아니야, 이렇게 살고 싶지는 않아. 후회는 남기지 말아야지. 강 사장도 도와주고 싶고 남극해도 가보고 싶어."

그렇게 자신을 향해 어리둥절해 하고 있는 사람들에게 박 기관장은 외쳤다. 그럼에도 자신감은 점점 사라져 갔다. 하지만 그럴 수도 있는 것이다. 즉흥적인 성격은 아니지만 얼마든지 무시할 수 있었다. 이명 같이 들리는 소리의 원인을 찾지 못한 탓이기도 하다. 자신감이 유빙에 쓸려 남극해 밑으로 가라앉은 것 같았다.

조기장을 도와서 청수 배관의 플렌지를 해체하고 조립을 하고 있을 때 피닉스 호는 움직이기 시작했다. 피닉스 호는 전진과 후진을 반복하며 얼음을 쥐어박았다. 외판에서 유빙이 스쳐가는 거친 소리가 들려왔고 유빙과의 충돌로 선체가 덜덜거리며 흔들렸다. 그동안 유빙항해로 유빙에 만성이 된 탓으로 박 기관장은 놀라지 않았다. 유빙지대를 무사히 벗어나서 투승이 시작되기 전에는 숨만 쉬면서 유빙의 굉음과 충격을 기약 없이 감당해야 하는 것 말고는 자신이 할 수 있는 것은 아무것도 없다는 것을 알고 있었다.

온몸이 오그라들 정도로 추웠다. 오랫동안 웅크리고 있었던 탓인지 몸 전체가 결리고 뻐근했다.

시투

피닉스 호의 선위가 남위 70도를 넘었다. 그러자 유빙들이 다시 나타나기 시작했다. 통상적으로 남위 60도 이상 지역을 "남극해"라 하고 남극해에서는 열두 달 내내 유빙을 볼 수 있다. 유빙의 결빙점은 염분함유량에 의해서 결정되는데 염분량 34퍼센트인 보통의 해수는 영하 2℃에서 결빙한다고 한다. 따라서 기온이 몹시 낮은 극지방에서는 일 년 내내 볼 수 있으며, 저위도지방에서는 겨울철에만 볼 수 있는 것이다. 개개의 빙괴는 지름 10m 이상의 빙반과 빙판으로 구분되며 전자는 지름 200m, 1km, 10km 단위로 소 빙반 중 빙반 대 빙반 거 빙반으로 불렸다. 또 집합체로서는 밀집도에 따라 시계 내에서 유빙이 해면을 차지하는 비율이 3/10, 6/10, 9/10 단위로 개 유빙 또는 전 분리 유빙, 조 유빙 또는 분리 유빙, 밀 유빙 또는 밀접 유빙, 최밀 유빙 또는 전 밀접 유빙으로 구분한다. 넓은 의미의 유빙에는 빙하에서 떨어져 나온 빙암이나 빙산도 포함되지만 빙하로부터 멀리 떨어져 바다에 떠 있는 것만 유빙이라고 했다.

 남극으로부터 생성된 유빙은 유빙의 크기와 모양, 이전의 풍향과 현재의 풍향 표면에서의 일반적인 해류 등에 의해서 어디까지 떠내려가느냐가 결정된다. 유빙이 바람의 영향으로 움직일 경우 가장 큰 영향을 끼치는 요인은 유빙의 크기와 모양이다. 빙산 중심부에 돛 모양의 뾰족한 봉우리를 갖는 유시빙산은 바람에 의한 영향을 가장 많이 받았다. 30노트의 일정한 바람이 불 경우 이들은 1노트의 속력으로 매일 24해리를 움직인다. 일단 움직인 유빙은 바람이 멈춘 후에도 수 시간 동안 계속해서 움직였다. 남극에서 생성된 유빙이 남서풍을 타고 남위 60도까지 떠밀려 내려오면서도 그 거대한 크기를 유지할 수 있다는 것은 처음의 크기를 상상하고도 남았다. 가끔 유빙은 남위 52도의 아르헨티나 근해까지 흘러들었다. 아르헨티나 근해에는 한국에서 송출나간 오징어채낚기 선장들이 많았는데 그네들의 증언에 의하면 유빙이 하나만 흘러들어도 그해 오징어어장은 죽을 쓴다는 것이다. 유빙하나에 수온이 평년보다 2~3도가 떨어지므로 자연생태계에 혼란을 가져와 어장 자체가 형성이 안 된다는 것이다. 그런 유빙들이 남위 70도를 넘어가자 레이더 화면에 서너 개씩 나타났다.

 햇볕이 사라진 날이 계속되었다. 장 선장이 확인한 어장까진 아직도 100해리나 되는 먼 거리였다. 장 선장의 눈길이 유빙 너머에서 푸른빛으로 빛나고 있는 빙산 쪽을 향했다. 빙산은 백야의 빛을 머금은 탓인지 신비함을 더하고 있다. 빙산 자체의 발광만으로도 주위가 훤해지는 것 같았다.

빙산의 색깔은 주로 빙산의 공급지인 빙붕에서 퇴적된 퇴적물과 플랑크톤의 색 및 빙산 내의 푸른색을 띠는 얼음 등의 여러 가지 조합에 의하여 갈색 검은색 푸른색 등을 띠었다. 아마도 저 놈은 남극의 바람이 퇴적되어 저렇게 푸른색으로 빛나는 것은 아닐까 하고 장 선장은 생각했다. 빙산이 남극의 대기를 품은 것은 맞지만 빙산이 푸른빛을 띠는 것은 빛의 스펙트럼에서 푸른색만 반사되기 때문이었다. 빙산의 푸른색은 아무리보아도 질리지가 않았다.

피닉스 호가 남극반도 북단에 줄지어 선 사우스셰틀랜드 군도 사이를 빠져나가자 스페인 조업선 간의 교신이 똑똑히 들렸다.

"마치 자갈치아지매들 같아."

강 사장은 스페인 조업선들의 어황교신을 도청하다 마침내 투승을 결심한 모양이다. 웨들 해로 진입하는 입구였다. 그런 탓에 마음이 급한 조업선 선장들이 무심히 지나치는 곳이다. 그런데 장 선장이 뉴질랜드 배에서 항해사로 근무하던 시절 이곳에서 두 번이나 대박을 친 적이 있었다. 그러니까 이쯤에서 시투를 해보자고 장 선장이 권했던 탓이다.

2,100미터 해저로부터 솟아오른 수심 1,000미터의 퇴가(돌출부위) 사방 6마일 반경으로 발달된 곳으로 해저지형은 들쑥날쑥한 요철이다. 강 사장이 판단하기에 근래에 들어 발견되기 시작한 심해열수분출공이 생겼다가 활동을 하지 않는 오래된 화산지형 같았다. 투승이 잘못되면 날카로운 해저지형으로 메인라인이 절단될 수도 있다. 그런 까닭으로 2,100미터에서 급격하게 1,000미터 수심으로 낮아졌기에 영양염류를 품부한 해저 심층수가 용승하며 좋은 어장이 될 가능성이 높았다. 만약 해저지형에 관심이 없는 선장이라면 있는지 없는지도 모르게 지나갈 작은 퇴였지만 하루 평균 20톤의 HGT어획을 기록했다는 곳이다. 아무튼 이곳에다 시투하기로 강 사장은 결정했다. 본 어장과는 상당한 거리가 있었으므로 본 작업이 시작되기 전에 총체적인 어로장비의 점검도 필요했고 긴 항해로 말미암아 흐트러져 있을 선원들의 마음도 붙잡아야 했다.

"자, 쇼를 시작해봅시다."

장 선장은 남극해양생물자원위원회 사무국에다 피닉스 호의 어장 도착과 함께 입역신고를 했다.

"남극해양생물자원위원회, 여기는 한국선 피닉스 호입니다. 12월 7일자 웨들 해로 진입한 본선, 명일 새벽 04시 00분부터 조업에 임할 예정입니다. 오버."

곧 아르헨티나 티에라 델 푸에고에 자리 잡은 리오그란데(Río

Grande, 항구 지명) 본부로부터 응답이 왔다.

-귀선의 입어를 축하합니다. 안전조업과 좋은 어획 결과 있기를 기대합니다. 오버.

1항사가 현재까지의 총 어획 소모량 쿼터를 묻자, 100톤이 소모되었다는 답변을 얻어냈다.

"잘 알았습니다. 본선도 매일매일 어황보고에 참여하겠습니다. 오버."

10개국 20척이 잡을 총량이 2,900톤이라면 150톤은 잡을 수 있다는 계산이 나온다.

1항사는 남극해양생물자원위원회 사무국과의 교신 결과를 강 사장에게 보고했다.

"그럼 잔량이 아직도 2,900톤 남았다는 이야기 아닌가. 좋아! 이제부터 시작이다. 한 번 피닉스 호의 멋진 솜씨를 보여 주자고."

더 이상 시간을 끌어서는 곤란했다. 강 사장이 장 선장의 어깨를 탁 쳤다.

"알겠습니다!"

투승방향과 어장구역을 설정하기 위해서 차트 검토를 마친 장 선장의 경쾌한 응답이었다.

"슬로우 다운."

드디어 피닉스 호는 선원들과 남극이빨고기 어획 채비로 돌입했다. 피닉스 호의 출력이 떨어지면서 선체의 동요도 잦아들었다. 어군탐지기는 쉬지 않고 돌아가고 있었지만 별로 소용이 없었다. 어획 대상인 남극이빨고기는 수심 1,000미터 해저바닥의 요철에 웅크리고 있었다. 남극이빨고기 조업선에서 어탐기의 기능을 해저확대로 해본다고 한들 이것이 남극이빨고기라고 단정하기는 어려웠다. 어군탐지기는 해저의 수심을 알기 위한 장비였다.

남극해의 12월 초순은 북반구와 달리 빙하가 녹아내리는 초여름이다. 언제 어느 때 유빙과 마주칠지 몰랐다. 1항사는 수시로 레이더를 확인했다. 남극해는 어장을 선택함에 있어 가장 먼저 고려해야 할 점이 유빙 존재의 여부다. 한창 연승을 던지면서 전진하고 있는데, 전방으로 유빙이 접근하면 당장 작업을 중단하거나 침로를 변경해야 한다. 그렇지 않으면 연승이 유빙에 달라붙거나 끊어져 참담한 맛을 보기 때문이다.

앞으로 한 시간 후. 네 시 정각에 투승을 시작한다는 게 강 사장의 계획이다.

새벽 3시 30분이었다.

"스탠바이!"

토크 백 앰프(선미쪽 확성기)에서 1항사의 지시가 선내를 메아리쳤다. 추위를 피하기 위해서 선수 창고에서 대기하고 있던 갑판장과 투승조 선원들이 선미갑판에 모습을 나타냈다. 선원들이 숨을 쉴 때마다 살을 에는 표독스런 바람이 허연 입김으로 번졌다. 선원들은 모두 두툼한 방한모에 방한복 차림이다. 그것은 앞으로 선원들에게 주어질 육체적, 정신적 고통과 참고 견디어야 할 혹독함을 말해 주는 것이기도 했다. 끊임없이 몰려오는 차가운 바람으로 피닉스 호 뱃머리는 언제부터인지도 모르게 얼음의 절벽으로 변했다. 새로이 밀려오는 파도에 부딪힐 때마다 뱃머리에 얼음은 점점 높이 쌓여 갔으며, 급기야는 양쪽 뱃전까지 쌓여 올라왔다. 수온이 영하에서 맴도는 만큼 대기온도 역시 빙점 주변을 맴돌았다.

투승조 선원들은 두 그룹으로 나누어졌다. 선미상갑판에서 GPS 부이와 아이스부이를 렛고하고 부이 줄을 관리하는 그룹과 선미갑판에서 메인라인을 관리하는 그룹이다. 또 메인라인을 관리하는 그룹에서 경험자는 앙카(Anchor, 닻)와 메인웨이트 렛고를 하고 나머지 선원들은 브렌치라인에 트롯을 결박하는 그룹과 트롯에 무게 추를 결박하는 그룹 그리고 트롯을 선미 밖으로 렛고하는 그룹으로 세분화되었다. 처음으로 남극이빨고기 연승선에 승선한 신참들은 트롯에 무게 추를 수월하게 결박하도록 정리하는 일과 트롯에 달린 낚시에 미끼 채우는 일을 했다.

"시투 준비는 됐나?"

"준비됐습니다."

망연히 빙산을 쳐다보고 있던 녹은 갑판장의 물음에 힘차게 대답했다. 한국 원양어선의 승선경력이 10년이 넘는 베트남 출신이다. 인도양으로 출어한 다랑어연승선을 시작으로 나중에는 미크로네시아의 추크라군을 기지로 한 다랑어선망선까지 탔다. 처음에는 매달 300달러씩의 고정급을 받았는데 이제는 만만치 않은 경력에다 한국말도 잘 구사하여 1,000달러나 받고 있다. 녹은 월급을 차곡차곡 모아 고향인 냐짱 인근에 집이 딸린 5,000평의 땅을 샀다고 한다. 그리고 지금은 보다 수당이 많은 처리장이 되어서 피닉스 호를 타고 있다. 이번 항해를 마지막으로 고향으로 돌아가면 기다리고 있는 약혼자와 결혼도 하고 조용히 농사나 짓겠다는 선원이다.

"무게 추는 꼭꼭 묶어야 한다. 조금이라도 헐거우면 떨어져 나간다."

"예, 써."

필리핀 출신 라하유는 히죽히죽 웃는 게 버릇이다. 라하유가 구사하는 언어는 예와 노, 단 두 마디뿐이었다. 마닐라에서 고등학교를 나오자마자 처음으로 얻은 직장이 한국의 원양어선 피닉스 호다. 라하유는 말을 아끼고 있지만, 마닐라를 근거지로 한 중개인에게 수월찮은 뒷돈을 주고 나서야 겨우 인천공항으로 향하는 여객기에 오를 수 있었다. 동남아 각 나라에서는 아직도 한국행이 곧 코리안 드림의 시작이라 굳게 믿었다. 라하유는 브렌치라인 끝에 무게 추를 묶는 임무를 맡았다.

1항사는 혹시나 발생할 실수를 방지하기 위해서 투승 준비 상황을 일일이 확인했다. 투승 준비는 완벽했다.

"준비됐습니까?"

장 선장이 시투 준비 상황을 묻자 갑판장은 오른손을 번쩍 들었다. 투승 준비가 끝났다는 신호이다. 드디어 투승 개시 명령이 떨어졌다.

새벽 04시 00분. 침로 090도. 정동 방향이다. 바람은 변함없는 서풍이다. 그 바람을 정면으로 받아치며 피닉스 호는 80퍼센트의 출력으로의 남극해 차가운 바람을 갈랐다.

"GPS 렛고!"

베트남 출신 녹이 빨강색의 노르웨이부이 3개가 연결된 GPS부이를 잡고 있던 핸드레일에서 손을 놓았다. GPS부이가 바닷물로 풍덩 떨어졌다가 천천히 몸을 일으켜 세우는 게 보였다. 3미터 길이의 쇠파이프 꼭대기 GPS부이는 중간에 노르웨이부이가 장착되고 제일 아랫부분에 무게 추를 부착하였기에 바닷물로 떨어지는 순간 오뚝이처럼 바로 선다. GPS부이는 바닷물에 떨어지자마자 위성과 연결되어서 브리지 모니터에 위치를 표시했는데 그렇기 때문에 되돎(리턴 동작)을 하거나 정양승을 하더라도 정확하게 투승조 위치를 알 수 있고 메인라인이 연결된 연승을 걷어 올릴 수 있었다.

"아이스부이 렛고!"

GPS부이가 피닉스 호와 간격을 벌리자 이번엔 강 사장이 아이스부이 투하를 지시했다. 피닉스 호가 투승을 시도하고 있는 어장 주변에는 유빙조각들이 많이 떠다녔다. 만에 하나 GPS부이가 유빙 밑으로 들어가기라도 한다면 어떻게 초깃대를 찾을 것인가. 그야말로 시투부터 난관에 봉착하는 거였다. 강 사장은 만일을 대비하여 아이스부이까지 투하하기로 했다. 지시를 받은 제롬이 GPS부이와 연결된 아이스부이를 배가 항진하는 출력에 맞추어 선미 현에서 바닷물로 힘껏 밀어넣었다.

아이스부이는 다랑어선망선에서 사용하는 노란색의 코르크를 50미터 길이로 엮어 놓은 것이다. 혹시라도 GPS부이가 유빙에 깔려서 얼음 속에 잠기더라도 아이스부이 일부가 유빙 밖으로 노출되게 하므로 초깃대 발견이 쉬웠기 때문에 어구를 SET 통째로 잃어버리는 것을 방지했다.

남극해에서는 어떠한 형태라도 투기가 금지되어 있었다. 연승을 잃어버리기라도 하면 큰일이다. 무조건 잃어버린 연승을 찾아서 뱃전 안으로 인양을 해야만 했다. 그런 일로 사흘 동안이나 조업을 못하고 연승 찾기에 매달린 조업선도 있다. 아이스부이는 길이가 무려 50미터나 되었다. 바닷물로 떨어진 아이스부이는 사행하는 노란점무늬바닷뱀처럼 구불거리며 선미뱃전에서 멀어졌다. 곧이어 침자로 사용되는 120킬로그램의 앙카도 바다 속으로 사라졌다.

"트롯."

"여기 있습니다."

무게 추라 불리는 5킬로그램 쇳덩이는 이미 낚시가 매인 트롯의 50센티미터 높이에 단단히 매듭지어져 있었다. 갑판장이 직접 투승 시범을 보였다. 녹으로 넘겨받은 트롯과 무게 추를 갑판장은 선미 현 멀리 내던졌다. 미끼는 쉽게 빠지지 않도록 낚시의 한가운데에 깊이 박혀 있다. 그러지 않고 외투 막에다 꿰면 선미 밖으로 던지는 힘에 의하여 찢어지면서 빈 낚시만 남아 공염불이 되고 말았다.

갑판장이 미끼를 끼운 첫 낚시를 던져 넣었다. 16,200미터의 600상자나 되는 메인라인과 브렌치라인의 부피도 적지 않다. 그래서 전체적인 낚시 개수도 일반 다랑어연승선에 비해 곱절이나 많았다. 7,200개의 낚시가 남극이빨고기를 노리고 바닷물 속으로 투하되기 시작했다. 이제부터 미끼를 매단 낚시는 무게 추와 함께 1,000미터 깊이의 심해까지 침강해 갈 터였다.

이때부터 피닉스 호는 투승 라인으로 계획한 침로를 따라 항진했다. 첫 트롯이 갑판장 손을 떠났고 두 번째, 세 번째 트롯이 바닷물로 사라졌다.

"빨리, 빨리!"

대왕오징어를 깍뚝 썬 미끼를 낚시에 끼운 트롯을 잡고 갑판장이 다그쳤다.

"여기 있습니다!"

녹이 큰 소리로 응대했다.

"브렌치라인."

이어서 다음 낚시. 달리는 피닉스 호의 출력에 맞추어 메인라인은 부드럽게 풀려졌고 투승작업은 규칙적으로, 또 기계적으로 끝없이 이어졌다.

"얼마 나갔지?"

"일백마흔 개입니다."

제롬이 수시로 바스켓 개수를 보고했다. 투승작업이 계속되는 동안 브리지의 어군탐지기는 쉬지 않고 해저 상황을 기록했다. 하지만 해저를 확대한 모니터에는 아무 기록도 잡히지 않았다. 다만 요철 가득한 해저바닥이 모니터에 스펙트럼을 만들어 냈다.

그럼에도 기대는 컸다. 아무런 자료도 또 근거도 없이 연승을 깔고 있지만, 강 사장의 본능은 바로 이곳이야말로 남극이빨고기의 집단 서식지라는 기대를 저버릴 수 없게 했다. 영하를 맴도는 빙점에 1,000미터 내외의 수심에서 만들어진 요철의 해저 지형. 아주 알맞은 선택이라고 강 사장은 믿고 싶었다. 다만 한 가지 걱정거리가 생겼다. 투승작업이 끝날 무렵 쌍안경으로 장 선장이 신기루처럼 아물거리는 돌출물 하나를 발견한 점이었다.

"음, 빙판이야."

레이더로 확인한 강 사장의 말이었다. 8마일 남짓한 거리였다.
"큰 문제는 없을 거야."
강 사장은 이것 또한 낙관적으로 보고 싶었다. 남극해라면 당연히 빙산과 빙판이 떠다니는 곳이었다. 이제는 빙산과 빙판을 확인해도 별로 두렵지 않았다. 해류는 동쪽으로 흐르고 있었고 바람도 약한 동풍이므로 빙산의 압류 방향 역시 같을 게 틀림없다. 그렇다면 똑같은 해역에 깔린 연승 역시 침강하면서 동쪽으로 떠밀릴 것이다. 이변이 발생하지 않는 한 상황이 악화될 이유는 없다. 하지만 이곳은 남극해였고 기상의 변화를 예측할 수 없었다. 주의를 할 필요는 있었다.
"얼마 나갔지?"
강 사장은 투승량을 확인했다.
"스무 개만 더 던지면 육백 개입니다."
브렌치라인 묶음수를 확인한 제롬이 정확한 숫자를 보고했다.
"그럼 600개만 던지는 것으로 오늘 투승은 마치는 걸로 합시다."
해저의 상황을 전혀 파악하지 못한 곳이다. 거기에다 어로조업선에서 안전사고가 제일 많이 발생하는 때는 첫 조업에 임할 때와 마지막 어기종료 때였다. 시투 때는 뭘 몰라서고 어기종료 때는 마음이 풀어져서 그렇다. 무엇보다 시투는 어획노력량 파악에도 중요했다. 어군의 밀집도가 좋지 않은데도 낚시만 깔아 놓고 있으면 쓸데없는 시간소모다. 일단은 어장의 상태를 정확히 파악하고 계속해서 작업을 진행할지 어장을 이동할지 결정해야 한다. 남극해에서 잡을 수 있는 이빨고기의 양은 정해져 있는데 무턱대고 시간을 낭비하면 안 되었다. 어군의 밀집도가 높은 곳을 찾아서 단숨에 어획량을 높여야 했다.

피닉스 호는 남극해 수호신처럼 떠 있는 유빙을 피해 가며 연승을 투승했다. 첫 투승인데다 대부분의 선원들이 무경험자들이어서 강 사장은 처음부터 욕심을 낼 필요는 없다고 판단한 것도 한몫했다.

"육백 바스켓 투승 완료."

갑판장의 투승종결 보고가 브리지로 전해졌다

"오케이."

강 사장의 목소리에 힘이 넘쳐났다.

남극이빨고기 조업에서 연승의 효과적인 침적시간은 24시간에서 72시간 사이로 보고 있었다. 72시간이 넘어가면 해저에 살고 있는 기생 숙주의 습격으로 상품의 가치가 급락했기 때문이다. 강 사장은 침적시간을 6시간으로 했다. 연승을 던진 곳의 수심이 1,000미터였다. 트롯이 해수면에서 해저에 안착하는 데 걸리는 시간만 해도 1시간 10분 정도가 걸렸다. 만약 해류나 조류가 영향을 끼치면 시간은 더 소요되었다. 거기에다 양승을 시작하게 되면 수심이 1,000미터나 되기에 150트롯 정도가 바닥에서 떠오르게 된다. 그렇게 되면 실질적으로 남극이빨고기를 공략할 수 있는 시간과 낚시의 확률은 절반으로 줄어들게 된다. 방법은 없다. 침적시간을 1분 1초라도 늘여야만 했다. 강 사장은 시투이고 어군의 밀집도를 파악하기 위한 작업이라 6시간으로 만족했던 것이다.

피닉스 호가 양승을 위해서 낚시를 처음 던져 놓은 곳을 향해 달리는 동안 강 사장이나 장 선장의 마음은 한결같았다. 바닷물 속에는 얼마나 많은 남극이빨고기가 있는지? 어군의 밀집도가 어떠한지? 정확한 포인트에 낚시가 가라앉기나 할 것인지? 연승을 감아올리는 동안 유빙이 떼거리로 몰려오지나 않을는지? 온갖 생각이 꼬리에 꼬리를 물었다.

모든 물고기들은 주로 새벽에 먹이 활동을 했다. 그래서 양승은 주로 대낮에 시작이 된다. 이번엔 방한복을 걸친 채 긴장한 양승조 선원들이 작업갑판으로 모여들었다. 작업갑판은 남극해 차가운 바람으로 눈을 뜨기조차 힘들 정도로 추웠다. 갑판장은 양승이 시작되기 전 소주를 병째로 양승기와 뱃머리에 뿌렸다. 사고 없이 남극해 조업을 마치게 해달라는 뱃사람의 기원이었다.

"아이스부이가 보입니다."

그로부터 20분 후, 톱브리지에서 쌍안경으로 부이를 관찰하던 3항사가 부이 발견을 보고했다. 시간도 충분하여 전진출력 60퍼센트를 사용한 까닭에 시간은 10시를 넘기고 있었다.

"더도 덜도 말고 3백 마리만."

그게 첫 시투의 희망 어획이다. 총 7,200개의 낚시가 투하되었다. 그 중에서 300개에 이빨고기가 걸려들어도 300마리 어획이었다. 성숙한 남극이빨고기의 평균 무게는 30킬로그램 정도. 그런 놈으로 3백 마리면 총량은 9,000킬로그램이 된다. 다시 말해 하루 9톤의 어획이라는 계산이 나온다. 남극이빨고기는 최고가의 물고기다. 일일 어획이 9톤이면 유럽시장에 판매되는 어가로 27만 미국달러였다. 한화로 치면 3억에 가까운 돈이었다. 그렇게 100톤만 잡아도 30억이 넘는 돈이다. 그거야말로 대박이다.

남극이빨고기

　양승갑판은 추위를 막기 위해 중무장한 양승조 선원들로 부산했다. 바람이 바뀌어서 남서풍이 10미터퍼세크로 불었다. 뱃머리에서 부서진 파도는 선수갑판에 얼음의 두께를 더해 갔는데 마치 남극해의 토템 같았다. 영하 15도 기온에 방한모와 방한조끼 그리고 방한마스크까지 착용하고 있으니 양승조 선원들은 올빼미처럼 두 눈만 빠끔했다. 마스크를 통해 빠져나온 입김이 아지랑이처럼 아물거렸다.
　피닉스 호는 파도에 넘실거리는 GPS부이를 우현으로 두고 타력으로 전진했다. 하단부에 매달린 분홍 색깔의 대형 노르웨이 부이 3개는 물속에 잠기다시피 가라앉아 일렁거렸다.
　"GPS부이 잡고! 빨리 빨리 아이스부이도 끌어올려."
　앰프를 통해 장 선장이 양승을 시작하는 카랑카랑한 목소리가 남극해 허공으로 퍼져 나갔다.

이때 박 기관장은 침실을 어슬렁거리며 언 몸을 덥히고 있었는데 커다란 빙산 하나가 아이스부이 곁으로 다가오고 있는 걸 보았다. 백야의 하늘 아래 신비한 빛으로 빛나는 빙산을 보는 순간 박 기관장은 자신도 모르게 가슴이 먹먹해졌다. 빙산이 품고 있을 많은 것들이. 빙산의 나이테에 퇴적된 이야기들이. 박 기관장은 요즈음엔 TV 프로그램을 시청하다가도 눈물을 흘렸다. 늙어가는 걸까. 박 기관장은 자신의 감정이 부끄러웠다. 가슴 깊은 곳에 숨어 있어야 할 것이 블리자드 속에 잘못 드러나서 감추어야 모습을 갑자기 들켜버려 형편없는 뱃사람이 된 것처럼. 뱃사람의 삶이라는 것은 거의 언제나 강인한 남자를 요구하지만 그러나 가끔은 어쩔 수 없도록 약한 모습이 나타나곤 했다.

박 기관장은 빙산을 자세히 관찰하기 위해서 처리갑판으로 발걸음을 옮겼다. 막상 처리갑판으로 들어서자 빙산에 대한 관심은 곧 뇌리를 떠났다. 윙윙거리며 돌아가는 와인딩 드럼소리가 관심을 차지했기 때문이다. 와인딩 드럼에 부하가 걸리기 전이었지만 소리로 예측했을 때는 아무런 이상이 없었다. 박 기관장은 상갑판에서 선원들이 부이를 건져 올리는 모습을 지켜봤다.

갑판장이 우현 뱃전으로 다가온 GPS부이를 향해 삼발이라 부르는 세 발굽 갈고리를 정확하게 내던졌다.

"GPS부이 안테나 조심해!"

GPS부이에 연결 된 부이라인을 당기며 필리핀 선원 라하유가 도움을 청했다. 양승조 선원들이 한꺼번에 달려들어 하나 둘 셋 하나 둘 셋하며 부이 줄을 당겼다. GPS부이가 현문(선측 외판 벽)을 넘어왔다. 곧이어 아이스부이도 수납했다. 다랑어연승선의 메인라인보다 두 배나 굵고 긴 부이 줄이 물속 수백 미터 깊이로 뻗어 있었다. 라하유는 부이에서 재빨리 부이라인을 분리하여 녹에게 넘겨주었다. 녹은 와인딩 드럼에다 부이 줄을 감았다.

드디어 메인라인과 연결된 부이라인이 와인딩 드럼에 걸렸다. 갑판장이 조심스럽게 레버를 앞으로 밀자 묵직한 유압펌프소리와 함께 와인딩 드럼이 돌아가기 시작했다. 피닉스 호가 수직으로 내려놓은 부이라인 끝에는 120킬로그램의 앙카와 70킬로그램 특수강 무게 추가 5개나 달려 있다. 그 무게가 엄청날 수밖에 없다.

남극이빨고기는 해저의 지질이 요철로 된 곳에서 부화되고 자라고 산란하고 그곳에서 생을 마쳤다. 때문에 투승할 때부터 정확한 포인트에 어구를 가라앉혀야만 했다. 그런데 남극이빨고기가 서식하는 수심대는 수백 미터에서 삼천 미터 심해저까지였다. 투승된 트롯이 해수면에서 목표한 해저에 닿으려면 가라앉는데 한 시간 이상이 걸릴 때가 태반이었다. 게다가 바다에는 해류와 조류도 있었다. 투승할 때 강조류를 만나면 침하 곡선 계수가 낮아지며 목표한

지점에서 몇 해리씩 벗어나는 것은 문제도 아니다. 그러다보니 무게 추를 무겁게 쓸 수밖에 없었다.

  부이라인은 금방이라도 끊어질 것처럼 긴장한 채 쉽게 감겨들지 않았다. 부이라인과 와인딩 드럼의 마찰열로 흰 수증기가 피어올랐다. 녹이 돈키(Donkey hose)로 물을 뿌려 주며 마찰력을 줄이는 동안 장 선장은 피닉스 호 뱃머리를 바람 방향으로 돌려 세웠다. 피닉스 호가 받는 풍압을 조금이라도 적게 해서 부이 줄과 앙카의 각을 수직으로 만들어 와이딩 드럼에 걸리는 장력을 줄이기 위한 조타였다.

  그렇게 한참 실랑이질을 한 끝에 무게 추와 덩어리가 되어 있는 앙카가 현문까지 올라왔다. 갑판장이 상갑판에 설치되어 있는 크레인에 전원을 넣고 크레인 붐을 현문 방향으로 돌렸다. 라하유가 앙카에 다방구(O자형 로프)를 채운 다음 크레인에서 내려뜨린 고리에 걸었다. 갑판장이 조심스럽게 와이어를 수납했다. 앙카가 현문에서 3미터 정도까지 공중에 떠올랐다. 갑판장은 크레인을 회전시켜 앙카를 상갑판 포트 현 쪽으로 이동시켰다.

  라하유는 앙카에서 분리된 부이 줄을 감아들였다. 부이 줄은 장력으로 인해서 쩡쩡거리는 소리를 냈다. 마치 덫에 걸린 짐승이 울부짖는 비명 같았지만 박 기관장은 한 번도 그러한 소리를 들어 보지 못했던 탓에 조바심으로 몸이 수축되고 온몸에는 소름이 좌르르 끼쳐 왔다. 메인라인이 수면 밖으로 모습을 보였다. 메인라인에 달1

려 있는 브렌치 라인도 올라왔다. 브렌치 라인 끝에 트롯이 달리고 낚시가 있었다.

하늘은 먹구름이 낮게 가라앉아 있었고 백야의 희부염한 빛만이 남극해를 지배할 뿐이었다. 먹구름에 가려진 수평선은 보이지도 않았다. 남극해에서 백야가 시작되면 밤과 낮의 변화를 전혀 느낄 수가 없다. 어둠이 사라진 남극해에서 낮과 밤을 구별 짓는 것은 크로노미터의 시침과 분침뿐이었다. 어둠이 사라진 백야는 태양이 너무 강렬해서 살인을 했다는 카뮈의 이방인을 떠올리게 했고 블리자드가 몰려오는 때는 어슴푸레한 관능의 물기가 빙원의 대리석 같은 피부 위에 차갑게 빛나는 것 같았다.

강 사장은 양승작업을 세심하게 관찰하려는 듯 상갑판에서 미동조차 않은 채 양승작업을 지켜보고 있었다. 메인라인이 양승되고 있었으나 모두 빈 낚시만 달랑거렸다. 강 사장은 장력이 걸리지 않은 브렌치라인을 확인하면서 불길함을 떨쳐 버리기 위해 머리를 몇 번이나 흔들었다. 강 사장의 기대는 기대일 뿐이었다. 메인라인에 달려 올라오는 브렌치라인마다 와이딩 드럼과 가까워지면 힘없이 축 늘어지면서 낭창거렸다. 미끼로 끼운 점보플라이오징어는 흔적조차 남기지 않았고, 번쩍이는 빈 낚시만 대롱대롱 매달려 있었다.

두 번째 세그먼트 트롯(Segment trot, 세분해서 분할한 주낙 줄 단위)에는 미끼인 점보플라이오징어만 흐늘거리며 매달려 있었다. 세 번째 세그먼트 트롯에 겨우 한 마리의 남극수염대구 새끼만 걸려 있었다. 총 열다섯 세그먼트에서 열두 개의 세그먼트가 남아 있다. 세그먼트는 어획지점의 정보를 정확히 수집하기 위해서 40개의 트롯을 한 세그먼트로 메인라인을 세분화한 표시였다. 만약 남극이빨고기가 서식하고 있다면 벌써 입질이 와도 왔어야 했다. 양승한 트롯만 120개였다. 트롯 하나에는 12개의 낚시가 달려 있었다. 낚시 개수만 1,440개였다. 그 많은 낚시에 남극이빨고기가 어획이 안 되었다는 것은 목표로 한 남극이빨고기가 존재하지 않는다는 증거였다.

양승조 선원들은 하나, 하나씩 빈 트롯을 감아 올렸다. 참으로 맥 빠지고 끝이 보이지 않는 힘들고 지난한 일이었다.

선원들 역시 호기심으로 꽉 찬 시투였으니 그만큼 기대도 컸었다. 그러나 강 사장이 본 것은 남극이빨고기가 아니라 미끼만 달랑거리는 빈 낚시와 남극수염대구라는 눈탱이 새끼뿐이었다.

예전에 대박 난 어장이라고 장 선장이 권하긴 했지만 무턱대고 어장을 던지는 게 아니었다. 투승이 잘못 된 건 아닐까? 어장 밖으로 침적된 것이란 말인가? 너무 조급했던가? 조업선도 없이, 예전의 어획 기록만 가지고 다짜고짜 연승을 깔았으니 남극이빨고기가 있는지 없는지를 확인할 방법이 없다. 브리지에서 양승키를 잡고 있던 장 선장과 강 사장의 시선이 부딪쳤다.

장 선장이 죄송하다는 듯 먼저 시선을 돌렸다. 그것을 모를 만큼 멍청한 건 아닐 텐데도, 아니 강 사장은 장 선장의 미안한 마음을 분명히 알고 있다. 그럼에도 강 사장은 아무런 위로의 말을 건네지 않았다. 강 사장에게 있어 배를 타는 사람을 뱃사람이라 부르는 것처럼, 만선은 뱃사람의 목적인 게 당연한 것이었다. 집착처럼 추한 것이 없다고 하지만 만선에 있어서는 강 사장에게는 통하지 않는 말이었다.

강 사장은 기다려 보기로 했다. 좀 더 느긋하게. 커피도 한잔하면서. 만선을 추적하는 뱃사람이란 얼마나 자신의 뜨거운 열정을 지킬 수 있느냐에 성패가 달려 있었다. 만선이 얼마나 어려운지 알기 때문이다. 그리고 만선은 영원히 누릴 수 없는 것이었다. 다만 만선이란 성취감을 창조하고 싶었다. 성취감처럼 인간을 유혹하는 것은 이 세상에는 없다. 고마운 것은 해면상태가 더 이상 나빠지지 않는다는 점이었다. 강 사장은 문득 다랑어연승 독항선을 몰고 다니던 시절, 며칠이나 불황의 늪에서 허우적거리던 당시를 떠올렸다.

적도의 태양은 마냥 머리 위에서 이글거렸고, 거울처럼 잔잔한 수면에서 반사한 햇살이 눈을 시리게 하는 무의미한 순간순간의 연속이었다. 작업을 마치는 대로 다른 어장을 찾아가야지. 그게 선장으로서 선원들에게 한 약속과 의무를 저버린 당시의 강 사장 생각이었다. 강 사장은 어획을 포기한 채 침실로 들어가 팔베개를 하고 누워 버렸다.

그런데 저녁 무렵, 스콜이 몰려오면서 시야가 어둑해졌다. 선원들은 쏟아지는 빗방울 속에서 양승을 하고 있었다. 갑자기 양승조 선원들의 왁자한 소리가 들렸다.

"고기다!"

낚싯줄마다 황다랑어와 눈다랑어 중심크기(선호도 높은 크기)들이 고구마 줄기같이 매달려 풀쩍풀쩍 물살을 일으키고 있었다. 방금 걸려든 놈들이 분명했다. 다랑어주낙은 200미터에서 400미터의 깊이를 가지고 침강하는데 수심대별로 어획되는 어종이 달랐다. 황다랑어는 200미터 수심에서 어획이 되고 눈다랑어는 거의 400미터 수심에서 어획이 되었다. 하지만 두 어종이 한꺼번에 어획이 된다는 건 양승을 할 때 일정한 수심에 고정되어 있던 낚시가 다른 수심을 지날 때 미끼를 물었다는 증거였다.

다랑어들은 아가미 호흡을 했다. 아가미를 못 움직이면 산소를 공급하려면 입을 벌리고 **빠른 속도로 헤엄**을 쳐야만 산다. 그렇기 때문에 낚시에 걸리면 활동이 줄어서 산소를 공급받지 못해 죽고 말았다. 다랑어가 살아서 어획이 되고 있다는 건 양승할 때 미끼를 물었다고 판단해도 틀림이 없었다. 갑판은 펄떡펄떡 꼬리질을 하는 다랑어들과 씨름을 하느라 그야말로 북새통이었다. 느닷없는 다랑어는 먹구름이 걷힐 때까지 거의 두 시간 너머나 호황으로 이어졌다.

그 두 시간 동안 여느 날의 다섯 배에 해당하는 엄청난 다랑어를 잡아냈던 것이다.

와인딩 드럼에서 튀겨진 물방울이 상갑판을 빙판으로 만들었다. 반 시간을 훌쩍 넘겨 양승작업을 지켜보던 강 사장은 몰려드는 한기에 오한을 느꼈다. 실망하기에는 아직 이르다. 이제 겨우 세 번째 세그먼트를 양승했고 비로소 시작 아닌가. 강 사장의 육감은 남극이 빨고기가 잡힐 것이란 믿음을 믿고 있었다. 그런데도 불안감이 또다시 밀려왔다. 강 사장은 상갑판을 이리저리 오가며 불안감을 달랬다.

강 사장은 어떤 일에 매달리면 일이 완전히 종결될 때까지 몰두하는 스타일이다. 아무리 이익이 되는 상황이 발생해도 곁눈질을 하지 않았다. 어쩌면 강 사장은 워커홀릭족인지도 몰랐다. 그런 강 사장의 행위를 육지 사람의 눈으로 보면 꽉 막힌 사람일지 몰라도 선원들에게 존경을 받았다. 강 사장은 아직도 영혼의 내부에 넘실대는 바다를 지니고 있어서일까? 피닉스 호의 운영을 떠나서 만선에 대한 갈망이 있었다.

별안간 처리갑판이 술렁이기 시작한 것은 열 번째 세그먼트가 시작되고서부터였다. 강 사장과 장 선장은 양승작업을 끝내는 대로 하루를 이동해서 스페인 조업선들 가까이로 당겨갈 요량이었는데 갑판으로부터 양승조 선원들의 아우성이 메아리치기 시작한 것이다. 강 사장은 소리가 들려오는 쪽을 바라보다가 큰 소리로 웃음을 터트렸다. 그 순간 장 선장의 눈에 띈 건, 깊은 바닷물 속에 있다가 수면 밖으로 올라온, 유난히 번들거리는 브렌치라인이었다. 브렌치라인이 끝까지 수납되지 않았지만 무엇인가 낚시에 걸려든 것처럼 느껴졌다. 아니, 브렌치라인의 탱탱한 장력이 물고기가 물었다는 걸 드러내고 있었다. 강 사장은 마른침을 삼키며 좀 더 자세히 보려고 핸드레일 너머로 몸을 숙였다.

먼저 고함을 지른 것은 양승키를 잡고 있던 1항사였다. 연승의 긴장감은 높은 곳에서 오히려 더 잘 알아맞힌다.

"조심, 조심, 고기다!"

1항사의 목소리는 긴장된 표정과는 달리 차분하고 침착했다. 그것을 신호로 양승조 선원들의 고함소리가 터졌다.

"대물이다!"

강 사장은 침을 꿀꺽 삼켰다. 자신이 예감했던 남극이빨고기가 모습을 드러내고 있었다. 강 사장은 상갑판에서 뛰는 듯이 처리갑판으로 내달았다. 강 사장을 확인한 제롬이 뱃전 바깥으로 멀리 내뻗은 메인라인을 손짓으로 가리켰다. 메인라인이 45도 각도로 뻗은 장력으로 보아 방금 걸려든 게 분명했다. 하지만 낚시에 걸려든 놈이 그토록 고대하던 남극이빨고기인지 아닌지는 아직은 단언할 수 없었다. 그린란드상어라는 괴물도 있었고 물개나 바다사자가 멀리

원정 나온다는 말도 들었던 것이다.

강 사장의 동공이 일순간 확장되었다. 바닷물 깊은 곳으로부터 무언가 시커멓고 허연 것이 메인라인을 따라 올라왔다. 남극이빨고기였다. 남극이빨고기는 죽음을 느꼈는지 대가리를 해저 바다을 향해 처박고 필사적으로 꼬리지느러미를 흔들었다. 그럴수록 와이딩 드럼은 더 큰 소리로 윙윙거렸다. 아무리 남극이빨고기가 남극해의 제왕이라지만 유압으로 돌아가는 와이딩 드럼의 힘을 이겨낼 수 없었다.

강 사장은 분명히 보았다. 바닷물 속에서 낚싯줄을 끊으려고 발버둥치고 있는 남극이빨고기를 확인했다. 마침내 브렌치라인 끝이 와이딩 드럼까지 감겨 올라왔다. 갑판장은 브렌치라인을 분리하지 않고 트롯이 결박되는 곳까지 메인라인을 감았다. 강 사장이 현문 밖으로 얼굴을 내밀자 현문에는 마치 바다의 괴물 같은 시커먼 몸뚱이가 흘수라인에서 퍼덕거리고 있었다. 남극이빨고기는 자신이 남극해의 제왕이라고 말하는 것처럼 보였다. 제롬이 재빨리 남극이빨고기를 현문으로부터 찍어 올리기 위해서 준비해 둔 학갓대(Hook, 고리 달린 대나무 장대)를 꼬나 잡았다.

"찍어라."

마음이 급했던 강 사장이 제롬을 재촉했다. 제롬은 남극이빨고기의 대가리를 조준하여 학갓대의 비늘로 찍었고 현문으로 달려든 양승조 선원들과 힘을 합쳐 오늘의 첫 어획물을 뱃전 쪽으로 끌어올렸다. 강 사장의 눈이 빛났다. 아니 이글이글 타오르고 있었다.

"남극이빨고기다!"

강 사장은 물고기의 정체를 금방 알아봤다. 남극해 물고기 도감이 찢어질 정도로 보아온 놈이었다. 눈에 먼저 들어온 것은 거무튀튀한 등짝이었다. 주둥이에 걸린 낚시 때문에 가지런하고 하얀 이빨이 통째 드러난 물고기는 남극이빨고기가 틀림없었다. 설핏 보아도 2미터에 가까운 덩치였다. 무게로 환산하면 100킬로그램이 넘고 돈으로 비교해도 350만 원이 넘는 놈이었다.

남극이빨고기는 처음 대하는 세상이기에 위기를 느끼자 마지막 저항을 시도했다. 쏜살같이 뱃전 위로 뛰어올랐다가 대가리를 갑판으로 처박으며 꼬리를 휘저었다. 처리갑판이 쿵쿵거리며 물방울이 튀어 날았다. 강 사장은 시커먼 꼬리지느러미를 흔들어 대면서 저항하고 있는 남극이빨고기에게 끌려들어 가는 것 같았다.

몰입이 주는 분위기는 그야말로 무아의 경지였다. 하지만 오래가지는 못했다. 남극이빨고기는 시간이 흐르면서 차츰차츰 지쳐갔다. 갑판 위로 붉은 핏물이 번져가며 낚시가 꿰인 위턱이 드러나자 기운을 잃었다. 저항을 포기하고 만 것이었다.

"와아!"

누구의 입이라 할 것도 없이 탄성이 터져 나왔다. 강 사장은 차가운 바람에 시린 눈을 훔쳐 가며 낚시에 걸린 남극이빨고기를 보았다. 넋을 놓고 마냥 바라보기만 한다는 건 그런 경우에만 합당한 일처럼 느껴졌다. 벌어진 입이 다물어지지 않았다. 따지고 보면 남극이빨고기를 잡겠다고 선언한 그때부터 단 한 번도 마음이 편하지 못했다.

온갖 일들이 스쳐갔다. 남극이빨고기 정보를 수집하기 위하여 뉴질랜드로 날아간 일이며, 남극 어업권을 얻기 해양수산부를 들락거릴 때 뭉개진 자존심이며. 아파트를 저당 잡힐 때 원망스럽게 바라보던 아내의 눈빛에 숨이 막혔던 조일기간은 삶의 마지막 기회라며 견뎠다.

강 사장은 "하나님 고맙습니다" 라며 손으로 천천히 성호를 그었다. 무신론자였지만 왠지 그래야만 할 것 같았다. 마침내 남극이빨고기가 눈앞에 나타났는데 오히려 가슴속은 텅 빈 것 같은 공허감 때문에 숨조차 제대로 추스를 수 없었다. 아니 그동안의 별의 별 고생이 모두 떠올라 흥분한 마음을 감추려 해도 강 사장은 자꾸만 웃음이 터져 나왔다.

다음 트롯도 남극이빨고기를 물고 올라왔다.

"학갓대."

현문에서는 벌써부터 처리장인 녹이 긴 대나무 훅을 뱃전 밖으로 길게 내뻗고 있었다.

"이때다. 찍어라."

허공에서 번쩍거리던 훅이 사정없이 남극이빨고기 대가리를 파고들었다. 불의의 일격을 당한 남극이빨고기는 수면 위로 펄쩍 뛰어올랐다가 가라앉았다. 이제나저제나 기회를 엿보던 제롬 또한 학갓대 훅으로 주저 없이 대가리를 찍었다. 그래도 도망치려는 남극이빨고기를 제압하지 못하자 와이드 드럼의 레바를 잡고 있던 갑판장마저 합류했다. 세 번째로 찍히는 학가질에 남극이빨고기는 사력을 다해 버둥거렸지만 힘없이 상갑판으로 끌어올려지는 신세가 될 수밖에 없었다.

　드디어 남극이빨고기가 낚시를 물기 시작했다. 살아 있는 남극이빨고기를 보는 강 사장은 자신의 눈을 믿을 수가 없다. 한동안 벙어리처럼 서 있기만 했을 뿐 갑판에 널브러져 있는 물고기를 잘못 알고 있는 건 아닐까? 남극이빨고기 도감을 보고 또 보았다. 틀림없이 남극이빨고기였다. 강 사장은 남극이빨고기의 새로운 서식지를 남극해에서 찾아낸 것이다. 바로 이 남극이빨고기야말로 한국 원양어선이 최초로 잡은 남극이빨고기였다. 그리고 피닉스 호가 최초로 잡아 낸 최초의 남극해 어획물이었다.

　갑판에 올라온 남극이빨고기는 자신이 살던 심해저와 다른 환경에 놀랐다. 검은 지느러미를 독 오른 살모사 대가리 같이 세우고, 허연 이빨까지 내보이며 요동을 쳤다. 제롬이 나무망치로 대가리를 가격했다. 그걸로 바다와는 끝이었다. 바닷물 속 심해를 유유자적하며 공포로 몰아 넣던 남극이빨고기였다. 그러나 낚싯바늘에 매달린 한 조각 미끼에 넘어가 삶이 끝나버린 것이다. 처리장인 녹과 갑판장이 끙끙거리며 온힘을 다해서 남극이빨고기를 처리테이블에 눕혔다. 검은 비늘로 덮여 있는 남극이빨고기는 넓이 1미터에 길이가 2미터나 되는 처리용 테이블을 빈틈없이 메워 버렸다. 체장이 195센티미터였고 체중은 107킬로그램에 이르렀다. 한마디로 바다의 괴물이었다.

처리장 녹이 처리용 칼로 등지느러미와 가슴지느러미 그리고 꼬리지느러미를 차례로 제거했다. 지느러미를 제거당한 남극이빨고기의 대가리와 가슴지느러미 사이에 처리용 칼을 넣고 힘을 쓰자 대가리와 몸뚱이가 단숨에 분리되며 내장이 올컥거리며 쏟아져 나왔다. 깊은 수심에서 살아가는 심해어 대부분은 지방질이 잘 발달되어 있다. 중력을 견디기 위해서인데 잘려진 남극이빨고기의 살점도 기름기로 번들거렸다.

녹이 상품으로 만들기 위해서 몸통 속의 핏대를 제거하고 있을 때 장 선장이 내려와 횟감으로 포를 떠라 했다. 아마도 강 사장이 남극이빨고기를 맛보고 싶은 모양이었다. 최초의 어획물을 상품으로 만들지 않고 선원들부터 시식하는 뱃사람들만의 관습이었다. 녹이 날렵한 솜씨로 포를 뜨기 시작했다.

어장이동

낚시는 끊임없이 남극이빨고기를 물고 왔다. 한 트롯에 서너 마리가 줄지어 걸려 있는 것도 있었다. 강 사장이 판단하기에 어장의 가치는 충분했다. 냉기류만 흐르던 처리갑판은 남극이빨고기를 끌어 올리고, 상품으로 처리하고, 새척하고, 냉동실로 옮기는 처리조 선원들이 내뿜는 열기로 후끈 달아올라 있었다.

가끔 브렌치라인이 넝마처럼 똘똘 뭉쳐져서 올라왔다. 양승조 선원들이 피하고 싶어 하는 좆치기다. 그야말로 얽히고설킨 실타래 꼴이다. 측정할 수 없는 심해의 해류인 훔볼트 해류의 심술이거나 특이한 현상인 용승류의 농간이 아닌가 싶었다. 헝클어진 연승을 정리하느라 양승조 선원들의 손놀림은 더없이 바빠졌다. 한편에서는 트롯을 가지런히 정리하고 다음 투승을 위해서 낚싯바늘에 미끼를 채웠다. 그리고 미끼를 채운 낚시는 가구에 차곡차곡 쌓아서 선미 투승 현으로 컨베어로 이송했다.

  매시간 바닷물 온도를 측정하는 일도 빠트릴 수 없었다. 그 일만큼은 강 사장의 몫이다. 양승키는 장 사장이 잡고 있었기에 항해사들은 어획물처리를 감독한다고 모두 처리갑판에 몰려 있었다. 수온은 영하 1.5℃에서 영하 3.0℃ 사이를 올라갔다 내려갔다 했다. 보편적으로 바다의 같은 장소에서는 수온의 변화가 심하지 않았다. 수온의 변화가 심한 곳은 수온약층이 형성되어 있거나 심해로부터 저층수가 용승이 되는 곳뿐이었다.

  강 사장은 얻어 낸 수치를 꼬박꼬박 어로일지에 기록했다. 물론 남극이빨고기의 서식지는 해저였다. 표층수온과는 전혀 관계가 없다. 그렇지만 그렇게 정성껏 취합한 자료는 나중 어장탐색이나 예측에 더없이 유용하게 사용될·터였다.

  박 기관장은 강 사장의 학문적 열정과 집착이 그저 감탄스러울 뿐이었다. 한번은 뱃전 가까이로 유빙이 빨려 들어왔는데, 유빙을 조각내서 선미 밖으로 밀어 내며 한바탕 소동을 치렀다. 그 틈새에서 조각난 얼음조각을 건져 올려 나중 온더록스(On the Rocks)용으로 쓴 것은 순전한 과외수입이다.

  "물개다."

  상갑판에서 양승 광경을 지켜보던 박 기관장이 먼저 발견했다.

  "저쪽을 좀 보세요."

박 기관장이 30미터 거리의 바다를 가리켰다.

"웨들 해표군"

매끄러운 등짝에 철사처럼 단단해 보이는 몇 가닥 수염을 내뻗고, 콧잔등으로 푸우! 하고 물 뿜기를 하고 있는 웨들 해표가 틀림없었다.

"왔다."

브렌치라인을 당기고 있던 녹이 소리쳤다. 한동안 빈 낚시만 올라왔는데, 그 순간 입질이 온 것이다.

"저 놈 좀 봐!"

브렌치라인 끝을 응시하던 강 사장이 소리쳤다. 브렌치라인 끝에는 잠시 후면 올데갈데없이 어획물 신세가 될 남극이빨고기가 매달려 발버둥치고 있을 것이다. 그런데 현문 가까이에서 어정거리던 웨들 해표가 남극이빨고기를 목표로 쏜살같이 자맥질해 오고 있었다.

"저 개새끼가!"

갑판장이 재빨리 작살을 꼬나 잡았다.

하지만 웨들 해표 쪽이 더 빨랐다. 순식간에 꼬리 쪽을 날렵하게 물어뜯은 다음 유유히 물속으로 사라지고 말았다.

"이런 빌어먹을!"

갑판에서 펄떡이고 있는 반 토막 남극이빨고기를 보고 갑판장이 혀를 찼다. 고맙게도 공격은 그것으로 끝이었다. 사실 웨들 해표가 먹는 것은 새발의 피였다. 만약 말향고래 가족이라도 만나면 그것으로 작업은 끝이다. 2,000미터까지 잠수할 수 있는 능력을 이용해 수면에서부터 해저에 깔린 낚시까지 남극이빨고기를 모조리 따먹었을 것이다. 그러나 남극해에서 말향고래가 관측되는 일은 거의 없었다. 그것은 먹이의 종류와도 관계되는 일이었다. 남극해에서 고래의 먹이로 군집되는 것은 크릴이었다.

고래는 크게 이빨고래류와 수염고래류로 분류할 수 있는데 말향고래는 이빨고래류였다. 말향고래가 남극해를 휘젓는다고 해도 크릴 밖에 없었다. 말향고래들은 자신들이 즐겨 사냥하는 먹잇감을 찾아서 남극해는 거들떠보지 않았다. 말향고래들은 태평양, 인도양, 대서양을 주무대로 먹이사냥을 했다. 말향고래들은 자기들이 먹이로 삼는 놈들을 목표로 조업하는 배가 있으면 사흘이고 나흘이고 조업 중인 선박 주변에서 떠나지 않았다. 더 지독한 놈들은 어장을 이동해도 따라와서 행패를 부렸다. 그런데 수염고래류 먹이는 크릴이었다. 당연히 남극해의 주인은 수염고래류였다. 흰긴수염고래, 푸른고래, 밍키고래 등이 남극해에서 자주 목격되는 고래였다. 그것도 남극대륙과 인접한 1,000미터 이내의 수심에서였다. 수심이 깊어지면 크릴의 군집이 이루어지지 않기 때문이다.

피닉스 호가 조업하고 있는 곳은 남극해 입구의 점처럼 작은 퇴였다. 군집이 된 크릴은 없었다. 대신 유빙을 타고 남극대륙에서 떠내려 온 웨들 해표가 있었던 것이다.

"150마리입니다."

양승작업이 끝나고 집계된 어획량이었다.

"5,000킬로그램에서 조금 빠져."

남극이빨고기의 평균 중량은 30킬로그램으로 모두 5L급 상품이었다. 그렇게 합쳐진 총량이 4,500킬로그램이었다. 어가로 환산하면 1억5천만 원 정도가 되겠지만 이곳은 남극해였다. 평균어획량이 10,000킬로그램은 넘어야 했다. 게다가 쿼터도 올림픽방식이어서 어획한 남극이빨고기가 썩어 문드러져도 뱃전에 올려야 했다. 전 세계에서 몰려든 조업선들이다. 수산강국으로서의 국제적인 자존심 대결이자 전쟁이었으며 세계대전이었다.

양승작업이 끝나기는 22시 05분이 가까워서였다. 남극이빨고기의 서식을 알아보기 위한 시험투승이었다. 양승조나 투승조 선원들도 숙달되지 않아 반만큼의 연승을 깔았을 뿐인데, 꼬박 열두 시간이나 걸렸다. 만약 전량 투승을 했다고 가정하면 다음날 투승시간을 넘겨서야 끝날 판이었다. 그렇게 되면 웨들 해표가 아니라 심해에 살고 있는 기생생물들에게 남극이빨고기의 살점을 모두 빼앗겨 뼈다귀만 올라올 수도 있었다.

선원들은 작업에 숙련될 시간이 필요했다. 며칠이면 양승조나 투승조 선원들의 손놀림이 맞아떨어지고 작업진행도 빨라질 것이다. 양승작업 중 일어날 기계적 사고에 대비해 브리지에서 대기하고 있던 박 기관장을 바라보며 강 사장이 말했다. 첫술에 배가 부르겠냐며. 그러나 장 선장의 얼굴 표정은 그게 아니다. 똥 씹은 표정이 있다면 그랬으리라. 박 기관장이 "맞습니다"라고 맞장구는 쳤지만 왠지 모르게 실망스럽기는 강 사장도 마찬가지였다.

"회나 한점합시다."

남극이빨고기 회는 1.5미터 급이 제일 맛났다. 이미 첫 낚시에 걸린 1.95미터짜리를 필렛(토막처리)으로 만들라고 지시를 내려놓았었다. 어로의 현장에서 잡은 물고기를 즉석에서 회로 만들어서 먹는 맛은 뱃사람이 되지 않고서는 모를 맛이다. 어획이 생각보다 저조했지만 강 사장의 말대로 첫술에 배가 부른다면 그 많은 돈을 다 어찌할 것인가. 남극이빨고기 회 맛으로나마 위안을 삼아야 했다.

"시투부터 삐끗하고, 애먹겠는데."

맥이 풀린 강 사장은 이마를 찌푸리며 장 선장 들으라는 듯 혼자서 중얼거렸다.

"잘되겠지요. 조업기간이 많이 남았습니다."

박 기관장은 강 사장을 이해했다. 피닉스 호는 시투와 동시에 매일매일 어획보고를 남극해양생물자원위원회에다 하게 된다. 어획보고는 피닉스 호의 성적표인 셈이다. 왕년에 인도양의 전설로 불리던 강 사장이었다. 자존심이 걸려 있는 문제이다. 실망감이 얼마나 큰지 알고도 남음이 있었다. 그러나 위로할 말이 딱히 생각나지 않았다.

강 사장은 한 번 더 투승을 시도하기로 했다. 이번엔 남극이빨고기가 어획되기 시작한 열 번째 세그먼트를 중심으로 남에서 북쪽 방향이었다.

모든 것이 그렇듯 첫 절차를 거치면 두 번째는 한결 쉬워진다. 투승조 선원들이 자리를 잡자 투승이 시작되었다.

"GPS 렛고"

녹이 빨강색의 노르웨이부이 3개가 연결된 GPS부이를 잡고 있던 핸드레일에서 손을 놓았다. GPS부이가 바닷물로 떨어지며 피닉스호 선미와 멀어져 갔다.

"아이스부이 렛고"

아이스부이에 달린 부이 줄이 잠시 후 렛고되며 트롯이 바닷물로 사라져 갔다. 한결 투승조 선원들의 손놀림이 빨라졌다. 그렇다고 안심은 금물이다.

장 선장이 2항사로 승선하던 시절 조안나 호에서 발생했던 사건이 있었다. 투승을 지휘하던 1등항해사가 시범을 보여 준다고 나서다가 누군지도 모를 실수에 의하여 낚시에 채여서 바다로 떨어졌다. 조안나 호는 투승을 하고 있었기에 전속으로 달리던 중이었다. 사고 소식에 부랴부랴 엔진의 타력을 죽이고 메인라인을 절단했다. 이때는 벌써 1등항해사가 낚시와 함께 깊은 바닷물 속으로 사라지고 나서 10분이 지났다. 조안나 호 선원들은 절단한 메인라인 끝을 양승 현으로 돌려서 거꾸로 메인라인을 감았다. 1등항해사는 미끼를 물은 남극이빨고기처럼 트롯에 달려 있었다. 트롯에 달려 있는 낚시가 1등항해사의 손바닥을 꿰뚫었던 것이다. 이처럼 남극해의 경험이 많았던 1등항해사도 '아차'하는 순간에 목숨을 잃는 작업이 투승이었다.

두 번째 양승의 어획량은 5,200킬로그램이었다. 그런데 부수어획 그란나디아(비늘고기)가 700킬로그램이나 어획되었다. 부수어획 비율이 높았다. 남극생물보존위원회에서 정해 놓은 규칙에는 부수어획종의 어획량이 24시간 조업에 1,500킬로그램을 넘기면 어장을 옮겨야 한다는 조항이 있었다. 그란디아가 700킬로그램이나 올라왔다. 벌써 1,200킬로그램이나 어획되었다. 부수어획비중도 그랬지만 무엇보다 강 사장은 만족하지 않았다. 여기가 끝물이라면 그것도 고맙게 여기며 투승을 계속해야겠지만 그렇게 되면 남극해에서 어획할 수 있는 평균어획량을 어획할 수 없었다. 강 사장은 일단 어장을 찾아 놓았으니 기회를 보아서 조업을 하자고 했다.

"남쪽으로 좀 당겨볼까?"

남극이빨고기를 보자 강 사장의 욕심이 앞서갔다. 고깃배를 탄 이상 어느 누군들 욕심이 없을까만 욕심이 없다면 야망도 없고, 야망이 없으면 발전도 없었다. 더욱 강 사장으로 말하자면 전 재산을 던져 넣은 투자자였다. 어느 누구가 욕심 부리는 그를 나무랄 것인가?

장 선장이 판단하기에 남쪽으로 내려가면 유빙과의 조우가 걱정이었다.

"여기는 어차피 남극해야."

피닉스 호의 법적 최고책임자는 장 선장이다. 하지만 지금은 현실의 사정이 달랐다. 강 사장 역시 왕년엔 일등선장이 아니었던가? 게다가 지금은 어엿한 소유주다. 옛말에 사공이 많으면 배가 산으로 올라간다고 했다. 하지만 피닉스 호에게는 합당하지 않았다. 강 사장과 장 선장은 서로 깊은 신뢰 속에서 가장 합리적인 방안을 도출해 내고 있으며, 특히 어장을 선택하는 상황에서만큼은 강 사장이 선임자였다. 결국 강 사장의 제의에 따라 남쪽으로 조금 더 이동하기로 했다. 다시 피닉스 호의 메인엔진 출력이 높아지기 시작했다.

작은 유빙들이 흘수선을 훑고 나갈 때 들려오는 굉음으로 기관실 내부가 공명되어 소란했다. 박 기관장은 피닉스 호 기관실에서 그때마다 가슴을 쓸어 내렸다. 더 이상 남쪽으로 내려간다면 유빙에 갇혀 남극점 정벌을 위해 새클턴 경이 이끌던 인듀어런스 호 꼴이 될지도 모른다.

강 사장이 마음을 돌려야 했다. 그러나 피닉스 호에서 강 사장의 항로를 이리로 저리로 가라 할 수 있는 사람은 없다. 더 이상 남쪽으로 내려갈 수 없음을, 남쪽으로 더 내려간다는 것은 더 큰 위험만이 초래할 뿐임을 강 사장도 알고 있을 것이다. 남극해에 산재한 위험은 결국 선원들의 두려움을 뒤흔들 것이고 그 위험의 소용돌이 끝은 죽음이었다. 그러나 살자고 하는 일이다. 잘못해서 외판에 손상이라도 입는 유빙과의 충돌사고가 발생하면 꽁꽁 냉동된 동태 꼴이 되어 심연으로 가라앉을 수 있음을 말해서 무엇하랴.

강 사장은 만선을 위해 남으로, 남으로 어장을 이동했다. 이동하면서도 투승을 하고 양승을 했지만 어획량에 만족하지 못한 강 사장은 주저 없이 유빙을 부셔가면서 남향했다. 피닉스 호가 남극점을 향해 갈수록 유빙은 두꺼워지고 단단해졌으며 크기도 커졌다. 남극해의 풍경도 달라졌다. 백야였지만 엷은 구름이 항상 하늘을 가리고 있는 까닭에 푸른빛의 하늘은 볼 수도 없었다. 그리고 바닷물을 80퍼센트나 장악한 빙원으로부터, 반사된 빛에 선글라스 없이는 눈을 뜰 수도 앞을 볼 수도 없었으며 눈의 원근감마저 사라졌다.

피닉스 호는 남위 75도를 돌파했다. 피닉스 호가 남위 75도 해역으로 접어들자 그곳은 설원의 해원에 무더기로 피어난 얼음꽃의 세계였다.

그날 새벽 4시 00분.

투승은 제롬이 맡았다. 다랑어연승선을 탄 경험이 그를 일등선원으로 만들었다. 강 사장과 장 선장도 제롬을 신뢰하고 있었다. 한국으로 귀항하는 다른 외국선원들은 부두에 배를 계류하자마자 곧장 김해비행장으로 직행시킨다. 그렇지 않으면 어디로든 도망부터 치고 본다. 배를 타기보다는 차라리 어느 중소공장으로 숨어 들어가는 게 꿈이다. 그게 한국 원양어선에 승선한 동남아 선원들의 코리안 드림이었다.

피닉스 호를 개조하기 위해서 부산항에 정박하는 동안 제롬은 달랐다. 정박 중이라도 배를 지킬 선원은 필요했다. 선용품을 노리는 도둑놈도 많고, 계류삭도 살펴야 한다. 부득이 전문 경비업체를 용역으로 쓸 수밖에 없는데, 피닉스 호에서는 제롬에게 도방 일을 맡겼다. 제롬은 도방 일을 성실히 수행해 냈고 강 사장의 신뢰를 얻었다. 부산항 출항 직전 외국선원들 중에서 선택되어 일갑원으로 승진했다.

−남위 75도, 서경 55도.

틀림없는 남극해요, 남극반도를 낀 웨들 해 한복판이다. 어제보다 30마일이나 남하했다. 수온의 차이는 감지되지 않았다. 그러나 미세한 차이로도 남극이빨고기가 서식하고 못하고 했다. 레이더에는 여러 개의 유빙이 확인되었다. 동쪽 멀리에는 스페인 조업선들의 작업등도 보였다.

투승 침로는 첫날과 마찬가지로 양승 방향을 고려한 090도로 잡았다.

"GPS부이 채우고."

"렛고."

"무게 추."

투승은 규칙적으로, 끊임없이 이어졌다. 투승조 선원들은 남극해 추위를 견디기 위해서 분유를 푼 따끈한 우유를 마시는 일도, 한 모금 담배를 피우는 일도 작업의 틈새를 활용해야 했다.

선미갑판에서 투승작업이 계속되고 있던 새벽녘에 박 기관장은 당직인 2기사와 함께 기관실을 지키고 있었다.

박 기관장은 간밤을 꼬박 뜬눈으로 지새웠다. 발전기 하나가 신경을 곤두서게 했다. 연료공급도 계기작동도 모두 정상적인데, 한 번씩 불규칙한 이상음을 발하는 건, 그것도 집중해야만 들을 수 있는 소리는 어딘가에 과부하가 걸리고 있다는 표시였다.

작업이 시작되면서 두 대의 발전기는 모두 가동되었다. 세 대의 냉동기가 풀가동되기에는 어획량이 적어 불가피한 일이다. 때문에 투정을 부리기 시작한 발전기가 염려되지 않을 수 없었다. 어기를 끝내고 기지 항으로 돌아갈 때까지는 발전기를 세울 수 없다. 이곳은 남극해였다. 메인엔진에 동력을 공급하는 기계를 세운다는 것은 죽어도 좋다는 생각과 똑같았다. 박 기관장은 적당한 때에 발전기 속내를 찬찬히 해부해볼 작정이었지만 거듭되는 이동으로 기회가 생기지 않았다.

박 기관장은 기관실 상부 계단을 통해 선미식당으로 가는 심근수의 뒷모습을 보았다. 위성전화로 부친의 사망 소식을 통보받았으나 항행 중인 배에서 이러지도 저러지도 못하고 속내만 끙끙 앓고 있는 조기장이다.

심근수의 승선은 전적으로 본인 스스로의 결정이었다. 처음 심근수의 승선 요청을 들었을 때 박 기관장은 두 말 않고 승낙 했다. 부서지고 깨어진 기계부품까지도 선반으로 직접 깎아서 거뜬히 살려 내는 실력자 손이었다. 그렇게 호흡을 맞춘 게 어느덧 십 년의 긴 세월이었다. 그만큼 둘도 없는 동반자이자 친구였다. 이제는 한국 땅을 떠나 살아 보고 싶다며 배만 있으면 바로 뛰어 올라갈 사람 같았다. 심근수는 승선에 대한 이야기를 늘어놓으며 승선할 수 있도록 도와 달라고 했다. 하지만 배를 함께 탄 적도 없고, 해기사가 되기 위한 면허증을 갖고 있지도 않았다. 그래서 준사관인 조기장으로 추천을 한 것이었다.

"나로서도 대환영이야. 마침 배에는 조기장이라는 직급이 있어. 내가 추천해보지."

강 사장인들 반대할 까닭이 없었다. 두 사람은 곧 웰링턴 행 에어 뉴질랜드에 몸을 실었다. 그런데 나오자마자 부친이 사망했다는 비보를 받은 것이었다.

박 기관장은 식당의 문을 열고 식당 안을 살폈다. 식당은 비어 있었다. 계단을 올라 선미갑판으로 나갔다. 백야로 모든 게 뿌옇게 보였다. 그곳 계류용 볼라드(Bollard, 계류라인 고정용 돌출부) 위에 조기장은 넋을 놓고 앉아 있었다.

"안 자나?"

박 기관장이 나란히 앉으며 말을 붙였다.

"하긴 잠이 오겠나? 어쨌든 내 잘못도 있다."

박 기관장으로서 할 말은 그것뿐이었다.

"아닙니다. 운명이라는 거겠지요, 뭐."

"강 사장도 안타까워 하고 있다네. 그래 수산부장에게 성의 있는 조문을 하라고 지시했고. 또."

-아차!

심근수의 부친 사망 소식을 들은 강 사장은 분명코 장 선장에게 선내에서도 기본적인 예를 다할 것을 지시했었다. 선원 식당 한편에 조촐한 상 하나를 차려 놓고 조기장으로 하여금 한 잔 술이나마 따라 올리도록 한 게 그것이었다. 그런데 지시가 이행되지 않은 채 여러 날이 흘러간 것이었다. 어떻게 그렇게 중대한 일을 감쪽같이 잊어버리고 있었을까? 아니, 이 개자식이 내 말을 무시한단 말인가. 박 기관장은 화가 머리끝까지 치밀어 올랐다. 그렇다고 기관장인 자신이 조리장을 불러 뭐라고 할 수는 없었다.

당직 교대시간에 박 기관장이 1기사를 불렀다. 1기사의 본업은 정밀한 기계를 만지는 일인 만큼 매사 꼼꼼하기가 배전반의 눈금과도 같았다. 특히 대인관계에서라면 강렬하기가 1,500마력짜리 피스톤과도 같았다.

"1기사."

"네, 기관장님."

"조리장 녀석 말이다. 그 놈 혼 좀 내줘야겠어."

박 기관장은 그저께 사롱에서 있었던 강 사장과의 대화를 상기시키면서 지시를 이행하지 않은 녀석을 다그치라고 일렀다.

"알겠습니다."

1기사가 고개를 꾸벅 숙였다.

아침 일찍부터 강 사장은 필리핀 냉동사를 앞세우고 처리실에 있는 급냉실을 찾았다. 전날 잡은 어획물의 동결 상태를 확인하기 위해서다. 당연히 박 기관장도 동행했다. 방한복과 방한화로 겹겹이 무장한 냉동사가 밤새 동결한 남극이빨고기를 꺼내 준비실로 옮겼다. 필리핀 냉동사는 어체 한가운데를 드릴로 뚫은 다음 온도계를 찔러 넣었다. 피닉스 호 냉동기는 마이너스 70℃까지 온도를 끌어내릴 만큼 기능이 뛰어났다. 동결실에서 하룻밤을 지낸 어획물 역시 그만한 온도를 보여야 했다.

"영하 68도입니다."

필리핀 냉동사의 얼굴이 상기되었다. 자신도 흡족한 모양이다.

합격이었다. 최고 수준의 일등상품이었다.

"잘했어."

강 사장은 냉동사의 어깨를 몇 번이나 토닥였다. 갖은 역경과 고난을 이겨 내고 어렵게 잡아 올린 고귀한 어획물인데, 냉동기 운전이 시원치 않아 제대로 급속냉동을 하지 못한다면 그런 낭패는 없다. 기관실을 책임지고 있는 박 기관장 역시 만족스러웠다. 냉동기의 작동이나 관리 역시 박 기관장의 책임이기 때문이다. 그래서 틈날 때마다 자주 냉동실을 들러 냉동기와 모터 상태를 세밀히 점검해 왔다.

강 사장이 브리지로 돌아간 다음 기관실로 돌아온 박 기관장은 컨트롤 룸을 떠나지 않았다. 1기사를 비롯한 세 명의 기관사가 3교대로 당직을 맡아 기관실을 책임지고 있지만, 전적으로 믿고 맡기는 것은 기관장의 옳은 자세가 아니었다. 기관사는 그저 기관사일 뿐이다. 기관 운전에 책임을 통감하기보다는 기회만 생기면 침실로 달려가 모포 속으로 기어드는 게 꿈일 정도였다. 심지어 열기 화끈한 기관실 의자에 앉기만 하면 어찌 잠이 쏟아지던지 참으로 불가사의한 일이었다. 박 기관장이 1기사였던 시절에는 그랬지만 지금은 상황이 달랐다. 틈만 나면 나태해지기 쉬운 기관사들을 독려하면서 언제 어느 때 심술을 부릴지 모를 엔진의 가동상태를 면밀히 점검해야 하는 것이다.

선상살인

아라온 호로부터 호출이 온 것은 한창 양승 작업에 몰두해 있을 때였다. 처음에는 VHF 16번 채널이 지지직거리는 것 같더니 이윽고 귀에 익은 한국말이 흘러나왔다.

–피닉스 호. 감도 있습니까?

한국으로부터 만 마일도 더 떨어진, 지구 반대편인 남극반도 어귀에서 난데없는 한국말이 들려오다니 놀라지 않을 수 없었다.

1항사가 응답했다.

"여기는 피닉스 호입니다. 감도 좋습니다. 어디십니까? 오버."

"수고 많습니다. 여기는 쇄빙선 아라온 호입니다. 한국을 출항할 때 귀선이 남극해로 출어하였다는 보도를 보았습니다. 남극이빨고기를 어획한다고요? 어황은 양호합니까? 오버."

아라온 호였다.

아라온 호에는 한 젊은 남극연구가의 못다 이룬 꿈이 담겨 있었다. 2003년 남극조사활동 중 사고로 숨진 전재규 대원이다. 아라온이란 이름이 처음으로 공표되는 명명식의 순간 전재규 대원의 어머니가 아들의 자리를 대신했다. 그의 희생이 우리나라 최초의 쇄빙선을 탄생시킨 밑거름이 됐기 때문이다. 아까운 젊은 목숨을 잃고서야 혹독한 자연 앞에 속수무책이었던 남극의 현실이 세상에 알려졌다. 이를 계기로 아라온 호를 건조하기에 이르렀다.

장 선장이 1항사로부터 송수화기를 넘겨받았다.

"피닉스 호 선장 장기호입니다. 아라온 호. 반갑습니다. 사흘 전에야 겨우 본 어장에 도착했습니다. 두 번째 조업에 임하고 있습니다. 9,000킬로그램의 어획이 있긴 한데 그래서 어황이 어떻다고 언급할 처지도 못 됩니다. 이제부터 시작입니다."

아라온 호 선장이 말했다.

"우리는 최근 분리된 라슨C 빙붕에 접근할 계획인데 그곳에서 라슨C 빙붕에 관한 세계 최초의 연구에 도전할 계획입니다."

그러면서 아라온 호 선장은 항해를 성공적으로 마치는 대로 재차 북극항로 항해에 나설 계획이라고 말했다.

"좋은 성과 거두시기 바랍니다."

"피닉스 호도 대어 만선하십시오."

극지 바다에서 얼마의 거리를 두고 만난 피닉스 호와 아라온 호는 잠시 통화를 하면서 외로움도 달래고 격려도 주고받았다. 가까웠다면 어획한 남극이빨고기도 몇 마리 넘겨주면서 반가운 해상상봉이 이루어졌을 터이지만, 수십 마일이나 되는 먼 거리여서 아쉬운 작별을 고할 수밖에 없었다.

아침부터 내리던 눈은 오후 들어서도 수그러들지 않았다. 하늘이 좀 번듯해 오는가 싶어 내다보면 폭설에서 눈발이 다소 가늘어졌을 뿐 여전히 눈이 내리고 있었다. 박 기관장은 현창을 활짝 열고 남극해의 신선함을 한껏 들이켰다. 상쾌한 대기의 공기가 가슴으로 흘러들자 피곤한 기운이 흩어지면서 언제 피곤함을 느꼈던가 싶게 다리에 힘이 뻗쳤다.

"아, 참 좋구나."

박 기관장은 녹차를 홀짝거리며 수평선을 응시했다. 생각보다 눈송이는 굵었다. 눈송이는 마치 육지로부터 묻혀온 땅의 모든 구속, 모든 분노, 모든 인연으로부터 해방시키듯 자신의 무게로 금방이라도 피닉스 호를 가라앉힐 듯 뱃전에 쌓였다.

박 기관장은 현창에 얼굴을 대고 남극해의 신비스러움을, 인간의 때를 타지 않은 시원의 힘을, 바다의 신 포세이돈의 품에 기대는 것처럼 남극해의 힘을 받고자 했다. 그러나 눈구름에 가려진 햇빛은 힘을 잃고, 눈에 덮인 남극해도 침울했다. 빙산마저 보이지 않아 모든 것이 백야의 그림자 속에 잠겨 있었다.

그러나 박 기관장은 남극으로 가야겠다고 결심한 순간부터 기다리고 기다렸던 어떤 것, 메말라가는 자신의 영혼을 치유해 주고 삶에 대한 고귀함을 다시 불 붙여 주는 신령스런 존재, 육지에 머무르면서도 마음속으로는 오랫동안 기다려 왔던 자신의 기다림이 이곳이다, 라는 것을 느꼈다. 박 기관장의 무의식은 바다를 떠나 있어도 바다를 잊지 않고 있었던 것이다.

수리 오퍼를 받기 위해서 쓸개까지 빼놓았다. 원하지도 않은 술자리에 참석해야 했고 지루하고 의욕 없이 견디는 시간들이었다. 박 기관장의 삶은 어떻게 사느냐가 문제가 아니라 어떻게 견디느냐의 문제였고 하루 세 끼에 매달려 정신없이 모터의 코일을 세팅하고 조립했다. 박 기관장이 수리업체를 꾸려오면서 느꼈던 무기력과 자존심의 상처, 주체를 상실한 존엄에 상처를 새기는 자학 같은 것들, 결혼생활의 파탄과 도저히 탈출할 수 없는 작은 일상들의 되풀이, 그 모독의 시간들. 그러나 항상 인내하기만을 바라던 분노를 가지고 기다려왔던 것이 바로, 바로 남극해였던 것이다.

박 기관장은 핸드폰에 담아온 음악파일을 브루투스 스피커에다 연결했다. 강허달림의 미안해요란 노래가 선실을 가득 메웠다. 재즈풍의 소울이 가득한 노래였고 이별의 쓸쓸함이 가득 배어 있었다. 박 기관장은 노래 속으로 빠져 들었다. 추억은 인생을 살아오며 스친 시간들의 이미지였다. 박 기관장은 자신도 모르게 강허달림 노래가 마음속에서 앨버트로스의 날개처럼 날아오르는 것이 느껴졌다. 운무가 소복이 내려앉은 반야월성이, 선연의 슬픈 얼굴이 떠올랐다. 그러나 되돌아갈 수 없었다. 박 기관장은 망연히 현창 밖을 바라보았다. 문득 이대로 시간이 멎었으면 좋겠다는 생각이 뇌리를 스쳤다.

당직 중이던 2기사가 다급하게 기관장 침실 문을 두들긴 것은 그날 저녁식사 시간이 가까워서였다.

갑판에서는 여전히 양승작업이 한창이었고 박 기관장은 작업복 차림으로 침대에 누운 채 머리를 식히고 있었다. 한 대의 발전기가 말썽이었다. 이상이 있는 건만은 분명했고, 상황은 호전될 기미가 아니었다. 그래서 기관사들에게 계기점검을 착실히 하도록 이르면서, 필터 교환도 확실히 하도록 신신당부를 한 참이었다.

"기관장님, 큰일났습니다!"

2기사가 문을 마구 두들겨 댔다.

"기관장님, 빨리 나와 보십시오!"

박 기관장은 몸을 벌떡 일으켰다.

"무슨 일이야?"

열린 문틈으로 하얗게 질린 2기사의 얼굴이 나타났다.

"기관장님, 큰일났습니다! 1기사님이, 1기사님을 조리장 새끼가!"

"뭐라고?"

"조리장이 1기사님 배를 식칼로, 피가, 식당이 온통 피바다입니다!"

"뭐?"

박 기관장은 선원식당으로 이어진 통로로 질풍처럼 내달았다.

"아니? 이게 도대체!"

식당으로 뛰어든 박 기관장은 그대로 얼어붙고 말았다.

1기사가 피범벅인 하복부를 두 손으로 감싸고 있었다. 1기사는 벽을 등지고 기대어 두 다리를 내뻗고 있었는데 손가락 사이로 비어져 나온 것은 뱃가죽을 비집고 나온 내장이었다.

주저앉아 있는 1기사 앞에는 식칼을 꼬나 든 조리장이 눈을 부릅뜬 채 1기사를 노려보고 있었다. 주방에서 사용하는 식칼이었다.

"칼 당장 내려놓지 못해!"

박 기관장이 고함을 내질러도 조리장은 꼼짝도 하지 않았다. 2기사가 제자리서 뛰어오르며 오른발로 조리장 턱을 갈겼다. 2기사의 힘이 의외로 강했던지 조리장은 밑동이 썩어버린 고목처럼 식당의 자 모서리에 뒤통수를 부딪치며 나뒹굴었다. 그리고는 바닥에 얼굴을 댄 채 옴짝달싹도 하지 않았다. 2기사가 재빨리 식칼을 잡아채고 의자에 주저앉혔다. 정신이 나간 게 분명했다.

갑판장이 식당으로 뛰어들었고, 뒤이어 강 사장과 장 선장도 달려왔다.

"이게 무슨 짓이야!"

누구보다도 펄펄 뛰는 강 사장이었다.

문제는 조리장에게 있었다. 남에게 싫은 소리 하기를 죽기보다 싫어하는 1기사였다. 1기사는 강 사장과 박 기관장의 지시라고 전하며, 조리장에게 별세한 조기장 부친을 위한 조촐한 상을 마련하라고 일렀다. 하지만 조리장은 처음부터 들을 생각이 아니었다.

"나는 선원들 매 끼니 식사만 마련하면 되지, 그런 일은 나와 아무 상관이 없소. 나는 한국 선원법에 명시된 업무만 수행하면 됩니다."

그런 엉뚱한 반응을 보였다는 것이다.

"허, 내 말에 심기가 불편해졌나 보군. 네가 한국 선원법에 대해 뭘 알아? 어쨌거나 너는 주방을 책임지고 있지 않나? 또 이건 다른 사람도 아닌 피닉스 호 소유주가 직접 지시하신 일이야."

조리장은 눈 하나 깜박하지 않았다. 조기장은 조기장이고, 그건 내가 알 바가 아니다. 조리장은 입에서 나오는 대로 제 마음껏 지껄였다. 말이 통하지 않는 조리장의 태도에 1기사는 그만 화를 참지 못 하고 뺨따귀를 한 차례 올려붙였다.

"이 새끼가 턱주가리는 왜 쳐들어."

1기사가 내뱉는 말들은 대개 이렇게 거칠었다. 어려서부터 바다를 떠돌다보니 뱃사람들의 언어가 입에 붙어 입도 거칠어지고 행동도 말보다 주먹이 먼저였다.

"개자식, 어디서 배운 버르장머리야!"

"1기사면 1기사이지 내가 뭘 잘못했어. 선원들 밥을 굶겼나. 나는 내 할 일을 다 했어. 그리고 내 나이가 몇인데 함부로 주먹질이야. 시발."

1기사의 행동에 부아가 치민 조리장은 거칠게 대들었다. 그러면서 주방으로 뛰어든 조리장이 식칼을 들고 나와서 다시 한 번 더 때려 보라고 대들었던 것이다.

"아니, 이런 좆같은 새끼가 있나? 어디 한 번 찔러 봐라. 찔러 봐. 그럼 내가 겁먹을 줄 알았냐? 어림도 없다. 어림도 없어. 되놈아, 그래 어떡하겠다는 거야?"

"시발, 죽여 버리겠어."

"그래? 죽여 봐."

1기사는 조리장에게 손가락질을 해가며 목청을 돋웠다. 조리장의 눈빛이 어느새 얼음처럼 싸늘한 냉기를 뿜고 있었다. 그 순간 1기사 쪽으로 한 발 다가온 조리장이 하복부를 겨냥하고 사정없이 식칼을 찔러 넣었다.

"이 새끼를 묶어서 감금시켜."

장 선장의 지시를 받은 갑판장이 조리장을 선미 타기실 창고에

집어넣고 열쇠를 채웠다. 1항사와 2기사가 달려들어서 의식을 잃어 가는 1기사를 사롱으로 옮겼다.

"1기사 정신 차려."

1기사의 상처는 심했다. 사롱으로 옮기는 도중에도 몇 번이나 으흐 으흐흐 하는 신음소리를 냈다. 1기사의 목숨이 경각에 달린 것 같아서 박 기관장은 다리에 힘이 하나도 남김없이 빠져나가는 것을 느꼈다. 한국사관들의 식당이었던 사롱이 야전병원으로 변했다. 피 냄새 특유의 비릿한 냄새가 후덥지근한 공기와 섞여서 실내에 떠돌았다. 발바닥에서 무언가 미끈거리는 감촉이 왔다. 박 기관장이 발걸음을 옮겨 놓자 신발에서 시뻘건 핏물이 묻어났다. 수술용 장갑도 수술복도 입지 않은 장 선장은 온통 피투성이였다. 바닥은 흘러내린 피로 흥건했고 장 선장이 밀려 나온 창자를 다시 복부로 밀어 넣느라 애를 쓰고 있었다. 1기사는 여전히 고통에 찬 신음소리만 흘렸다.

"진통제 주사했나?"

"예."

장 선장 곁에는 1항사가 장 선장을 보조해 응급처치를 도왔다.

"포도당 걸어."

피닉스 호에 전신마취를 할 장비가 있을 리가 없다. 장 선장이 1항사에게 지시를 했다.

"그쪽으로 밀려 나온 창자를 과산화수소로 세척해."

"예."

"조금만 더 밀어 넣으면 되니 리도카인을."

1항사가 재빨리 부분 마취용 리도카인용액을 찢어진 복부 주변에 이리저리 주사했고 1항사로부터 탈지면을 건네받은 장 선장이 1기사의 하복부를 황급히 닦아 냈다. 배꼽 언저리의 윤곽이 하얗게 드러났다가는 이내 쏟아져 나오는 피로 붉게 물들었다. 몸 어디에서 그처럼 많은 피가 나오는지 1기사가 숨을 헐떡일 때마다 뭉클뭉클한 피를 계속해서 쏟아 냈다. 응급처치를 지휘하고 있는 장 선장은 수술 장에서 수술을 지휘하는 집도의와 같았다.

피비린내로 구역질이 올라왔다. 박 기관장은 재빨리 손으로 입을 가렸다. 박 기관장은 장 선장의 모습을 보며 순간적이지만 대단하다는 생각이 들었다. 저런 것이 선장과 기관장과의 책임감 차이라는 생각이 났다. 장 선장이 흘러나온 창자를 모두 복부로 밀어 넣었다.

"바늘."

"여기 있습니다."

응급처지 장면을 지켜보던 박 기관장은 어금니를 꽉 깨물었다. 흥분되어서 볼이 붉게 물든 박 기관장의 턱에서는 이빨 갈리는 소리가 으드득거렸다. 조리장에 대한 분노였다. 발끝부터 머리끝까지 휘발유를 부어 놓고 불을 붙이는, 불같은 분노가 온몸을 급속으로 태워 가고 있는 것 같았다. 꾸역꾸역 밀려 나오는 1기사의 창자와 사롱 테이블을 벌겋게 물들이는 핏덩어리와 신발 밑바닥에 달라붙은 핏물까지도. 박 기관장은 분노를 자제하려 1항사의 오른팔을 움켜쥐었다.

"겸자."

1항사가 봉합 실을 바늘에 꿰어 장 선장에게 주자 능숙하게 찢어진 복부를 봉합하기 시작했다. 봉합을 끝내자 장 선장은 자기도 처음 당해 본 일이라서 어떻게 진행될지 모르겠다고 박 기관장에게 말했다. 조리장은 단순히 찌르기만 한 게 아니라, 식칼을 뱃속으로 10센티미터 정도 찔러 넣어 포를 뜨듯 칼자루를 반 바퀴나 돌려버렸다.

"출혈이 과다합니다."

"어떻게 해 봐."

갑자기 벌어진 폭행에 난감하기는 강 사장도 마찬가지였다. 박 기관장 역시 속수무책 발만 동동 굴렀다

십수 년 전 일이었다. 선단 배에서 한 선원이 손목을 절단당하는 사고를 당했다. 와인딩 드럼이 한창 메인라인을 감아 들이고 있는데, 한 선원이 얽힌 브렌치라인을 발견하고 그것을 꺼내기 위해 손을 드밀었다가 메인라인에 감겨들면서 발생한 사고였다. 와인딩 드럼을 정지시키고 절단된 손목을 건져 냈으나 다음에는 무엇을 어떻

게 해야 할지 통 알 수 없었다.

　의료 도움을 받아야 할 항구는 너무 멀었다. 선단 조업선에 구원을 청해도 마땅한 방안이 강구되지 않았다. 선장이 극단의 조치를 강행하기로 했다. 어차피 손목을 살려 낼 수 없을 바엔 실패하더라도 절단된 손목을 잇고나 보자는 발상이었다. 서툰 솜씨로 오그라든 피부 조직을 이리저리 꿰맞추어 손바느질을 하였는데 출혈이 멎으면서 피부조직이 살아나는 듯 보이더라는 것이다. 하지만 신경이며 혈관을 잇지 않은 상태에서 무작정 봉합하였다고 손목이 살아날 것으로 기대하는 건 말도 안 되는 일이다. 한 달이나 지나 입항한 항구의 병원에서 다친 선원은 괴사된 손목을 절단했다.

　봉합이 끝난 1기사는 침실로 옮겼다. 복부를 꿰매기에 앞서 비어져 나온 내장은 밀어 넣어도 밀어 넣어도 자꾸만 흘러 나와 애를 먹었다. 봉합을 끝내자 출혈이 멎으면서 어쩌면 살려낼 수 있을 것 같다는 희망도 생겼다.

　"아라온 호를 호출하면 어떨까요?"

　장 선장의 궁여지책이었다. 그러면서도 장 선장의 시선은 북쪽으로 닷새 거리에 있는 포클랜드의 스탠리 항에 꽂혀 있었다. 주변을 아무리 둘러보아야 남극대륙 곳곳에 포진하고 있는 각 나라 연구기지 말고는 의료 혜택이 가능한 곳은 포클랜드가 유일했다. 각 나라 연구기지는 최소한의 의료시설은 갖추고 있을 것이다. 그러나 세상과 담을 쌓고 오로지 극지연구에만 골똘해 있을 자연과학자들이 선상난동의 피해자인 환자를 순순히 받아들일 까닭은 없었다. 그래도 만약 아라온 호로부터 반응이 있다면 당장이라도 달려갈 생각이었다.

"가능할까?"

강 사장은 고개를 주억거렸지만 기대는 하지 않았다. 그러면서도 내심, 아라온 호도 마찬가지로 머리를 내저을 게 분명하다는 생각을 하고 있었다.

"아라온 호! 아라온 호! 여기는 피닉스 호 선장입니다. 감도 있습니까?"

하지만 몇 차례나 되풀이 애절하게 불러도 응답은 없었다. 갈 길이 바쁜 아라온 호는 피닉스 호의 사정도 모르는 채 아마 지금쯤 만년빙으로 뒤덮인 베링스하우젠 해 깊숙이 얼음을 깨며 쇄빙 테스트에 열중하고 있을 터였다.

"하는 수 없지."

박 기관장은 착잡한 심정으로 1기사 침실로 돌아왔다. 생과 사의 문턱에 한 발을 거친 1기사는 정신을 차리지 못하고 가느다란 신음 소리만 뱉아냈다.

"1기사, 정신 좀 차려봐."

박 기관장이 1기사의 땀을 닦아 주기 위해서 이마에 손을 대자 불덩이 같이 뜨거웠다. 박 기관장은 가슴을 헤집고 맨살의 가슴에다 냉수건을 올려놨다. 박 기관장은 1기사를 처연한 마음으로 지켜볼 수밖에 없었다. 폭풍 속으로 뛰어들어 자식들을 공부시키고 노모를 수발하며 숱한 죽음을 건너온 1기사가 죽음의 문턱을 서성거리고 있었다. 패기만만한 1기사의 싱싱하던 인생이, 바다 위를 떠돌고 있는 인생이 허망했다.

박 기관장은 피곤이 온몸을 무겁게 누르는데도 정신은 오히려 맑아져왔다. 괜히 1기사에게 지시를 내렸다는 후회가 밀려왔다. 그런 일은 자신이 지시해도 되는 일이었지만 기관장이란 체면 때문에 이렇게 큰사고를 불러왔다. 기관장이 조리장에게 지시했다면 거부하지 못했을 것이다.

박 기관장은 침대 밖으로 힘없이 늘어진 1기사의 손을 가만히 잡았다. 1기사의 체온과 헐떡이는 호흡을 손끝을 통해서 느낄 수 있었다. 박 기관장은 가슴이 먹먹해져 오며 자신도 모르게 눈물을 흘렸다. 이내 박 기관장은 흐르는 눈물을 훔쳐 냈다. 그때 1기사의 신음소리가 어렴풋이 들렸고 1기사의 의식이 돌아왔다.

"죄송합니다. 기관장님. 저는 기관장님도 보지 못하고 죽는 줄만 알았습니다. 이 쓸쓸한 남극해에서요."

1기사의 말은 박 기관장을 더 슬프게 했다.

"죽기는 왜 죽어? 1기사가 왜 죽어?"

박 기관장의 말에 1기사는 한쪽 눈을 치켜뜨는 것으로 대답을 대신했다. 박 기관장은 떨리는 손끝에 힘을 주며 침착해지려고 노력했다. 복부절상에 과다출혈, 거기다가 병원은 너무 먼 거리에 떨어져 있었다. 어쩌면 사망할지도 몰랐다. 박 기관장은 바짝바짝 말라가는 입술을 침으로 적시면서 크게 한숨을 내쉬었다.

"빌어먹을."

박 기관장은 1기사의 말을 가로막았다.

"이건 누구의 잘못도 아니야."

그때 장 선장이 선실로 들어왔다. 파리한 혈색의 1기사를 내려다보는 장 선장은 무언가 망설이는 눈치였지만 현 상황을 1기사에게 전했다. 포클랜드 공군기지와 협의가 끝났다면서 가는 도중 헬기로 이송할 것인데 힘을 내라고 했다. 장 선장은 박 기관장을 잠시 보자하고 발길을 브리지로 옮겼다.

"앞으로 삼 일이 고비입니다."

"예?"

"사흘은 달려야 헬기와 상봉할 수가 있습니다. 헬기가 날아올 수 있는 한계가 있거든요. 피닉스 호가 거기까지는 가야 합니다. 다행히 유빙들이 많이 녹고, 그런데 불안해요. 세균감염도 감염이지만 워낙 피를 많이 흘린 탓에."

"그럴지도 모르지."

1기사의 사망을 직접적으로 말하지 않았지만 1기사가 병원으로 옮기기 전에 사망할 것이란 것을 알고 있었다. 박 기관장이 심호흡을 하듯 길게 한숨은 쉬었다. 장 선장의 이야기를 착잡한 표정으로 듣고 있던 박 기관장은 애써 장 선장의 눈길을 외면했다.
　갑판에서는 여전히 양승작업이 계속되고 있었다. 그 판국에서도 남극이빨고기는 잡아야 했고 어구는 모두 거둬들여야만 했다. 강 사장과 장 선장은 연승을 다 거둬 올리는 대로 조업을 중단하고 닷새 거리의 포클랜드로 달려간다는 계획만 세워 놓았을 뿐이다. 박 기관장은 다시 한숨을 깊이 내쉬었다. 도대체 언제쯤 이 끔찍한 악몽에서 벗어날 것인가.

만선

다음 날 피닉스 호는 굳이 포클랜드 스탠리 항으로 선수를 돌리지 않아도 되는 사건이 발생했다. 마취에서 깨어난 1기사가 밤새껏 고통을 호소하며 신음을 그치지 않더니 날이 밝기도 전에 숨을 거두고 만 것이었다. 과다출혈이 원인이었다.

박 기관장은 1기사의 숨결을 확인했다. 1기사 코앞에 피워 둔 향 다발 연기는 작은 흔들림도 없이 꼿꼿하게 수직으로 타올랐다.

"임종했습니다."

곁에서 지켜보던 장 선장이 사망을 선고했다. 박 기관장의 얼굴은 믿을 수 없다는 표정으로 붉게 물들고, 이마에는 핏줄마저 불거져 나왔다. 그러한 박 기관장의 표정 속에는 도저히 믿을 수 없다는 기색이 숨어 있었다. 박 기관장은 숨이 끊어진 1기사를 바라보다가 중국 전설에 나오는 맥이라는 동물을 생각해 냈다. 맥은 인간의 꿈을 먹고사는 전설 속의 동물이었다. 맥은 밤마다 인간의 꿈을 받아먹으려고 인간의 잠속을 기웃거리다가 1기사의 꿈과 마주친 것이다. 그런 맥이 1기사의 꿈을 통째로 삼켜버리고 육신의 껍질만 남겨 놓은 것 같았다. 꿈을 잃어버린 사람. 그건 죽은 사람이었다.

"1기사."

뱃사람 그림자가 허옇게 놓인 백야의 남극해여. 한 뱃사람의 목숨이 떨구어 놓은 그림자를 간직해다오. 언젠가 남극해로 돌아와 말하리라. 가엾은 뱃사람의 그림자를 돌려 달라고 요구할 것이다. 어느 날, 남극해를 지나가며 남겨 놓은 뱃사람, 가엾은 우리들의 친구를 돌려주라고. 그때까지 그림자를 지켜 달라며 기관장은 마음속으로 기도를 했다. 뱃사람은 죽음의 터널을 통과하게 되면 어느 바다로 가게 되는 것인가? 죽음의 사신이 다녀간, 고통으로 힘들어했던 1기사의 얼굴 주변엔 한없는 평화로움이 만장처럼 너울거리고 있는 것 같았다.

1기사의 사망 소식이 퍼진 선내는 침통했다. 죽음을 맞이하는 어떤 장엄한 고독과 존재의 엄숙함이란 전혀 없는 개죽음이었다. 외국선원들을 비롯하며 냉동실 한 귀퉁이에 시체를 안치하며 한국선원들은 모두 울먹였다. 1기사의 사망을 애도하면서도 자신도 저렇게 될 수 있다는 두려움으로 애도했다.

한전에서 기술직으로 근무했던 1기사는 사회의 부조리에 굴종하는 주변에 대한 환멸과 실망 때문에 원양어선을 승선하게 된 사람이었다. 말수가 적고 기분이 좋으면 그저 헐헐 웃음을 짓는 게 전부인, 몇 개의 선으로 삶이 요약이 되는 사람이었다. 1기사는 그렇게 단순한 사람이었고 단순한 시각으로 바다를, 뱃사람을 이해하려했던 사람이었다. 1기사가 보는 바다의 삶은 명쾌했고 단지 해신이 원하는 열등한 부분을 보완하고 피닉스 호의 1기사의 직책에 만족하여서 그 밖의 일에는 관심이 없었다.

인간으로서 죽음은 어쩔 수 없는 일이다. 오로지 만선의 꿈을 안고 극한의 심경으로 도전을 감행한 출어가 어떻게 이처럼 허망한 결과에 이르고 있는가에 대한 울분이었다.

강 사장은 피닉스 호야말로 최악의 상황에 봉착한 것이라 생각했다. 일종의 터부를 넘어 죽음을 두려워하는 자들은 바다를 택하지 않는다. 그러므로 원양출어라는 것이 순탄한 항해일 수는 없다. 만선의 깃발을 날리며 다시 육지로 돌아가야 하는데 누군가는 다칠 수도 있고 누군가는 목숨을 잃을 수도 있다. 그건 각자의 운명이었고 뱃사람의 숙명이었다. 지금 피닉스 호에서는 어찌 보면 기우일 수도 있는 일이 벌어진 것이다.

박 기관장은 기관실이 텅 비어 버린 것 같은 상실감을 느꼈다. 기관실은 운용은 1기사와 조기장이 주축이 되었다. 그런데 1기사가 사망했다. 아무리 강 사장이 자신을 감싸준다고 해도 피닉스 호에서 실직적인 동료는 1기사였다. 동료를 잃는다는 것은 함께 생활한 사람의 가슴에는 크나큰 상처로 남았다. 1기사는 현실의 질서에서 싱크홀로 빠져 든 열외자였다. 꿈을 잃은 1기사는 바다의 정령이 되어서 영원히 남극해를 떠돌게 될 것이다. 이 비극적인 사고가 박 기관장의 면전에서 벌어진 것이다.

당장 조리장에 대한 처리 문제가 나왔다. 어제까지는 동료였지만 이제는 사람을 죽인 살인자였다. 아무리 이념이 다른 세상에서 살아온 조리장이었다고 십분 이해해도 선원법이 엄존하는 선박에서 상급자에 대한 항명과 살인을 저지른 범죄자를 방치할 수는 없는 일이었다. 그렇다고 1기사의 한을 풀어주기 위한 증오로, 눈에는 눈 이에는 이의 방식으로 바닷물 속으로 쳐넣을 수도 없었다.

"살인을 저지른 자에게 일손이 부족하다고 주방을 계속 맡길 수도 없는 노릇입니다."

강 사장이 기다림을 가지고 생각해보자고 했지만 갑판장은 완강하게 거부했다. 사장님은 살인자가 해주는 밥에서 피 냄새가 맡아지지 않겠느냐며 거품을 무는 갑판장 목소리는 현악의 떨림처럼 경련했다. 며칠 날짜를 손해 보더라도 당장 포클랜드로 달려가 살인자를 한국으로 송환해버리자는 의견도 나왔다. 비록 국적은 달라도 선원법상 선장은 외국의 사법 당국에 얼마든지 적절한 조치를 요청할 권리를 갖고 있었다. 그러면 현지 경찰은 최종적으로 한국 당국과 공조하여 신병을 압송케 함으로써 얼마든지 일벌백계할 수 있게 돼 있다. 일상적인 선원들 식사를 해결해야 하는 문제도 있었지만, 비상상황인 만큼, 아니 살인자가 해 주는 밥이 목구멍을 넘어가겠냐는 의견이었다. 주방일이야 얼마든지 다른 선원으로 대체할 수도 있는 것이다. 의견이 분분한 가운데 한 가지 방안이 섬광처럼 번뜩였다.

"크릴 받으러 운반선이 올 때가 되었지 않나?"

강 사장의 말이었다.

"그렇군요."

장 선장도 맞장구를 쳤다.

원양 조업선은 자주 운반선을 이용한다. 만선한 배가 어획물을 옮길 때마다 항구를 찾기로 한다면 장기간의 조업손실은 불가피해진다. 그래서 궁리한 게 가까운 항구 또는 어장으로 운반선을 오도록 하여 어획물을 넘겨주는 방법이다. 그렇지만 남극이빨고기를 잡는 피닉스 호는 해상에서 어획물을 넘겨줄 수 없었다. 남극해양생물자원위원회의 자원관리가 엄정한 탓에 하역은 육지에서 옵서버의 관리 하에 해야만 했다. 하지만 남극반도를 어장으로 하는 크릴 트롤선은 달랐다.

엄청난 어획을 하고 있는 크릴 트롤선들은 디스커버리 베이에서 전재(Transhipment, 화물이적)를 하고 있었다. 남극해양생물자원위원회에서 허락한 냉동운반선들이었다. 일본의 도께이냉동은 남극해양생물자원위원회의 인증을 받고 있었던 것이다. 디스커버리 베이라면 포클랜드와는 삼분의 일의 거리에 있었다. 어장에서 그리 멀지 않은 곳이다. 조업손실도 많이 줄일 수 있는 거리였다.

강 사장은 해양수산부에 사고발생을 알리면서 운반선을 통해 살인범인 조리장을 전선할 수 있도록 외교적인 협조를 구했다. 그리고 장 선장은 일본 운반선 다이와 마루와 통화했다.

"마침 한국 크릴 배의 전재시기에 맞추어 보름 전에 시미즈 항을 출항했다고 합니다."

"잘됐네."

운반선이 도착하기까지 한 달이면 충분하다는 이야기다. 조리장 처리문제는 해결이 가능해졌다. 다만 한 가지, 냉동실에 안치된 1기사의 운구 문제가 있었지만 그것은 시간을 두고 유가족과 충분한 논의를 거쳐 처리키로 했다.

원양어선에 승선하는 것은 크루즈를 타고 여행하는 것처럼 풍요로운 시간이 아니다. 항구로 돌아가지 못하거나 심연의 바닥으로 가라앉아 자신의 시체를 산호초로 봉인해도 억울하다고 원망하지 못했다. 뱃사람은 공포로 일렁이는 검푸른 해수면을 바라보고 파도와 바람이 주는 은혜에 감사해 하며 운명에 순응하는 짐승이다. 그리고 바람과 파도는 뱃사람의 흔적을 지울 뿐이다. 육지로 돌아가지 못한 영혼이 유령으로 떠도는 곳. 뱃사람들은 그런 곳에서 혹시나 하고 만선의 환상 속에서 이런저런 사유로 사라질 뿐이다.

피닉스 호 선원들은 일상으로 돌아갔다. 아침마다 갑판을 청소하고 어구를 정비했다.

박 기관장은 하루도 빠짐없이 박명이 되면 1기사를 안치한 어창 앞에 술잔을 놓고 소주를 채웠다. 박 기관장이 채우는 술잔은 맥에게 먹혀 버린 1기사의 꿈에게 바쳐지는 역설이었다. 물론 선원들도 향을 사르긴 했지만 누구도 1기사의 죽음에 대해서는 침묵했다.

그동안의 기상은 평온했다. 파도는 일 미터 안팎으로 안정적이었고, 우려하던 유빙이나 빙산의 접근도 없었다. 블리자드가 몰려오기 전 항상 나타나는 서든 자이언트가 보이지 않는 것도 어로작업에 도움이 되었다. 나이가 먹어서 늙게 되면 흰 깃털이었지만 그 전엔 까만 깃털로 온몸을 감싼 까마귀와 흡사하게 닮은 녀석들이다. 마스트 주위를 돌며 투박한 울음소리를 내면 바람이 불어올 나쁜 징조라는 말이 틀리지 않아서였다.

그렇지만 범고래는 자주 목격되었다. 범고래들은 무리를 이루어 피닉스 호 주변을 어슬렁거리다가 사라지곤 했다. 피닉스 호의 트롯에 걸린 남극이빨고기를 노리는 웨델 해표를 사냥하기 위해서였다. 범고래들은 대부분 가족 단위의 무리를 이루고 있었는데 등지느러미가 꼿꼿하게 해수면으로 솟아 오른 건강한 수컷이 가족들을 이끌고 있었다. 범고래의 암수 구분은 쉬웠다. 등지느러미가 하늘로 높이 치솟은 놈일수록 젊고 건강한 수놈이었으며 등지느러미가 U자로 굽은 놈은 암컷이었다. 또 무리에서 등치가 작은 놈은 새끼였다. 범고래 수컷의 등지느러미를 설핏 보면 작은 요트 세일처럼 보여서 순간적으로 요트로 착각하기도 했다.

대어는 계속해서 이어졌다. 낚시마다 남극이빨고기가 주렁주렁 매달렸다. 크기도 굵어 모두 30킬로그램을 넘는 중심 어획물이었다. 준비하고 있던 3 SET의 어구를 모두 던져 넣은 덕분도 있었다.

"만선이다. 만선!"

"돈이다."

처리갑판은 남극이빨고기로 발 디딜 틈도 없이 꽉 들어찼다. 미처 처리하지 못한 남극이빨고기의 대가리며 내장과 지느러미들이 이곳 저곳에 너부러졌고 기관실 지원까지 받고 있는 처리조 선원들이 트렁크를 급냉으로 옮기느라 바빴다. 이런 대어 맛을 보기 위하여 얼마나 고생했는지를 생각하면 할수록 감회가 깊어지는 강 사장이었다.

남극으로 간다고 했을 때 알게 모르게 뭇사람들이 보내왔던 야유와 비난 속에서도 버티어 왔던 것은 만선이란 대가를 받기 위해서였다. 어창 안에 차곡차곡 적재되는 남극이빨고기는 바로 돈이었으며 황금이었다. 이제 남은 것은 조금밖에 남지 않은 어창을 어떻게 꽉 채우느냐가 관건이다.

강 사장은 30대에 다랑어연승선의 선장이 되어서 누구에게도 빠지지 않는 어획을 올렸고, 사업을 할 때만 해도 정말로 온 세상의 돈이 품안에 있는 줄만 알았다. 허나, 세계적으로 배타적경제수역이 생겨나고 결정적으로 운영하던 배가 마다가스카르 해역에서 좌초했을 때 얼마나 좌절했던지. 사실 남극해로 출어를 하기까지는 고통의 시간이었다. 오늘의 대어는 그 힘들었던 날을 견디어 낸 선물일 것이다. 하기야 조업 중에 1기사가 사망하는 불행한 사건이 일어났지만 그건 산재보험으로 처리하면 될 일이었고 인간이라면 죽음이 없는 곳은 없으므로 추억으로 덮어버리면 되었다. 어쨌든 세상은 산 자의 몫이고 훔볼트 해류를 타고 표류하더라도 만선만 하면 모든 건 용서가 되는 일이다.

어떻게 하든 어창을 채워 입항을 하게 되면 남극해 조업 성공으로 자신의 입지는 더욱 공고해질 것이다. 강 사장은 이런 생각에 회심의 미소를 머금었다. 지난 마음고생에 대한 보상이 조금씩 현실로 이루어지고 있었다.

"미래를 위해서, 앞으로."

강 사장은 브리지에서 줄줄이 물려 오는 남극이빨고기를 바라며 마음속으로 외쳤다. 선원들의 기분도 풀려서 신명을 찾았다. 어획량이 많으면 많을수록 자신들이 받을 상여금도 늘어나기 때문이다.

어느새 1기사의 사망은 먼 과거에서 일어난 남의 일이 되고 말았다. 박 기관장은 자신과 똑같이 1기사의 죽음을 슬퍼하지 않는 선원들에 대해 노여움을 느꼈고 세상의 정의라든가 도덕심, 인격이나 공감 같은 것이 얼마나 엉터리인가를 다시 한 번 느꼈다. 선원들은 동료였던 1기사의 죽음을 심각하게 받아들이지 않았다. 쌓이는 상여금만 있었다. 그저 자신과 관계된 주변의 사람 중에서 한 사람이 죽었을 뿐이다.

피닉스 호는 일주일을 연거푸 하루에 300마리 이상의 대어를 기록하고 있었다. 어획 중량으로 환산하면 10톤이나 되는 엄청난 대어였고 어가로 환산해 도둑놈 뒷전에 판매해도 3억이 넘었다. 강 사장은 기대에도 없던 어장. 예기치도 않던 곳에서 깜짝 놀랄 남극이빨고기 어장을 찾아낸 것이었다. 그래도 강 사장에겐 자아도취나 터무니없는 오만함 같은 것은 없었다. 강 사장의 노련함이자 카리스마였고 선원들을 이끌어 가는 기본적인 힘이었다. 대부분의 어선 선장들은 만선의 성취감에 취해 어깨에 힘이 많이 들어가 기고만장하기가 일쑤였다.

강 사장은 장 선장에게는 남극해양생물자원위원회에 보고하는 어획량은 자신과 입을 맞추고 패트롤(경비정)의 순찰을 예상해서 어창도 계획적으로 적재하라고 지시했다. 만에 하나라도 어획량 보고에서 삐끗하여 오류라도 발생하면 피오닉스 호는 IUU선박(불법조업선

박)으로 지정되어 다음 시즌 어기는 물론 영원히 남극해에서 추방되어야 했고 강 사장 자신도 행정소송에 휘말려야 한다는 것을 잘 알고 있기 때문이다. 하지만 쏟아지는 어획량을 감추는 데도 한계가 있었다. 마침내 외국 조업선들이 슬금슬금 대어를 눈치채기 시작했고 결국 피닉스 호 어획량이 들통나고 말았다. 남극이빨고기의 원조국인 칠레선 두 척을 선두로 스페인선과 영국선들이 슬금슬금 피닉스 호 어장으로 접근했다. 그들로서는 뒤늦게 뛰어든 한국의 피닉스 호가 100해리 밖에 떨어지지 않은 곳에서 별다른 이동도 없이 조업을 계속하고 있는 어장에 주목했다. 그러다가 남극해양생물자원위원회 사무국에 보고된 어획량을 확인하고 나서야 경악했다. 피닉스 호는 그들보다 연일 몇 배나 많은 어획을 달성하고 있었다.

"아무래도 시끄러워지겠습니다."

장 선장은 너털웃음을 지으며 말했지만 외국 조업선들이 모여들면 아무래도 연승이 얽히는 사고도 생기기 마련이고, 목표한 어장에 정확하게 연승을 던질 수도 없어 마침내 어장을 잃어버리게 된다. 그렇다고 외국 조업선의 접근을 막을 장치는 없었다.

"하는 수 없지, 뭐."

남극이빨고기가 떼로 올라오자 박 기관장은 1기사 생각을 잊을 수 있었다.

그럼에도 한 가지는 쉽게 해결될 기미가 보이지 않았다. 야식을 포함하여 하루 네 끼니씩 꼬박꼬박 챙겨 주어야 하는 선원들의 먹거리 문제였다. 멜빌은 『모비딕』에서 조리장의 선내 위상을 선장과 동렬로 놓고 있었다. 그러나 조리장의 직종이야말로 일반 선원들에게는 기피의 대상이었다.

조리장은 세월이 좋아 조리장이지 전에는 화장이라고 했다. 불을 다루는 장인인데 관습적으로 처음 뱃전에 발을 들이면 맡겨진 임무가 밥쟁이, 주자였다. 그러다가 승선 경험이 쌓여야 갑판부원으로 인정했다. 그때서야 뱃사람 취급을 해 주었던 것이다.

사실 파도 속에서 밥솥을 들여다보고 있는 일도 그리 탐탁한 것은 아니었다. 그런데도 식당으로 들어서는 선원들의 눈에는 제시간에 자고 제시간에 일어나는 주방장이 예뻐 보일 까닭은 없다. 반찬 투정이 나오게 마련이다. 밥사발이 날아다니고 서로 엉켜 붙는 경우도 비일비재했다. 그러니 어느 누군들 스스로 앞치마를 두르겠다고 나설 것인가.

처음에는 제롬이 자청하고 나섰다. 그러나 갑판작업에서 제롬이 차지하는 비중이 커 겨우 두 끼니를 해결하는 것으로 두터운 방한복을 껴입을 수밖에 없었다. 뒤이어 다른 외국인 선원을 투입하였으나 부식 재료를 찾아 하루 종일 창고만 뒤지다가 끼니를 놓쳤다. 그렇다고 날마다 라면으로 대체할 수도 없는 노릇이었다. 궁여지책으로 창고에 가두어 놓은 살인범을 한시적으로 풀어 놓자는 의견도 나왔다. 그건 갑판장이 받아들이지 않았다. 급기야 강 사장까지 나서서 몇 끼니나 당번을 서는 상황이 연출되었다.

시간상으로 밤이었으나 하늘은 어두워지지 않았다. 이미 백야가 시작되었기 때문이다. 그럼에도 여전히 대어의 연속이었다. 와이딩 드럼은 낚시마다 줄줄이 물려오는 남극이빨고기의 무게로 낑낑거렸고 양승조 선원들은 현문 안으로 어획물을 끌어올리기에도 바빴다. 처리하지 못한 남극이빨고기가 처리갑판 한쪽에 수북이 쌓여가며 부패하는 냄새가 처리갑판을 메웠다. 강추위에도 이마에 굵은 땀방울을 매달고 처리용 칼을 이리저리 휘두르는 반팔셔츠의 처리조 선원들은 죽을 맛이었다.

멀리 혹은 가까운 수역에서 외국 조업선의 불빛이 일렁거렸으나 피닉스 호는 회유성이 없는 남극이빨고기의 어획 포인트를 선점했고 조업구역을 확보한 상태라 크게 방해받을 까닭이 없었다. 열흘이 지나가자 어획량이 줄어들기 시작했다. 어장을 옮겨야 하는 시점이었다.

피닉스 호는 목표한 어획량의 절반을 달성했다. 어획 포인트를 한 곳만 더 찾으면 어장이 폐쇄될 때까지 수월하게 조업을 할 수 있었다.

"어창이 반을 넘었습니다."

어창 작업을 마치고 나온 갑판장의 보고였다. 눈썹에 서리가 하얗게 달라붙어 있었다.

150톤이 가깝게 어획되었다. 그야말로 즐거운 비명이었다. 닷새 전 2번 어창이 가득 차 밀봉한 다음이었으므로 눈대중으로 계산해도 비슷하게 맞아 떨어지는 어획량이었다.

"앞으로 100톤만 더 잡으면 된다."

강 사장은 느긋해 했다.

박 기관장은 눈코 뜰 새 없이 바빴다. 남극이빨고기가 대량으로 어획되고 어획물을 냉동하기 위해서 세 대의 냉동기가 24시간 돌아가자 1기사의 빈자리를 자신이 메우지 않으면 안 되었다. 물론 필리핀 냉동사가 냉동기를 전적으로 책임을 지고 운전을 했지만 어획물이 쏟아지면 감당하지 못했다.

브리지나 기관실이든 각각 두 명의 사관들이 하루 네 시간씩 두 차례로 돌아가는 순환근무제였고 장 선장이나 박 기관장은 특정 시간을 초월하여 하루 스물네 시간을 꼬박 근무상태였다. 사망한 1기사의 당직을 박 기관장이 고스란히 떠맡게 된 것이었다. 박 기관장은 선실의 침대에 언제 등을 붙였는지 기억도 없었다. 엔진컨트롤룸 한편에 야전침대를 놓고 잠깐잠깐 눈만 붙였다. 그럼에도 한 가지 위안은 매일 어황이 대어로 이어지고 있는 것이다.

안 할 말이지만, 선내에 시체를 싣고 있으면 재수도 좋고 또 배도 빨리 달린다. 그 옛날 연근해 어부들에게서 들은 이야기였다. 한 선원이 작업 중에 안전사고로 사망하자 입항키로 하였는데, 예상 밖으로 배가 쾌속이어서 반나절이나 앞당겨 항구 방파제로 들어섰다는 것이다.

"다 쓸데없는 말이야."

몰려오는 어획물을 처리하기 위해서 실기사까지 처리갑판의 지원에 나섰다. 혼자 기관실을 지키던 박 기관장은 수시로 1기사가 떠올랐다. 하필이면 당직사관 중 한 명이 아닌가. 일찌감치 다음 어기의 기관장으로 내정이 되었던 1기사였다. 선내 서열로 보자면 네 번째다. 그러면 조리장에게는 얼마든지 공적인 일을 지시할 수도 있다. 피가 낭자한 하복부를 움켜쥔 채 시선을 허공에 흩날리고 있던 모습이 떠올랐다. 그 허망한 눈이며 한쪽으로 꺾인 고개를 잊을 수 없었다.

박 기관장이 거친 블리자드나 몰려드는 유빙만 두려워했던 건 아니다. 실력이 좋다고 소문난 박 기관장이었지만 전기로 동력을 얻는 메인엔진의 운용으로 고통 받을 때가 많았다. 그때 곁에서 심적으로 위로를 해 주던 사람이 1기사였다. 박 기관장이 쓰러지려할 때마다 어깨를 빌려준 버팀목이었던 것이다.

1기사의 처참한 죽음을 목격한 순간, 박 기관장은 칼을 빼앗아 조리장에게도 똑같은 보복을 해 주고 싶었다. 만약 1기사가 아닌 자신이 지시를 하였어도 조리장은 반항을 했을까? 1기사의 죽음은

도의적으로나 법적으로나 박 기관장의 책임일 수밖에 없었다.

강 사장에겐 걱정 말라고 큰소리를 치고 있었던 배경에는 무엇보다 1기사에 대한 신뢰가 깊어서 의지했기 때문이다. 그런 1기사를 냉동해서 어창에 눕혀 놓고 있었다.

자신은 천벌을 받아도 마땅했다. 박 기관장은 피가 뚝뚝 떨어지던 1기사의 환영을 지워 내듯이 고개를 저었다. 눈시울이 축축하게 젖어갔다.

황천피항

 마침내 블리자드가 불어오기 시작했다. 브리지 벽에 고정되어 있는 기압계 수치가 뚝뚝 떨어졌다. 브리지를 밝히고 있는 레이더 모니터와 터보원(송풍장치 계측기)이라는 계기에서 흘러나온 흐린 불빛뿐이다. 백야가 세력을 떨치고 있었지만 짙은 눈구름으로 어둠이 묻어나는 시간은 로칼 타임으로는 새벽 두 시를 가리키고 있었다. 강 사장은 언제나처럼 1항사가 양승키를 잡는 데 방해가 되지 않도록 한쪽 구석자리의 소파에 앉아 레이더를 응시하고 있었다. 강 사장의 눈빛이 어둠 속에서 빛났다.
 12월로 접어들면서 백야가 계속되는 가운데 낮이 가장 긴 하지를 며칠 일 앞둔 때였다. 그 동안 빙붕에서 떨어져 나온 빙산도 몇 차례나 만났다. 며칠 전부터 수온은 영하 2도로 뚝 떨어졌다. 빙산 옆으로 지날 때에는 수온이 더 낮아져 영하 3도까지 떨어졌다. 피닉스 호는 네댓 시간의 투숭 때를 제외한 나머지는 아주 저속으로 운전한 덕분에 유빙을 겁낼 필요는 없었다. 게다가 박 기관장의 헌신적인 노력 덕분에 기관실 기계들은 아직껏 별다른 말썽을 일으키지 않은 것도 큰 도움이 되었다.

박 기관장은 반가운 내방객을 만났다.

-키윽, 키윽!

귀에 익은 소리여서 고개를 들고 보니 서든 자이언트였다. 박 기관장의 눈이 번쩍 뜨였다. 서든 자이언트는 날개를 퍼덕여 곧장 기관실 현창 정횡의 바닷물 위로 내려앉았다. 참으로 오랜만에 보는 손님이었다. 바람이 전혀 없는 날이었다. 수평선 멀리 짙은 눈구름이 있는 것으로 보아 저기압 중심부에 든 것 같았다. 바람이 전혀 없는 탓에 바람의 항력을 얻지 못하고 스스로의 힘만으로 날아야 하기에 날기를 포기하고 해면으로 날아 내린 모양이었다. 박 기관장이 현창 밖으로 머리를 내놓고 주위를 살펴보자 서든 자이언트는 11마리나 되었다. 게 중에는 온통 흰 깃털로 덮여 있는 놈도 2마리나 보였다. 서든 자이언트는 서로의 부리를 부딪치고 깃털도 손보아주면서 이리저리 떼거리로 몰려다녔다.

한동안 남극해는 잔잔하기만 했다. 박 기관장에겐 무엇보다 다행한 날씨였다. 당분간이나마 냉동기에 걸리는 과부하를 줄일 수 있고, 얼마간 냉동기의 점검 시간도 벌게 되는 셈이다. 그러나 메인엔진은 정지할 수 없다는 것을 박 기관장은 누구보다 잘 알고 있었다.

피닉스 호의 대어가 연거푸 이어지면서 박 기관장은 기관실 이외의 일에는 전혀 관심을 갖지 못하며 시간을 보냈다. 똑같은 뱃사람의 입장이었지만 1기사의 죽음을 순식간에 잊어버리는 선원들을 보며 뱃사람들이라는 것을 더 이상 자신의 마음속으로 들여 놓고 싶지 않았다. 선원들과의 친밀감, 한솥밥을 먹고 함께 바다를 떠돈다는 심정에 대해서는 혐오가 들었다. 박 기관장뿐만 아니라 한 가지 일에 몰두하는 사람들이 흔히 그렇듯이 친밀감에 대한 혐오는 일종의 현실도피라고 할 수 있었다. 선연의 요청을 수락하면 현실에서 벗어날 수 없었다. 수리업체를 계속해서 운영해야 했고 그러자면 사회의 부조리에 굴종하며 주변에 대한 환멸과 실망 때문에 숨이 막힐 수밖에 없었다. 선연의 요구를 단숨에 거절할 수 있었던 것도 같은 맥락이었다. 최종적 자유로움에 도달하기 위해서 박 기관장은 기관실 컨트롤 룸 속으로 자신을 숨겼다.

다음 날 투승작업이 한창인데 간간이 해명소리가 들려왔다. 바다의 울음소리. 한겨울 눈보라가 휘날리는 밤에나 들을 수 있는 허공을 양단하는 소리였다. 해명은 바람이 가득 든 풍선에서 바람이 서서히 빠져나가듯 허공을 울리다 끊어졌으며 소리가 사라졌다고 생각이 들 때쯤이면 움츠러들었던 장수거북이의 모가지가 다시 부풀어 오르듯 들려왔다.

박 기관장이 연료의 잔량을 보고하기 위해서 브리지로 발걸음을 옮겼다. 브리지에는 장 선장과 강 사장이 해도 테이블에 수신한 기상도를 펴 놓고 있었고 심각한 표정으로 남극해 전역에 포진한 기단의 이동 방향을 분석하기에 여념이 없었다.

장 선장은 연일 계속되는 대어로 숙면을 취하지 못한 탓에 눈이 퀭했다. 하지만 표정만은 밝았다. 만선에 대한 성취감은 피로감을 만회하고도 남았다. 박 기관장도 잠을 못 잔 것은 마찬가지였다. 박 기관장 성격에 필리핀 냉동사에게 냉동실을 맡겨 놓고 두 다리를 편다는 것은 있을 수 없는 일이다. 컨트롤 룸 야전 침대에서 눈만 감고 있다가 브리지로 왔던 것이다. 더군다나 박 기관장의 몸은 날씨가 나빠지기 전에는 송곳으로 찌르는 듯 욱신거리는 증상 때문에 잠을 잘 수가 없었다.

"어서 오십시오."

장 선장이 박 기관장을 반갑게 맞았다.

"아무래도 기관장님이 신경을 쓰게 생겼습니다. 저기압 하나가 아문센 해를 가로질러 오고 있습니다."

장 선장이 기상도의 서경 120도선을 검지 끝으로 콕 찔렀다.

박 기관장이 들여다보니 기상도 한복판에 저기압을 의미하는 머리글자 L 자가 커다랗게 박혀 있고, 옆에는 893헥토파스칼이라 적혀 있었다.

"이놈이 자꾸 내려오기만 합니다."

장 선장이 초조한 표정으로 박 기관장에게 기상 상황을 설명하는 것은 무엇보다 피항에 대비한 메인엔진의 탈 없는 운전을 당부하기 위해서였다. 강풍은 휘몰아치고, 파도는 방향을 예측할 겨를도 없이 마구 굴러오면서 바다를 뒤집어엎는데 메인엔진이 고장이라도 난다면 그것으로 피닉스 호는 끝이기 때문이었다.

"걱정 마. 내가 기관실을 지키고 있는 한 이상은 없을 거야. 다만, 보기 한 대가 신경이 쓰이긴 하다만."

선박에는 추진력을 만들어 내는 엔진을 메인엔진이라 하고, 전력을 생산하는 기계를 보기라 한다. 박 기관장의 말은 두 대의 발전기 가운데 하나가 조금 말썽을 부리고 있다는 뜻이었다.

"가능하다면 당장이라도."

박 기관장은 그만 얼버무리고 말았다. 발전기의 여러 가지 작동 반응으로 보아 당장 정비를 서둘러야 한다고 말하고 싶은 마음이 굴뚝같았지만 다음 기회를 엿보기로 했다.

새벽 무렵, 갑자기 파도 하나가 선미 우현 뱃전을 타넘었다. 블리자드가 가까워진 탓인지 백야의 하늘에는 검고 짙은 구름의 무리가 남에서 북으로 빠르게 이동하고 강한 바람은 남극해를 마구 흔들어 놓고 있었다. 한동안 조용했던 기상 때문에 폭풍이 존재하는지 모를 정도로 지냈다. 박 기관장은 기상도를 보면서 긴장하는 장 선장을 떠올렸다. 그렇지 이곳은 남극해였지. 박 기관장은 막 수면내시경에서 깨어난 사람처럼 야전침대에서 일어나 기관실을 둘러보았다.
"조심해."
와인딩 드럼의 레버를 잡고 있던 갑판장은 바다가 어렴풋이 수평선 위로 솟아오른다고 생각하며 산처럼 부풀어 오른 파도를 보았다. 파도는 미백 마스크 팩을 광고하던 어느 여배우의 얼굴처럼 허옇게 부풀어 올라 이미 파도의 정점은 허물어져 있었다. 파도는 마치 피닉스 호와 전쟁이라도 하듯이 으르렁거리는 굉음과 함께 이빨과 갈기를 세웠다. 평생을 바다에서 살았지만, 멀쩡한 바다에서 마치 도약하는 돌고래처럼 파도가 벌떡 일어서는 건 처음 보는 일이었다. 하지만 기상도는 벌써부터 메시지를 보내오고 있었다. 갑판장은 양승에 열중하고 있는 선원들에게 소리쳤다.
파도는 양승 현의 가장자리를 스치며 반대편 갑판으로 쏟아져 내렸다. 바닷물더미는 처리갑판을 물바다로 만들었다. 처리에 한창이던 녹이 파도에 휩쓸려 비틀거리면서 몸의 중심을 잡으려 안간힘을 썼지만 파도가 무릎까지 차는 바람에 다리가 풀리며 넘어졌다. 파도는 녹을 포트 현 프리보드(Free board, 흘수선 위, 물이 잠기지 않는 부분)까지 데려갔다. 또 다른 파도는 선수를 두들겼다. 피닉스 호 뱃머리가 마치 놀이공원의 바이킹처럼 하늘로 떠올랐다. 그리고 이내 파도의 계곡으로 떨어져 내렸다. 만약 녹이 중심을 잡지 못했더라면 중상 아니면 바닷물에 쓸려서 실종이었다. 겨우 파도에서 벗어난 녹의 얼굴은 새파래졌고 공포가 가득한 눈으로 갑판장을 바라보았다. 미처 처리하지 못한 까닭에 사후강직이 풀려버린 남극이빨고기의 눈빛이었다. 그러나 아직까지는 블리자드가 방문할 것이란 예고편에 지나지 않았다.

저기압 중심은 가까이 오지 않았는데도 이 정도라면 보통 바람이 아니란 점은 명백했다. 기상도의 예고가 한 치도 벗어나지 않았다. 블리자드가 세를 불리자 피닉스 호는 요동치기 시작했다. 그럼에도 박 사장은 조업을 중단하지 않았다. 서경 120도의 저기압이 접근하려면 아직도 삼사 일은 소요될 것으로 판단했던 것이다.

시간이 흐르면서 해면 상태는 더욱 악화되어 갔다. 서경 120도에 있던 993헥토파스칼의 저기압이 무려 5헥토파스칼이나 수치를 낮추면서 800선으로 떨어진 가운데 이미 서경 80도 선으로 다가와 있었고, 서경 30도 해역에도 새로운 저기압이 꿈틀거렸다.

피닉스 호를 비롯한 남극이빨고기 조업선들은 저기압 사이에 낀 샌드위치 꼴이 되고 만 셈이었다.

하지를 사흘 앞둔 날, 피닉스 호는 최악의 상황에 봉착했다. 남극 대륙으로부터 몰려온 눈구름이 대기 중에 가득 차 있었고 사나흘 전부터 나빠지기 시작한 기상이 본격적으로 흰수염할아버지처럼 수염을 날리기 시작한 것이었다. 더 이상 작업을 계속한다는 것은 위험했다.

한창 투승이 되고 있는데, 장 선장이 투승량을 체크했다. 작업이 시작되고 얼마 지나지 않아서였다.

"200개입니다."

제롬이 보고했다. 투승을 중단하라는 장 선장의 지시가 내려졌다. 투승 중 중단지시는 실로 흔한 일이 아니었다. 하지만 던져 넣은 연승을 포기할 수는 없는 일이었다. 또한 남극해양생물자원위원회에서 정한 잃어버린 어구일지라도 모두 수거하라는 규정은 지켜야 했다.

피닉스 호는 양승을 위해 침로를 역전시켰다. 항해를 하는 동안 선체가 흔들려서 중심을 잃은 투승조 선원들이 갑판 바닥을 뒹굴며 비명을 질렀다. 갑판장은 녹에게 양승조 선원들을 깨워라 했다. 비상상태였다. 갑판장과 제롬은 GPS부이를 잡기 위해서 상갑판으로 올라갔다. 눈앞의 바다가 흰 거품을 내뿜으며 미쳐 날뛰고 있었다.

"아, 저기!"

제롬은 피닉스 호 뱃머리로부터 2시 방향을 가리켰다. GPS부이가 마치 하늘로 날아오를 듯 위로 솟구쳤다가 다시 파도 속으로 사라졌다. GPS부이 주변은 높이가 5미터가 넘는 파도들이 허연 이빨을 드러냈다. 연승을 수납하자면 부이라인을 회수해야 했다. 삼발이를 던져야 하는 두 사람은 물러설 수가 없었다. 평생을 파도와

싸워온 갑판장이다. 심상치 않는 파도지만 파도를 무서워하면 뱃사람도 아니었다. 제롬과 갑판장은 피닉스 호의 롤링과 피칭의 리듬에 몸을 맡기고 파도를 노려보았다.

"꽉 붙잡아! 손을 놓치지 말고!"

갑판장은 재빨리 다신과 제롬의 몸에 안전줄을 결박했다. 우지근거리는 소리가 뱃머리에서 들려오는 순간, 눈앞의 바다가 포트 현과 스타보드 현으로 나누어졌다. 시퍼런 벽이 갈라지는 균열이었다.

"위험해, 갑판장!"

장 선장이 주의를 주었다. 갑판장은 안전줄 때문에 처리갑판으로 떨어지는 것을 면했다. 갑판장은 제롬과 함께 정신없이 GPS부이 줄을 잡아당겼다. 겨우 GPS부이가 현을 넘어왔다고 생각한 순간 이번에는 반대 방향인 선미 쪽에서 파도가 밀려왔다. 삼각파도였다.

–콰콰쾅

파도는 피닉스 호 선미를 강타했다. 뱃속까지 울리는 엄청난 소리와 함께 피닉스의 롤링(좌우 요동)에 갑판장과 제롬은 와인딩 드럼의 베드 밑으로 처박혔다. 현문을 넘어서 엄청난 바닷물이 넘쳐들었다. 다행히 부이라인을 당길 때 허리에 차고 있던 안전줄을 처리갑판 기둥에 고정했었다. 만약 안전줄을 걸지 않았더라면 바다로 쓸려갔을 것이다. 갑판장은 와인딩 드럼의 드럼을 껴안고 버텼다. 우의로 무장을 했지만 덮어쓴 바닷물로 물에 빠진 생쥐 꼴이 되었다. 갑판장은 체온이 급격히 떨어지며 턱이 저절로 떨려왔다.

"으으…."

제롬은 양승테이블 구석에 처박힌 채 신음했다. 갑판장 또한 신음 소리가 목구멍까지 치밀어 올랐다. 그런데 바로 그때 신기하게도 모든 파도가 사라졌다. 피닉스 호가 거대한 빙산의 LEE사이드(Lee side, 바람 그늘, 바람 아래쪽)로 들어갔던 것이다. 빙산은 판빙이었는데 너무나 거대해서 끝이 보이지 않았다.

장 선장은 빙산의 존재를 파악해서 투승을 했다. 빙산이 워낙 거대한 탓에 충분히 블리자드를 막아줄 거라는 계산이 있었다. 하지만 투승 중에 예측한 빙산의 표류 방향이 틀어졌다. 피닉스 호는 빙산의 영향권에서 벗어났다. 장 선장은 재빨리 투승을 중지했다. 그러나 타이밍이 늦었다. 빙산이 몰고 오는 압력과 블리자드가 충돌하며 삼각파도가 만들어졌고 빙산의 영향권을 벗어난 피닉스 호를 강타했다. 다시 피닉스 호가 빙산의 영향권 안으로 들어오자 바람과 파도가 순식간에 사라졌다. 이제부터는 빙산이 피닉스 호와 근접하기 전에 연승을 걷어 올리면 되었다.

갑판장과 제롬은 양승조 선원이 다가와 부축할 때까지 배를 깐 채 엎드려 있었다. 먼저 갑판장이 몸을 일으켰다. GPS부이는 파도에 쓸려 사라졌다. 그야말로 엉망진창이었다. 처리갑판에 있던 처리통과 태킹탱크(어획물 보관탱크)는 제자리를 이탈해 엉뚱한 곳에 너부러져 있고 양승기 상단에 붙어 있던 수은등은 산산조각이 났다.

"완전히 엉망이 되었군요."

정신을 차린 제롬이 말하자 갑판장이 고개를 저었다.

"간밤에 꿈을 잘 꾼 줄 알아라. 파도에 묻혔으면 그 길로 황천행이다. 지금은 수온이 영하 2도다. 몇 분도 못 견디고 바다에 가라앉고 말지."

갑판장은 제롬을 돌아보며 말했다.

"다친 곳은 없지?"

"커, 갑판장님, 저도 이제는 뱃사람이 다 되었습니다. 겨우 이정도 가지고는 겁을 먹지 않습니다."

"뱃사람이라고 그래 인정하지. 그럼 인정하고말고."

갑판장은 1갑원이라고 인정했다.

다시 GPS를 찾아 부이라인을 와이딩 드럼에 걸고 양승을 시작했다. 두 번째 세그먼트를 수납하자 어신이 왔다.

"고기다."

갑판이 다시 들뜨기 시작했다. 처음과는 달리, 양승조 선원이라면 남극이빨고기가 걸린 브렌치라인을 잘 다스렸지만 그래도 실수는 생겨났다. 다랑어연승선 유경험자인 제롬이 여러 번 시범을 보이고 나서야 초짜배기에게 넘겨진 브렌치라인이었다. 그럼에도 베트남 출신 처리장 녹은 현문 1미터까지 끌어낸 남극이빨고기를 떨어뜨렸다. 5L 크기였다. 80킬로그램도 넘어 보였다. 돈으로 환산하며 250만 원 대였다. 절대로 놓쳐서는 안 되었다. 브리지에서 양승작업을 지켜보고 있던 강 사장은 바닷물로 뛰어들고 싶은 심정이었지만 끓어오르는 화를 참으며 침묵했다. 강 사장이 나설 자리가 아니다. 피닉스 호의 현장작업은 전적으로 장 선장이나 1항사에 의해서만 진행되었다. 아무리 자신이 피닉스 호의 선주라고 하지만 선원들과는 직접적인 관계가 성립되지 않았다. 선원들은 어로계약을 장 선장과 했고 장 선장은 선원들을 대표하는 입장에서 강 사장과 계약을 했다. 선원들이 볼 때에 강 사장은 그저 돈 많은 부자요 소유주였다. 자신들과 함께 파도 끝에 목숨을 걸어 놓고 뱃전에서 뱃사람이, 아니었던 것이다.

"학갓대로 찍어. 놓치면 안 돼."

1항사가 큰 소리로 독려했다. 1항사 목소리는 만선에 대한 열정으로 가득 차 있었다. 그도 그럴 것이 만선만 하게 되면 적지 않은 보합금과 함께 상여금까지 받을 수 있고 작은 아파트도 마련할 수 있었다. 원양어선 승선경력이 한참이나 되지만 아직까지도 재미를 본 적이 없었는데 이제야 목돈을 만질 가능성이 생겼던 것이다.

투승이 중단된 세트지만 7톤에 가까운 대어였다. 그래서 옛날부터 뱃사람들은 폭풍 전이면 출항을 감행했다. 목숨을 담보로 한 출항이었는데 대부분의 배가 만선을 했다. 물론 불운하게도 폭풍에 휩쓸려 돌아오지 못한 뱃사람들도 부지기수였다. 물고기가 떼로 잡히는 통에 조금만 더, 조금만 더 하다가 그만 폭풍 속으로 들어갔다가 운이 좋아서 폭풍 속을 빠져나오면 살아나는 거였고 그렇지 못하면 난파를 당하고 바닷물 속 깊이 수장을 당했다. 계단이 끝나는 곳에서 추락이 시작된다는 말과도 같았다. 그런 까닭에 어항 주변의 마을에선 생일이 같은 아이도 많았지만 제삿날이 같은 집도 많았다. 뉴질랜드 배를 탔다고는 하지만 피닉스 호의 장 선장도 뱃사람이다. 여느 뱃사람들처럼 폭풍이 밀려오기 전 대어를 노렸는데 딱 맞아떨어졌다. 이런 식의 어획이라면 함께 조업하는 외국 조업선들보다 먼저 어창을 가득 채울 수 있었다.

강 사장은 조리장을 넘기는 운반선에 편승하여 귀국할 계획이다. 자연히 일본선적에 편승한 강 사장의 목적지도 일본이 된다. 일본시장을 알아보기 위해서이다. 그러나 그 전에 피닉스 호의 어창을 가득 채우면 피닉스 호와 함께 몬테비데오 항으로 귀항도 가능했다. 컨테이너로 하역하고 비행기로 날아가면 시간이 훨씬 단축되며 영업을 하는 데도 유리했다.

양승 작업을 무사히 끝낸 피닉스 호는 거대한 빙산 아래에서 표류하며 블리자드를 피했다. 빙산을 벗어나면 초속 40미터 블리자드가 불겠지만 빙산 LEE사이드는 호수라고 착각할 만큼 잔잔했다. 무더기로 모여든 유빙들이 빈틈없이 모여서 설원을 이루었고 웅덩이를 통하여 유빙으로 올라온 웨들 해표가 보였다. 웨들 해표는 인간에겐 아예 관심조차 없었다. 길게 몸을 빼고 얼음 위에서 흐느적흐느적 기어가거나 아니면 제자리에서 꼼짝도 하지 않았다.

강 사장은 남극해 풍경을 브리지에서 내려다보며 가슴에 고여 있는 숨을 길게 토해 냈다. 그리고 한껏 공기를 들이켰다. 강 사장의 얼굴은 그동안의 조업과 피항의 걱정이 뒤섞여 있어 피곤이 가득했다. 그러고 보니 양승이 끝날 때까지 잠 한숨 못 자고 밤을 꼬박 새운 모양이다. 강 사장이 남극이빨고기에 매달렸던 그동안은 한 치의 여유도 느긋함도 없었다. 남극이빨고기란 굴레에 꽉 매여 있는 뱃사람이 되어 있었던 것이다.

심호흡을 하자 남극해 차가운 공기가 가슴 깊숙이 스며들었다. 먼지 한 톨, 오염이라고는 전혀 없는, 지구상에서 가장 깨끗한 공기였다. 강 사장은 주머니를 뒤져 담배를 꺼냈다. 불을 붙이고 길게 빨아들였다. 담배 맛이 그만이었다. 강 사장은 육지에 사는 사람들이 담배 때문에 폐암에 걸려 죽는 게 아니라 많은 사람이 뱉어 내는 공기, 자동차 매연과 그리고 정화되지 않은 화학물질 같은 것이 허공에 섞여 있다가 폐 속으로 들어가기 때문이라고 생각했다. 그렇지 않다면 담배도 피우지 않는 사람들이 어떻게 폐암에 노출되는 걸까. 담배를 피우지 않기 때문에 스트레스로 병이 생긴다고 생각했다. 강 사장은 오히려 남극해의 명징한 기운들이 담배연기 같은 것은 곧바로 정화해서 면역력을 길러줄 것 같았다. 남극해는 감추어진 블루 존이었다.

 피항의 시간이 길어지자 피닉스 호 주변은 유빙조각으로 뒤덮여서 바닷물이 전혀 보이지 않았다. 남극대륙을 떠나 먹이사냥에 나선 아델리펭귄과 황제펭귄도 번갈아가며 나타나 뒤뚱뒤뚱거리며 피닉스 호 가까이로 접근했다. 펭귄은 피닉스 호 선원들의 시선을 끌게 하는 데 충분했다. 대부분 동남아 출신들이라 남극해 풍경은 그들에게도 새로운 풍경이었다. 선원들은 누구라 할 것도 없이 핸드폰으로 사진을 찍으려 야단이었다. 그들 중에는 펭귄의 활달한 모습을 담으려 끄르륵거리며 웨들 해표 울음소리를 흉내내기도 했다.

 펭귄들은 선원들의 얼굴이 보이면 꽥꽥거리는 울음소리와 함께 줄행랑을 쳤다. 기온만 차갑지 않다면 남극해라는 사실마저 잊어버릴 것이다. 하지만 해도를 확인하면 바닷물의 깊이가 4,000미터도 넘는 대해였다. 일단의 피항 절차를 마치자 마음이 느긋해진 강 사장은 흐릿한 조명의 브리지 해도실에서 조업 결과를 기록한 어로일지를 확인했다.

 −1월 15일 현재 171톤.

 조업을 시작하고 꼭 25일째 되는 날이었다. 25일 동안 170톤을 넘은 어획량이라면 성공이었다. 앞으로 30톤만 더 잡으면 만선이다. 강 사장은 주먹을 불끈 쥐었다.

징조

남극에서 볼 수 있는 신기한 현상 가운데 하나가 오로라이다. 오로라란 우주에서 지구로 날아오는 전기를 띤 태양풍 입자들이 지구자기장 안으로 끌려 들어오면서 대기 성분과 부딪쳐 나타나는 현상이다. 하늘이 불타듯이 붉게 되거나 아니면 초록색 커튼이나 노란색의 띠가 하늘을 휘감는 것처럼 하다가 사라지는 것 모두 오로라. 그런데 많은 사람들은 남극에는 오로라가 없는 줄 알고 있다.

오로라를 보려면 적어도 북극이나 남극이나 위도가 75도 이상 올라가야 한다. 북극이야 75도 이상이라도 사람들이 살고 마을도 있었다. 그렇게 사는 사람들을 통해 오로라가 널리 알려졌지만 남극에는 사람들이 살지 않는다. 기껏해야 과학기지에 근무하는 과학자들뿐이다. 또 남극은 맑은 날이 드물었다. 블리자드나 폭설이 날리지 않아도 항상 희부염하다. 때문에 오로라를 볼 수 있는 기상 조건이 안 되었다. 아무튼 남극에도 오로라는 있다.

한창 양승 중인 피닉스 호에서 오로라가 관측됐다. 희부염한 하늘 아래 녹색의 오로라가 커튼 같이 흔들리며 나타났다간 지워지고 사라졌다간 다시 나타났다.

박 기관장은 백야의 하늘을 녹색으로 물들이는 오로라를 보면서 왠지 모를 압박감으로 기관실로 향하던 발걸음을 빨리했다. 녹색의 오로라는 피닉스 호를 덮을 듯이 요동치고 있었던 것이다. 그날 밤 박 기관장은 한시도 잠들지 못하였다. 그냥 잠들면 안 될 것 같은, 무언가 모르게 마음을 짓누르는 불길함에 밤새 시달린 것이다.

어디에선가부터 크고 작은 유빙과 빙산이 몰려오기 시작했다. 피닉스 호는 남극해 진입 후 어느 항해에서도 만날 수 없었던 포악하고 두려운 유빙의 공격에 시달리기 시작했다. 유빙도에도 나타나지 않던 것들이다. 유빙은 끊임없이 피닉스 호를 향해 몰려들었다. 유빙들은 서로 부딪치고 소리를 내며 물 위로 높게 솟구쳐 올랐다가 가라앉으며 부서졌다. 그리고 영하 7도로 뚝 떨어진 기온이 해빙했던 얼음들을 빙원으로 동결시켰다.

떨어진 기온으로 순백의 결정체로 빛나는 유빙의 색깔조차 더 차갑게 보였다. 시간이 흘러가며 모여드는 유빙들의 크기가 더 커진 것 같기도 하였다. 세상의 모든 힘이 있는 것들은 사물을 자신의 주변으로 끌어들이듯 차가움이 차가움을 끌어들여 유빙의 크기도 커진 것이다. 박 기관장은 피닉스 호 주변으로 몰려든 유빙들을 보며 세상의 법칙을 남극해와 비교하는 자신의 비약이 조금 어처구니가 없었다. 그러나 유빙의 크기가 커진 것만은 사실이었고 바닷물 밑으로 보이는 뿌리도 깊었다.

　이마를 잔뜩 찌푸린 장 선장이 서두른다고 했으나 투승되어 있는 마지막 한 세트는 거두어들이지 못했다. 허둥지둥 양승을 한다고 했으나 머릿속만 벌집을 쑤신 듯 왕왕거렸을 뿐이다. 워낙 유빙이 몰려오는 속도가 빨랐다. GPS부이가 밀려오는 유빙을 감당하지 못해서 유빙 속으로 침적했던 것이다. 어구를 부랴부랴 양승한 피닉스 호는 숨구멍인 물웅덩이 찾기에 전력을 다했다. 유빙지대에는 유빙이 결속하지 못하는 웅덩이가 있었다. 유빙의 흐름에 영향을 주는 해류, 조류, 풍향, 풍속 등의 여러 조건이 유빙이 집결하지 못하도록 하는 곳이었다. 그 속으로 들어가야만 유빙의 압력으로부터 벗어날 수 있었다. 그러면서도 같은 자리를 고수해야만 한다. 지금 남극이빨고기 어장에는 여러 척의 외국 조업선들이 함께 조업 중이었다. 만약 유빙을 피한다고 어장 포인트에서 벗어나 버리고 다른 외국 조업선이 그 자리를 차고앉으면 어장을 빼앗겨 버리는 것이다.

　유빙들은 남극해 해빙기간에는 여러 가지 요인에 의해 한곳으로 모였다가 시간이 지나면 흩어졌다. 정해진 패턴에 따라 이동하는 것이 아니라 움직임을 종잡을 수 없었다. 시간이 흘러가면 유빙들은 해류와 조류 그리고 바람에 의하여 흩어질 것이다. 쿼터가 종료될 때까지 버텨야만 했다.

장 선장은 피닉스 호의 선위를 지키려고 안간힘을 썼다. 1항사는 또다시 톱브리지(Top bridge, 선교천장) 레이더 마스트로 올라가야만 했다. 1미터라도 더 높게 올라가야 일 미터라도 더 멀리 볼 수가 있었다. 장 선장은 유빙이 가장 약하다고 생각되는 곳을 골라 피닉스 호의 뱃머리로 충돌해 웅덩이에서 웅덩이를 옮겨 다녔다.

"선수 3시 방향에 웅덩이가 보입니다."

레이더 마스트에서 견시하는 1항사의 정보로 장 선장은 조타기를 하드 스타보드로 돌렸다. 출력을 150퍼센트로 올리자 피닉스 호의 선미에는 스크루가 바닷물을 차내는 굵은 항적이 생겼으며 잘게 부서진 유빙 조각들이 마치 무당거미가 거미줄을 뽑아내는 것처럼 흰 물거품들을 토했다. 피닉스 호는 윙윙거리는 메인엔진 소리와 동시에 볼바우 앞에 있는 거대한 빙원을 밀어붙이기 시작했다. 빙원의 가장자리가 조각이 나며 실금이 생겨났다. 장 선장은 하드포트로 전타했다.

"선수가 조금씩 벌어지고 있습니다. 10미터 정도가 벌어졌습니다."

선수에서 빙원의 상태를 관측하고 있던 갑판장은 워키토키로 상황을 알렸다. 장 선장이 조타륜을 미드 쉽(Mid ship, 조타륜각도 0도)으로 하자 피닉스 호는 빙원의 중심으로 진입하기 시작했다. 거대한 빙원이 피닉스 호에 의하여 우지끈거리며 여러 조각으로 갈라졌다. 피닉스 호는 빙원이 갈라지는 반탄력에 의하여 크게 흔들렸다. 피닉스 호 앞에는 가로세로 1마일 정도의 웅덩이가 있었으며 남극이빨고기 비늘 같은 잔물결이 찰랑되고 있었다.

"1항사, 톱브리지에서 내려오세요."

브리지로 돌아온 1항사는 물길이, 앞으로 더 이상의 웅덩이는 보이지 않는다고 했다. 장 선장에게는 추위로 입까지 얼어붙은 1항사의 보고가 그저 웅얼거리는 소리로밖에 안 들렸다. 1항사는 여섯 시간 동안이나 레이더 마스트에 올라가 있었다. 저체온의 영향으로 실항사가 타주는 커피 잔을 손에 든 1항사는 사시나무 떨듯 몸을 떨었다.

아무리 남극해라고는 하지만 여름철 기온은 사람이 견딜 만했다. 그러나 바람이라도 있으면 체감 온도는 뚝 떨어졌다. 외부로 노출된 살갗은 처음에 벌게지다가 하얗게 변했는데 마치 몸속에 있는 피가 꽁꽁 얼어붙듯이 말초신경 끝에부터 뼛속까지 얼었다.

피항을 시작하고 이틀이 되는 날 아침. 선내를 둘러보며 피닉스 호의 상태를 살피던 박 기관장은 피닉스 호 주변에서 관측되는 빙산의 개수를 세어보았다. 시야에 들어온 것만 해도 열다섯 개나 되었다. 빙산은 홀로 남극해를 떠도는 강력하고 구속받지 않는 생명력을 가지고 있었지만 시간이 흐르면 결국 한 방울의 물방울로 돌아가게 된다. 박 기관장은 남극대륙 빙붕에서 떨어져 나온 빙산들이 희디흰 백골로 풍화한 남극해의 주검 같았다.

아침마다 유빙과 빙산을 둘러싼 이런 신경전이 박 기관장은 몹시 귀찮았으나 피닉스 호 기관장으로 안전에 관계될 수 있는 것은 항상 유의해야 했다. 무엇일까, 유빙의 갈라진 틈마다 혹은 빙산에 뻥 뚫려 있는 동굴에는 피닉스 호에게 위협이 될 수 있는, 지금은 안전하다고 해도 사실은 안전하지 못한 경우가 너무나 많이 있다는 것을 본능적으로 느꼈다. 그래서인지 박 기관장에게 유빙과 빙산은 구속일 뿐 신비스러운 느낌이 점점 사라지고 있었다. 그랬다. 박 기관장은 빙산을 처음 볼 때 신비함과 함께 아름다움까지 느꼈다. 그러나 유빙의 공격을 받고 조업기간이 늘어나면서 신비스러움과 아름다움에 무감각해지고 피닉스 호의 안전에 위험이 되는 요소로 인식되었다. 박 기관장에겐 신비스러움은 문자 그대로 신비스러움일 뿐 빙산은 피닉스 호에게 위험을 줄 수 있는 얼음덩어리였던 것이다. 그것은 박 기관장이 남극해에 길들여지는 과정이기도 했다.

남극해는 박 기관장에게 무슨 이야기를 들려주고 싶은 것일까. 엔진룸으로 돌아온 박 기관장은 서표로 표시해 둔 책의 페이지를 넘겼다. 새클턴 경의 남극탐험에 관한 책이었는데 인듀어런스 호가 유빙에 갇혀서 표류하는 장면에 머물러 있었다. 인듀어런스 호는 당시로는 최신의 배였지만 자연의 힘 앞에서 무력하게 부서졌다는 것을 책은 말하고 있었다. 새클턴 경과 선원들이 고난에 휩싸일 때면 누군가 곁에서 힘을 주었다는 것이다. 자신에게도 그런 사람이 있었던가. 박 기관장은 책 읽기를 그만두고 벌떡 일어났다.

박 기관장의 발걸음은 갑판으로 옮겨졌다. 기관실을 벗어나자 차가운 기운이 온몸을 쓸고 지나갔다.

한낮이지만 해는 보이지 않았다. 피닉스 호는 웅덩이에 떠 있었는데 웅덩이를 벗어난 주변은 모두 두꺼운 얼음으로 덮여 있었다. 선글라스를 쓰지 않았던 탓에 순간적으로 설맹이 찾아왔다. 박 기관장은 시력을 확보하려고 거칠게 눈꺼풀을 비볐다. 갑자기, 선연의 얼굴이 다가오며 선연이 보고 싶어졌다. 그것은 뭔가 뜻밖의 그리움이었다.

남극해로 떠나오기 전날, 박 기관장이 남극해로 간다고 이야기 했을 때 도대체 뭘 꿈꾸며 살아요?라며 선연은 눈시울을 붉혔다. 박 기관장이 "남극해"라고 대답하자 선연은 한숨을 쉬었다. 세상에, 그게 무슨 꿈이에요? 젊어서 그만큼 바다를 떠돌았으면 잊어버려도 좋으련만. 아무리 섬 태생이고 뱃사람이라 해도 그렇지, 왜 바다를 못 잊어버리는지 이해할 수 없군요.

바다는 박 기관장의 삶 자체였다. 육지에 머무르며 인정을 받고 있다고 해도 그건 자신이 꿈꾸던 삶이 아니었다. 다랑어연승선을 하선한 뒤에 더 뚜렷이 깨달았다. 수리품을 납품하기 위해서 굴광에서 통선을 타거나, 점심식사 후 걷는 이송도 방파제에서, 수평선 너머로 멀어지는 다랑어연승선을 보며 얼마나 바다에 대한 꿈을 꾸었던가. 그런 것들이 아니었으면 견디지 못했다고 말했다. 선연은 두 무릎을 세워 안고 소리 죽여 울었다.

"언제 돌아오는가요?"

울음을 그친 선연이 퉁퉁 부어오는 눈으로 물었다.

"육 개월은 걸리겠지."

박 기관장의 대답에 선연은 아무런 말도 하지 않았다. 다만 선연의 눈동자에서 깊이를 알 수 없는 슬픔을 보았다. 그런 선연의 모습에 박 기관장은 당황했다. 그 깊이를 알 수 없었던 슬픔이 이별의 통보였을까? 선연과의 출국 전날 밤의 기억들이 떠올랐다. 평상시보다 초췌해진 선연의 얼굴과 그리고 나는 무엇이어요?라고 묻던 그녀의 말. 선연은 그날 박 기관장의 출국을 막을 수 없다는 것을 느꼈고 그것을 절망적으로 확인했던 것이었다.

웅덩이에 갇혀 있는 피닉스 호 곁으로 새로운 빙산이 나타났다. 산토니 섬의 교회당 모양을 갖춘 빙산은 비취빛을 띠고 있었는데 군데군데 얼룩무늬가 있어서 마치 질 좋은 파키스탄 대리석 같았다. 빙산의 하단부로 물속에 잠겨 있다가 상단부가 침식으로 사라지자 부력에 의해서 수면으로 노출된 빙산이었다. 빙산은 오랫동안 바닷물속에 잠겨 있었던 까닭으로 수영으로 탄력이 붙은 여자의 몸매처럼 미끈한 굴곡의 아름다움을 보여 주고 있었다. 그러나 피닉스 호가 표류하고 있는 물웅덩이는 점점 좁혀졌다. 물웅덩이 주변은 크고 작은 유빙으로 꽉 막혀 있었으나 아침부터 햇빛이 비쳤고, 유빙들이 결빙하지 못하도록 기온을 높였다. 좁혀져 오는 웅덩이를 탈출할 수 있는 기회였다.

어장의 위치를 더 이상 지키려 한다면 인듀어런스 호 꼴이 될 수 있었다. 인생의 모든 기회가 다 마찬가지 아닌가. 순간 포착, 거기에 진짜 기회가 존재했다. 기회가 생기면 놓치지 말아야했다. 바람을 만나 앨버트로스가 깃을 치며 허공으로 솟구쳐 오르듯이 만선을 하지 않겠는가. 유빙의 해빙을 확인하자 유빙에서 반사되는 햇볕에 눈을 찌푸리고 있던 장 선장은 조타기를 포트로 돌렸다. 그리고 피닉스 호 볼바우는 정면으로 보이는 피닉스 호 크기의 유빙과 충돌했다.

장 선장은 메인엔진 출력을 100퍼센트로 올렸다. 피닉스 호에 받힌 유빙은 버석버석 금이 가고 쩍쩍 갈라지면서 여러 조각으로 흩어졌다. 유빙이 갈라지는 소리에 놀란 펭귄들이 어디선가 꽥꽥거렸다. 유빙들은 피닉스 호 뱃머리를 향해 끊임없이 다가왔다. 속력을 낼 수 있다면 심리적 속도감이라도 가질 수 있으련만 앞으로 나아가지 못하고 제자리서 거의 서 있다시피 서행하는 피닉스 호였다. 겨우겨우 30미터 가량을 이동해서 나지막한 빙산을 왼쪽으로 두고 또 다른 유빙을 깨트릴 때 피닉스 호 엔진 소음에 놀란 웨들 해표가 새끼를 데리고 바닷물을 향해 미끄러져 내렸다. 두 마리는 덩치가 서로 달랐고 표피의 털 색깔마저 달랐기 때문에 박 기관장은 어미와 새끼라는 걸 단번에 알아차렸다.

  박 기관장은 본능적으로 숨소리를 죽였다. 웨들 해표 새끼가 이내 수면 위로 나타났다. 군살 하나 없이 균형 잡힌 유선형 몸매, 수염 끝에 매어달린 고드름, 힘이 넘치는 윤기로 빛나는 검은 털은 야생의 분위기를 물씬 풍기고 있었다. 빙산의 능선을 타고 미끄러지는 몸놀림이 너무 부드럽고 너무 민첩해서 박 기관장은 시선을 거두지 못했다. 남극해에 삶을 개척하며 살아가야 하는 바다에서, 스스로 원해 남극해를 떠도는 박 기관장과 광대무변한 남극해에서 포식자들을 따돌리는 예민한 긴장감과 그것을 무기로 운명을 향해 헤엄쳐 갈 웨들 해표 새끼는 한동안 서로를 바라보며 미동도 하지 않았다.

  박 기관장은 큰 소리로 이곳은 위험하니 피닉스 호에서 멀리 떨어지라고 소리칠 뻔 했다. 박 기관장은 아득한 기억을 떠올렸다. 다랑어연승선을 탈 때 스크루 블레이드(추진기 날)에 로드 킬을 당한 고래도 보았기 때문이다. 그렇지만 자신에게 닥쳐온 위험을 모를 리가 있는가? 위험을 알면서도 웨들 해표가 피닉스 호로 접근한다면 야생이 아닐 것이다. 웨들 해표는 피닉스 호에는 접근하지도 않았다.

그저 다른 유빙 위로 이동하여서 피닉스 호를 망연히 바라볼 뿐이었다.

피닉스 호는 유빙에 갇히면서 그리고 갑자기 몰려온 유빙으로 막대한 피해를 입었다. 스타보드 현 흘수선 부근의 늑골이 휘어지며 외판이 20센티 정도 기관실 안쪽으로 밀려들었다. 박 기관장은 2차 위험을 방지하기 위해서 휘어진 곡면을 따라 늑골을 보강했다. 박 기관장은 휘어진 부분에 ㄱ자 앵글을 열십자로 덧대면서 생각했다. 끊임없이 유빙의 공격을 받고 있는 뱃머리에 저온특수철강으로 보강하지 않았더라면, 그리고 메인엔진의 동력을 전기로 사용하지 않았더라면 심각한 손상이 발생했을 것이다.

현재 웨들 해에는 만선을 해서 귀항한 다섯 척을 제외한 열다섯 척이 반경 100마일 범위 내에 이곳저곳에 산재하여 유빙과의 사투라는 최악의 사태에 직면해 있었다. 유빙으로부터 공격을 받고 있는 상황은 외국 조업선들도 똑같았다. 이전까지 보고도 되지 않은 기후 현상이었다.

이상기후 현상은 곳곳에서 발현했다. 피닉스 호가 웨들 해로 진입하기 위해서 악전고투하기를 사흘이 지났을 때였다. 광활한 유빙지대엔 작은 실개울 같은 물줄기가 흘렀고 피닉스 호는 실개울을 따라 남극해 진입을 시도하고 있었다. 실뱀처럼 구불구불한 물길은 유빙 속에 갇혀 창백해 보였다. 적절한 속력으로 전진하던 피닉스 호가 어느 순간부터 더 이상 움직이지 않았다. 피닉스 호 항해 사정이 궁금했던 박 기관장이 브리지로 들어서는 눈이 휘둥그레졌다. 하늘은 백야로 부염했는데 얼음의 해원은 온통 암흑의 세계였고 실내온도가 섭씨 20도까지 올라갔다. 박 기관장은 브리지 공기를 바꾸기 위해 포트 쪽 창을 내렸다. 바람이 없어서 브리지 유리창은 열어놓으나마나였다.

박 기관장이 브리지 유리창 앞에 섰을 때 피닉스 호 밖의 풍경은 제 모습을 드러냈다. 군데군데 검은 빙산이 즐비한 가운데 해원은 온통 검은색이었다. 빙산도 거멓고 유빙도 거멓고 실뱀 같이 구불구불한 뱃길마저 암흑의 세계였다. 실외 온도가 23도까지 올라갔다. 마치 그곳은 타이어를 생짜로 태울 때 나오는 열기와 검은 매연으로 뒤덮인, 석탄가루로 덮여 있던 사북이나 도계 같은 풍경이었다.

"굉장한 풍경이요."

강 사장은 이마의 땀을 훔쳐 내며 자신도 믿을 수 없는 풍경이라고 했다. 유빙과 충돌하다보면 유빙의 아랫부분이 갈색인 것은 여러 번 확인했다. 그러나 그것은 유빙의 아랫부분에서 성장하는 조류들이다. 얼음의 통로로 영양분을 공급받아서 번식한 일종의 갈조류이었지만 유빙의 겉면이 전체적으로 검은 것은 이해가 되지 않았다.

"정말 굉장하군."

박 기관장은 콧잔등을 만지며 감탄을 토해냈다. 박 기관장은 자신도 모르는 사이에 검은 빙산에 이끌려 브리지 창 곁으로 다가서고 있었다. 눈과 얼음으로 덮여 완전한 순백의 세상이 남극해였는데 도대체 무슨 조화란 말인가? 박 기관장은 남극해 어디엔가 보이지 않는 손이 있어서 남극해를 움직여 가는 것처럼 느껴졌고 피닉스 호는 그 보이지 않는 중심에 있었다.

"극지에 자리한 오존층이 많이 파괴되었다고 하는데 혹시 그것 때문이 아닐까요."

장 선장의 의견은 이랬다. 우주로부터 수많은 먼지가 지구의 중력에 끌려오고 오존층이 방패역할을 해서 우주로 되돌려 보냈는데 오존층이 파괴되면 그곳으로 우주의 먼지가 쏟아지고 자외선이 그대로 통과되기 때문에 이런 현상이 발생한다는 것이었다. 그리고 지구에서 오존층이 파괴된 곳은 극지라는 것이다. 모두 지구의 온난화로 생긴 현상이라는 것이었다.

"음…."

강 사장과 박 기장은 장 선장의 의견에 고개만 끄떡거렸다. 그런 열기와 암흑의 세계는 거의 50마일에 걸쳐서 발견되었다. 마침내 피닉스 호가 열기와 암흑의 세계를 벗어나자 남극해는 본연의 모습, 차갑고 명징한 모습으로 돌아왔다.

700만 불이나 들여 건조한 스페인 배가 침몰하였다는 조난신호가 중장파송수신기를 뜨겁게 달구었던 시간은 다음 날 여명 직후의 일이었다.

아이스클래스로 건조하여 웬만한 유빙에는 눈도 깜짝하지 않는다는 배였다. 그러나 유빙에 직격탄을 맞고 어창부근의 선저가 길게 찢어진 결과였다. 조업선 모두 유빙을 피하느라 안간힘을 쓰고 있던 참이라 어느 누구도 구조에 나설 엄두조차 내지 못했다. 결국 균형을 잃고 뒤집어져 침몰한 조업선에서 살아남은 선원은 없었다. 졸지에 웨들 해는 공포의 얼음 바다로 변해버렸다.

유빙이 사라진 것은 그로부터 닷세 후였다. 바람은 불지 않았으나 대기는 싸늘했다. 포르투갈선 두 척과 미국선 한 척이 선체에 막대한 손상을 입고 서둘러 귀항 길에 올랐다는 소식도 들렸다. 피닉스호라고 해서 예외일 수 없었다. 기관실 외판이 20센티 정도 기관실 안쪽으로 밀렸고 연승 한 세트를 그대로 잃어버렸다. 꼬박 이틀 동안 사방을 쏘다니며 조쇄질을 했으나 찾지 못했다. GPS부이가 유빙으로 가라앉으며 수압에 찢어져 해저 깊숙이 가라앉은 게 틀림없었다.

강 사장은 드넓은 얼음의 세계에서 유빙군이 지나간 바다를 멍하니 바라보고 있었다.

"아쉬워하지 말자."

침몰한 배도 있지 않느냐는 강 사장은 박 기관장이 느꼈던 감상적 감회 따위엔 전혀 관심이 없었다. 부도의 끝까지 내몰렸던 고단한 강 사장의 삶을 떠올리면 이상할 것도 없었다.

유빙군이 지나가자 기다렸다는 유빙을 피한 외국 조업선들이 몰려들었다.

강 사장은 남극해 전도를 테이블 위에 펼쳐 놓고 투승할 포인트를 찾고 있었다. 외국 조업선들보다 먼저 투승 포인트를 선점하기 위한 노력이다. 또 날밤을 세울 것이다. 유빙군이 사라질 조짐을 보인 날로부터 벌써 이틀째였다. 남달리 격정적이고 열정적이어서 시도 때도 없이 흥분하는 성격으로 자고 나면 한 움큼씩 머리가 빠지는 강 사장이었다.

"아니야."

장 선장이 어장을 선정하고 투승을 준비하자 이 포인트에는 남극이빨고기가 없을 거야, 라며 강 사장이 말했다.

"글쎄요?"

장 선장은 강 사장 의견에 부정의 마음을 나타내었지만 토는 달지 않았다. 남극이빨고기에 관한 경험은 다섯 번이나 남극에 온 장 선장이 더 많았다. 그런데 남극해 경험도 없는 강 사장이 지적해 준 포인트에 가서 투승만 하면 대어였다. 장 선장은 자신이 지니지 못한 직감 같은 것이 강 선장에게 있다는 것을 인정할 수밖에 없었다.

유빙군이 지나갔다고는 하지만 완전하게 어장이 살아난 것은 아니다. 겨우 코딱지만 한 어장에서 수척의 조업선들이 조업하게 되었다. 어장의 선택 폭이 좁았다. 어쩔 수 없었다. 일단 투승은 해야만 했고 마지막 남은 어창의 공간을 채워야 했다.

운반선 니코 마루가 남극반도 끝에 있는 디스커버리 베이에 도착한 것은 그로부터 일주일 후였다. 먼저 일본 트롤선 두 척이 전재를 위해 접선했고, 맨 뒤로 상봉 스케줄이 잡힌 피닉스 호는 여전히 어장에 머물고 있었다.

백야의 밤

"몇 마리라도 더 잡아야지."

강 사장의 그 말을 욕심이라고 폄하할 수도 없는 일이다. 어차피 올해 어장도 끝물이었다. 남극해양생물자원위원회가 설정한 어획 한도도 얼마 남아 있지 않았다. 올림픽 방식의 쿼터이다. 남극이빨고기 조업선들의 어창이 거의 차가는 시점에서 남빙양 남극이빨고기 어장이 문 닫는 건 시간 문제였다. 올해는 전년도보다 쿼터가 적은 탓에 어가가 고공행진을 할 것이다. 남극이빨고기는 금덩이나 마찬가지였다. 강 사장의 입장에서는 그래서 단 한 마리의 남극이빨고기도 아쉬웠다.

블리자드가 통과한 후라 어획은 뚝 떨어졌다. 하루에 3톤을 채우기도 벅찼다. 특별히 바닷물 온도가 변한 것도 아니고, 해류의 방향이 바뀐 것도 아니었다. 피닉스 호가 피항을 했던 커다란 빙산 탓이 아니면 이유가 없었다. 그렇다고 어장을 옮기기도 시간이 촉박했다.

장 선장은 제임스로스 아일랜드 주변 720미터 경사면에다 연승을 놓자고 했다. 그곳이라면 여섯 시간을 이동하면 되었고 빙붕과 0.2마일밖에 떨어지지 않았다. 그곳은 위험을 고려해서 조업하는 외국 선박도 없어 충분히 대어를 노려볼 수도 있는 포인트였다.

강 사장의 걱정이 커지는 가운데 디스커버리 베이 입항일이 정해졌다. 운반선 니코 마루는 이미 크릴 트롤선에서 어획물을 받아 싣고 있었다. 피닉스 호도 일주일 후에는 디스커버리 베이에 닻을 내려야 했다.

"이제 이틀 정도야."

디스커버리 베이까지 항해일수 닷새를 뺀 나머지였다.

참으로 숨 가쁘게 달려온 1월이었다.

이번엔 장 선장의 직감이 적중했다. 장 선장은 뉴질랜드에서 승선 생활을 할 때 조안나 호 1항사 생활을 했었다. 그때 남극해양생물보존위원회의 요청으로 시험 조사를 했는데 어획노력량이 높았다. 그렇지만 조안나 호의 선장은 굳이 빙붕이 무너져 내릴 위험 때문에 두 번 다시 그곳을 찾지 않았다. 장 선장이 알기로는 몇 년 동안 그곳에서 연승을 드리운 조업선은 없었다. 남극이빨고기는 회유성이 없는 물고기였기에 지금쯤은 어군의 밀집도가 그때보다 훨씬 높을 것이다. 피닉스 호의 스케줄에는 조업을 할 수 있는 시간이

별로 없었다. 어차피 사흘 후면 전재와 사망한 1기사를 넘겨주기 위해서 어장을 떠나야 했다. 어장을 옮겨야 한다면 그만한 곳이 없었던 것이다.

피닉스 호는 앨리펀트 섬 수심 750미터의 해저 경사에서 대어를 만났다. 트롯마다 남극이빨고기가 주렁주렁 매달려 있었다. 강 선장은 무릎을 쳤고 갑판은 양승조와 처리조 선원들의 환호성으로 들끓어 올랐다. 갑판은 미처 처리하지 못한 남극이빨고기로 가득 찼다. 강 사장도 두 팔을 걷어붙이고 남극이빨고기 머리통이 나뒹구는 갑판에서 처리조 선원들의 처리를 도왔다.

블리자드가 남극해를 휘저어 대자 눈 한 번 제대로 붙이지 못했지만 그건 박 기관장도 마찬가지였다. 처음에는 처리조 선원들이 처리한 남극이빨고기 세척을 도왔지만 마음에 차지 않아서 직접 처리용 칼을 들고 남극이빨고기의 모가지를 자르고 내장을 분리했다. 자신이 힘껏 내리치는 칼날에 남극이빨고기의 모가지가 싹둑싹둑 잘려 나가자 카타르시스까지 느껴졌다. 박 기관장은 괜히 민망해서 시선을 이리저리 황망하게 돌렸다.

박 기관장은 잠시 허리를 폈다. 남극이빨고기 꼬리를 잘라 내느라 마구 휘둘러 댄 처리용 칼날이 무뎌져 버렸다. 손바닥이 얼얼하고 쥐마저 내리는 것 같았다. 박 기관장은 주먹을 쥐었다 폈다를 반복했다. 목이 컬컬한 게 차가운 탄산수라도 마시고 싶었다.

백야에도 어둠이 찾아오기 시작했다. 처음엔 하늘이 조금 어두워졌다가 밝아졌는데 구름이 짙은 까닭이라고 생각했다. 그러나 하루가 다르게 어두워진다는 것을 느끼게 되었다. 물론 칠흑 같은 육지 어둠이 아니라 평상시보다 밝기의 정도가 덜했다. 백야의 어둠은 수평선 부근의 하늘에서 밝음이 사라지고 낮도 아니고 밤도 아닌 그 시간의 주위로 푸른 어둠이 몰려왔다.

"기관장님, 이리 주세요."

처리장 녹이었다. 거무튀튀한 얼굴에 미소가 번져 있었다. 하얀 치아가 유별나게 가지런해 보였다. 이번에 몬테비데오 항으로 귀항하면 데리고 나가 술이라도 먹여야겠다고 생각했다.

"고맙다."

처리용 칼을 넘겨준 박 기관장은 장갑을 벗고 핏물로 범벅이 된 손바닥을 돈키 호수로 씻어 냈다. 오른손 검지에 벌겋게 부풀어 오른 물집이 보였다. 몰려오는 남극이빨고기를 처리하는 맛에 손에 물집이 잡히는 것도 잊고 있었다.

박 기관장은 남극이빨고기와 씨름을 하고 있는 강 사장을 보았다. 강 사장도 박 기관장을 보며 씨익 웃었다. 퍽도 익숙한 솜씨였다. 먼저 등지느러미와 가슴지느러미를 처리용 칼로 잘라 내고, 남극이빨고기의 첫 번째 등지느러미가 있던 자리에서 가슴지느러미 쪽을 향하여 힘을 주자 머리통이 삭둑 잘렸다. 손을 잘라진 몸통 안으로 넣어서 내장을 긁어내고 꼬리지느러미마저 도려 냈다. 그러면 곁의 처리장 녹이 깨끗하게 씻어서 지체하지 않고 급냉실로 옮겨 급속냉동을 했다.

"기관장. 대박이야, 벌써 2,3번 급냉실이 모두 차버렸어."

강 사장은 남극이빨고기의 날카로운 등지러미를 한 칼에 날려 보내며 말했다.

"오늘 잡은 놈으로 어창이 찰지도 모르겠는걸. 이거 어떻게 하지. 하루만 더 조업하면 급냉도 꽉 채울 것 같아."

강 사장은 벌어진 입을 다물지 못했다. 박 기관장은 강 사장이 휘두르는 처리용 칼을 피해서 자리를 비켜 섰다. 처음이었다. 강 사장이 제 흥에 겨워 웃는 모습을 본 것이. 자신의 모든 것을 걸고 남극해 바다를 떠돌다가 오늘 같은 만선을 만나면 웃음이 터지기도 하겠지.

강 사장은 함께 승선했던 다랑어연승선에서도 꼭 그랬었다. 황다랑어는 떼거리로 다녔다. 한 번 어획이 시작되면 무더기로 어획이 되었다. 인도양이었으므로 강 선장은 웃통은 아예 걸치지도 않고 반바지 차림으로 처리용 칼을 휘둘렀다. 강 사장은 옛날이나 지금이나 똑같았다.

"사장님, 좀 쉬십시오."

박 기관장이 불을 붙인 담배를 입에 물려주었다.

"고맙소."

박 기관장이 처리갑판을 벗어난 때는 백야에 어둠이 찾아와서 수평선이 푸른 어둠으로 물드는 시각이었다. 바람은 차가웠지만 푸른 어둠은 아름다웠다. 가장 아름다운 시간에 피닉스 호는 제대로 대어를 한 것이었다. 박 기관장은 백야의 푸른 어둠에 정신을 빼앗겼다. 아주 오랜 시간이 흐른 후에도 기억에 남아 있을 것이다. 우리는 백야의 푸른 어둠 속에 있었고 그곳에서 만선을 이루어 냈다고, 그날의 성취감은 대단했다고 자랑할 것이다.

떨어지지 않는 발걸음을 옮겨 가며 선실로 돌아온 박 기관장은 웰링턴 항을 출항하며 구입해 냉장고에 보관한 와인을 땄다. 너무 피곤한 탓에 술이라도 한잔하지 않으면 깊은 잠에 못들 것 같았다. 안주도 없이 마신 술이 퍼지자 쿵쾅거리는 메인엔진의 소음이 건강하게 다녀오라는 어머니의 목소리처럼 들리는 것 같았다.

출국하기 이틀 전 박 기관장은 어머니께 인사 전화를 했다. 어머니는 회사로 택배를 보내 놓았으니 꼭 받아가지고 가라는 것이었다. 어머니가 보내주신 것은 박 기관장 머리맡에 있는 쑥부쟁이로 만든 베개였다. 그 베개에는 박 기관장이 나고 자란 고향, 만재도의 냄새가 담겨 있고 따듯한 어머니의 사랑이 담겨 있었다.

고향집 마당에는 때가 되면 언제나 쑥부쟁이들로 화사했다. 원래 만재도에는 쑥부쟁이가 없었다. 그런데 어머니가 쑥부쟁이 씨앗을 시집올 때 가지고 오셨던 모양이다. 그것은 섬으로 시집을 가는 딸을 위해 어머니의 어머니가 주신 것이다. 그러니까 박 기관장의 외할머니였다. 어찌 너는 그리도 쑥부쟁이를 탐하냐며 시어머니가 나무라도 어머니는 쑥부쟁이를 키우며 가슴 밑바닥의 숨까지 턱턱 막히는 고단한 섬 생활과 먹먹한 육지의 그리움을 이겨 내셨던 것이다.
 어머니는 지난 가을에도 열심히 쑥부쟁이를 아들 돌보듯 가꾸신 모양이다. 나이도 있고 섬 생활도 만만치 않을 것인데 쑥부쟁이 사랑은 변하지 않았다. 특히 먼 바다로 떠나보내는 막둥이 아들 사랑은 각별했다. 어머니는 쑥부쟁이를 박 기관장 보듯 쑥부쟁이베개를 생각해 내시었나 보다.
 어머니의 사랑과 고향의 잔물결이 가득 배인 쑥부쟁이베개는 어떤 만선의 기원보다 박 기관장의 마음에 들었다.
 "아들아, 보고 싶구나."
 쑥부쟁이베개는 박 기관장의 머리가 닿으면 그런 말을 들려주기도 하고 순한 잠을 위하여 자장가를 불러주는 것도 같았다. 쑥부쟁이베개는 어머니의 깊은 사랑이었다. 그렇게 어머니 생각에 빠져 한 잔 두 잔 마신 와인은 바닥을 드러냈다. 한동안 전혀 입에 대지도 않았던 탓에 도수가 약한 와인이었지만 온몸이 혼곤해져왔다. 그때였다.

"불이야."

조기장의 목소리였다. 한창 당직을 서야 할 사람이다. 박 기관장은 느닷없이 들려온 고함소리를 듣고 이게 무슨 날벼락인가 하였다.

"기관실에 불이야."

박 기관장은 정신을 차리고 빠르게 주위를 둘러보았다. 검은 연기에 섞인 가스가 목을 조여 왔다. 다시 불이야 하는 고함소리가 들렸다. 틀림없는 심근수의 목소리였다.

철공소에서 일하던 그를 조기장으로 추천하여 함께 남극해 어장으로 출어했다. 출어에 앞서 박 사장님과 함께라면 세상 어느 바다라도 따라가겠다던 그였다. 어로작업이 시작되면서 기관실 운전은 세 명 기관사들이 나누어 맡았다. 직책이 조기장인 그는 갑판작업에 투입되었다. 그런데 조리장의 칼을 맞고 과다출혈로 1기사가 사망하자 조기장에게도 일거리가 나누어졌던 것이다.

"날 좀 도와줘."

"당연하죠."

1기사 사망 사건으로 박 기관장은 한시도 마음놓고 눈을 붙이지 못했다. 2기사나 3기사가 당직을 서고 있는 중에도 이상한 엔진음이 들리면 침실에 누웠다가도 기관실로 달려가는 게 다반사였다. 도대체 필리핀 해기사인 2기사와 3기사를 믿을 수 없었다. 그래서 조기장을 갑판에서 빼내 기관실 당직에 투입하였다. 덕분에 박 기관장은 조금은 숨을 고를 수 있었다.

박 기관장은 무작정 기관실을 향해 달렸다. 브리지를 꺾어 돌자 기관실로 뛰어가는 조기장의 뒷모습이 보였고, 머리 위로는 이미 시커먼 연기가 계단 천장을 가득 채운 채 울컥울컥 뿜어져 나오고 있었다.

"기관장님, 서비스탱크입니다! 서비스탱크에 불이 붙었습니다."

조기장은 불길이 치솟는 기관실 안으로 돌진해 들어갔다.

"서비스탱크?"

서비스탱크란 기관실 우현 1호 발전기 상부 천장에 매달려 있는 별도의 연료공급용 탱크를 말한다. 연료는 가동 중인 엔진에 부단히 공급되어야 하므로 선저탱크의 연료를 모터로 뽑아 올려 저장한다. 그게 서비스탱크다. 바로 그 탱크야말로 기관실에서의 핵폭탄인 것이다.

박 기관장은 사태의 심각성을 짐작할 수 있었다. 그가 알기로, 서비스탱크 사고로 화재가 발생하여 초기진화에 성공하지 못하면 배는 침몰하고 만다. 물론 똑같은 구조를 가진 원양어선들이다. 그 사실을 잘 아는 박 기관장은 틈만 나면 당직 기관사들에게 서비스탱크에 부착된 투명호스에 시선을 집중할 것과 탱크가 만수위에 이르기 전에 모터의 작동을 중지시킬 것을 신신당부했던 것이다.

발화지점이 서비스탱크라면 이유는 뻔하다. 조기장이 한눈을 파는 사이에 탱크가 넘치면서 아래쪽이 벌겋게 달아오른, 배기온도가 섭씨 500도도 넘는 발전기의 배기통을 덮쳐 씌웠던 것이고 한순간에 발화로 연결되고 만 것이다. 게다가 연기가 이렇게 기관실 통로를 타고 올라올 정도라면 초기진화에 실패한 것이나 다름이 없었다.

박 기관장이 냉동기실을 거쳐 기관실로 들어서자 서비스탱크는 이미 불길에 싸인 채 시뻘건 불덩어리가 되어 있다. 화염은 기관실의 상부 환기구인 스카이라이트까지 솟구쳐 올라 있었다. 박 기관장은 기관실을 가득 메운 불길을 보았다.

"위험해!"

박 기관장이 소리쳤으나 조기장은 화염에 뒤덮인 서비스탱크를 향해 소화기 노즐을 겨냥하고 하얀 포말을 내뿜고 있었다. 하지만 불길을 잡기에는 턱없는 일이었다.

"안 돼! 근수야! 올라와! 탱크 터진다!"

박 기관장의 단말마와도 같은 외침이었다.

순간 2호 발전기 2번 기통에서 뿜어져 나온 화염이 등덜미로 옮겨 붙으면서 조기장이 바닥으로 나뒹굴었다.

"안 돼!"

박 기관장은 다짜고짜 불길이 솟구치는 기관실로 뛰어들었다. 박 기관장은 자신이 입고 있던 방한복 상의로 조기장의 등덜미를 뒤덮은 불길을 잡았다. 정신을 잃은 조기장을 업은 채 간신히 기관실을 빠져 나와 선원들에게 넘겨준 다음 다시 기관실로 향했다. 아무리 살펴보아도 강 사장의 모습이 보이지 않았다.

박 기관장의 뒤를 소방호스를 움켜잡은 아만이 따라붙었다.

박 기관장은 갑판장에게 물었다.

"강 사장님은 어디 계시냐?"

갑판장은 이미 불바다가 된 선미식당을 가리키며 대답했다.

"타기실로 가시는 걸 봤습니다."

불꽃은 전기 동력으로 움직이는 피닉스 호의 배선을 따라 일파만파로 퍼져나갔다. 메인엔진의 배선 장치에서도 불꽃이 튀었다. 불은 걷잡을 수없이 커졌다. 불꽃의 열기로 인해 기관실 공기를 차단하는 2차 진압에도 성공하지 못했다. 얼마 지나지 않아서 불꽃은 기관실을 넘쳐 선미선원침실로 번지기 시작했다.

장 선장은 절망적 표정으로 번져가는 불길을 바라보았다. 화염은 이미 기관실 천장을 뒤덮고 있었다. 그리고 혓바닥을 날름거리며 식당 쪽으로 연이어 번져 나가고 있었다. 급속하게 번져 가는 불길로 피닉스 호는 아수라장이 되었다. 제어가 불가능한 상태였다. 피닉스 호는 자신의 이름처럼 남극해를 밝히는 태양같이 붉게 타오르기 시작했다. 피닉스 호는 더 이상 가망이 없었다. 더 이상 지체했다가는 구명뗏목에까지 불길이 옮겨 붙을 것이다.

"전 선원 퇴선."

장 선장의 지시가 내려졌다. 메이데이는 벌써부터 발송되었다. 퇴선지시가 내려지자 오른쪽 현은 1항사가 좌현 쪽은 장 선장이 책임자가 되었다. 그리고 평상시 훈련한 방법대로 선원들을 태우기 시작했다. 1항사가 탄 구명뗏목이 피닉스 호에서 떨어져 나갔다. 장 선장은 맨 마지막으로 배에서 뛰어내렸다.

장 선장은 자신의 일부처럼 생활한 피닉스 호가 불길에 싸여 사라지는 것을 구명뗏목에서 바라보고 있었다. 문득, 첫 승선을 마치고 떠난 인도여행에서 가이드가 들려준 이야기가 떠올랐다. 절체절명의 순간 어떻게 그런 기억이 생각났는지 모른다. 백야의 하늘 아래 유빙과 어울린 남극해가 피닉스 호의 화재로 인해 우윳빛으로 빛나고 있기 때문인지도 몰랐다.

인도신화에서 최초의 바다는 우유로 되어 있다고 했다. 이 끝없는 우유바다 한가운데 아름다운 연꽃이 피어 있고 그 안에서 우주 최초로 유일하게 깨어있는 존재인 신들이 휴식을 취하고 있는데 그 신은 다름 아닌 창조와 소멸의 신 비슈누라고 했다. 인도인들은 비슈누가 잠을 잔다고 생각했다. 세계 창조와 소멸은 모두 그가 꾸는 다양한 꿈의 끝없는 사슬일 뿐이라고 했다.

태초의 대해에서 휴식중인 비슈누 발치에는 그의 영원한 아내이자 행복과 사랑의 신인 락슈미가 앉아 있다고 했다. 신비한 동물이 이 부부를 에워싸고 편히 지낼 수 있게 해 주는데 그중 대표적인 상상 동물이 아난타와 가루다였다. 아난타는 '우유의 바다에서 헤엄치는 우주의 뱀으로 끝없다'는 뜻이며 천개의 머리를 양산처럼 달고 있다고 했다. 이 머리들은 아난타 위에 누워서 명상하는 비슈누를 가려주는 차양 역할을 했다. 그리고 가루다는 비슈누가 타고 다니는 황금빛 새이며 무한한 공간을 오갈 수 있다고 했다. 얼굴과 발이 독수리를 닮았으며 소원을 들어주는 생명의 나무에 둥지를 트는 가루다는 피닉스와 동일한 것이라 했다. 부빙으로 뒤덮인 우윳빛 바다에서 활활 불타오르는 피닉스 호는 비슈누에게 소멸을 알리는 가루다와 같았다.

　장 선장은 허공에 멍하니 시선을 놓고 까닥도 하지 않았다. 가득 고여 흐르고 있는 눈물을 손등으로 닦아 내며 피닉스 호를 바라보았다. 거기에는, 하늘로 비상하려는 듯이 화염의 불꽃에 쌓여 있는 가루다가 있었다. 만일 늘어트린 두 손을 꽉 움켜쥐고 덜덜 떠는 것을 누군가 보았더라면 그가 얼마나 큰 고통에 잠겨 있는지 알았을 것이다.

　선수갑판으로 불길을 피한 박 기관장은 주머니를 뒤져 담배를 물었다. 박 기관장은 구명뗏목을 타지 않았다. 구명뗏목을 타지 않은 이유를 무엇이라고 꼬집어 말할 수는 없다. 강 사장을 찾아 타기실로 가려 했으나 뜨거운 불길로 더 이상 접근할 수 없었다.

　"사장님."

박 기관장이 강 사장을 다시 불러보았다. 그러나 강 사장의 체념을 증명이나 하듯 고통스런 침묵이 엄습해 왔다. 박 기관장은 한 가지 생각밖에 떠오르지 않았다. 강 사장을 구하지 못하고 그렇게 살아간다는 것은 죽음보다 더 끔찍한 일이 될 것 같았다. 공교롭게도 발화 장소는 기관실이다. 모든 책임은 자신의 것이다. 구명뗏목을 타고 목숨을 유지한다고 해도 강 사장을 죽이고 배를 화재로 침몰하게 한 기관장이다. 죽을 때까지 뱃사람들 손가락질 속에서 살아가야 했다.

쑥부쟁이가 피는 고향에서 어머니가 아들을 기다리시겠지만 비겁한 아들의 모습을 보이긴 싫었다. 어머니도 아들의 마음을 이해하실 것이다. 살아있다는 것과 죽었다는 것이 무엇이 다를까? 삶과 죽음은 자연의 일부라는데 무엇이 달라질까? 이상하게도 평화로움이 박 기관장 주위로 다가오는 것만 같았다. 나 혼자만 슬퍼하는 것이 아니라는 느낌, 갑자기 마음이 평온해졌다. 박 기관장은 불길을 향해 몸을 돌렸다. 가슴이 뜨거워졌다. 박 기관장은 마스트에 기대어 피식거리며 웃었다. 불길이 휘리릭 하며 온몸으로 달려들었다.

인간이 견딜 수 있는 인내심의 한계는 어디까지일까. 박 기관장은 멀어져 가는 구명뗏목을 물끄러미 바라보다가 기관실 방향으로 눈길을 돌렸다. 차츰 살점을 쥐어뜯는 고통이 수그러들었다. 손에 들려 있던 담배는 더 이상의 불꽃을 만들지 못하고 사그라졌다.

기관실에서 시작된 불은 피닉스 호 전체를 삼켜 버릴 듯 화염을 만들어 냈다.

피닉스 호로부터 푸드덕 푸드덕 창공으로 비상하는 불길이 마침내 비상하는 가루다처럼 치솟아 올랐다. 선저바닥에 있는 유류탱크이거나 용접용 산소통 아니면 LPG가스통이 폭발했을 것이다. 순간 박 기관장은 뱃전에서 높이, 높이 들려 오르고 있었다. 시야를 가리는 것은 아무것도 없다. 끝없이 드높은 하늘에서 사뿐사뿐 춤을 추며 여유로웠다. 하늘은 왜 이렇게 부드러울까? 박 기관장의 독백이 번져 나가는 바다에는 비극적 운명의 굴레를 벗어난 두 개의 구명뗏목이 보였다.

구명뗏목은 수십 미터 거리를 두고 떠 있었다. 톱브리지 양쪽에 고정되어 있다가 배가 침몰하는 순간 선체를 이탈하면서 자동으로 공기가 주입되는 구명뗏목이다. 피닉스 호에도 구명뗏목이 설치되어 있었다. 바다 위에 떨어지는 즉시 천막으로 활짝 펼쳐지도록 설계돼 있었다.

햇빛을 받아 윤슬이 빛나는 바다. 남극해 바다의 빙산은 피닉스 호의 불행과는 아무런 상관없이 아름답기만 했다. 얼마나 시간이 지났을까? 피닉스 호가 떠있어야 할 자리에 거대한 빙산 하나가 표류하고 있었다. 빙산의 여기저기에는 몰아치는 파도로 얼음 동굴들이 뚫려 있었다. 파도와 부딪칠 때마다 파란 얼음 동굴로 물살이 밀려들어 갔고 그럴 때마다 우르릉우르릉 울부짖는 소리만 남극해를 무겁게 흔들었다.

에필로그

"내 말 들리나?"

원을 그리는 플래시 불빛과 함께 외침소리가 들렸다. 장 선장의 손나팔 소리였다.

"1항사입니다. 잘 들립니다."

"몇 명 타고 있어?"

잠시 후 1항사 목소리가 들렸다.

"열여섯입니다."

손을 꼽고 어쩌고 할 필요도 없었다. 웰링턴 항을 출항할 때의 승선인원은 서른다섯 명이었다. 그런데 조리장 칼을 맞고 1기사가 사망하여 서른네 명으로 줄었다.

"사장님은 계시는가?"

"안 계십니다."

"기관장은?"

"기관장님도 보이지 않습니다."

맞은편에 앉아있던 갑판장이 말했다.

"두 분을 마지막으로 본 것은 서비스탱크가 폭발하기 바로 직전이었습니다. 기관장님은 저를 밀치고 사장님을 찾는다며 기관실 쪽으로 갔고, 사장님은 타기실 문을 부수고 있었습니다. 불길이 식당까지 번지자 감금된 조리장을 풀어 주기 위해서였습니다. 그 뒤로는 두 분을 보지 못했습니다."

갑판장 증언에 따르면 강 사장과 박 기관장, 그리고 선상에서 살인행위를 저지른 조리장을 합친 세 명의 실종자는 서비스탱크가 폭발하는 순간까지 기관실과 식당 근처에 머물러 있었다는 결론이 나왔다.

잠시 후 장 선장이 다시 물었다.

"조기수는?"

곧 응답이 왔다.

"아만 말입니까?"

"없습니다!"

"아만도 실종이란 말인가?"

아만은 서비스탱크가 폭발하기 직전 갑판으로부터 소방호스를 끌고 기관실로 뛰어들었었다. 그리고 그 뒤로 아만을 본 사람은 아무도 없었다.
 순간 갑판장 곁에서 웅크리고 있던 한 선원이 울부짖기 시작했다.
 "기관장님, 박 기관장님이 화를 당하셨단 말입니까?"
 조기장이었다. 선원들의 시선이 일제히 쏠렸다. 선원들은 그들을 직접 보지는 않았지만 사태가 어떻게 돌아가고 있다는 것쯤은 이미 알고 있었다. 조기장은 화염에 휩싸여 이마와 팔목 피부가 새빨갛게 속살을 드러내고 있을 만큼 중화상을 입었다. 운명에의 필사적인 항거일까. 조기장이 울기 시작했다. 장 선장은 구명뗏목의 가이드라인을 꽉 움켜쥐고 바라보기만 했다. 귀를 찢는 울음을 토하느라 목젖이 들여다보이도록 한껏 열린 입을, 그 바닥 모를 심연을 망연히 응시하였다.
 "기관장님, 어쩌면 좋단 말입니까?"
 어쩌다 이 지경까지 왔는지, 언제까지 이러고 있어야 하는지, 또 앞으로 자신에게 닥쳐올 운명은 어떤 모습일지 등의 생각들이 머릿속을 떠나지 않았다. 조기장은 순간 미칠 수만 있다면 좋겠다는 생각이 문득 들었다. 차라리 미쳐 버릴 수만 있다면 지금 감당해야 하는 엄청난 두려움과 공포로부터는 해방될 수 있다는 생각이 들었다. 스스로에게 침착해야 한다고 수도 없이 타일러 보지만, 시간이 흐르면 흐를수록 두려움과 공포는 더해만 갔고 숨결이 가빠지면서 심장은 금방이라도 터져 버릴 것만 같았다. 조기장은 기어이 무너져 흐느낌은 쉽게 멈추어지지 않았다.

구명뗏목에 부착된 위성자동조난신호기는 일정한 간격을 두고 끊임없이 조난신호를 발사하고 있었다. 구명뗏목을 타고 표류하는 선원들은 오래지 않아 외국 조업선들의 구조를 받아낼 수 있을 것이다.

누구도 입을 열지 않았다. 침묵은 오래토록 계속되었다. 바다도 사정을 아는지 호수처럼 고요했다. 아무 일도 없었던 것이다. 아무 일도 일어나지 않았다. 바다는, 저 남극해의 냉엄한 바다는 침묵을 지킨 채 끝없는 출렁거림을 계속하고 있었다.

작품해설

모험과 욕망, 죽음과 생명의 아이러니
―이윤길, 『남극해』

하상일(문학평론가, 동의대 교수)

누가 고삐를 풀어 놓았을까

백야의 수렴 아래 견고한 뿌리의 얼음덩이
수렴대 장악하는 해류에 올라
남빙양 어디나 한 걸음에 닿는 흰 말
―이윤길, 「남빙양 유빙」 중에서

1. 모험과 탐험, 목숨을 건 바다의 유혹

뱃사람들에게 바다는 모험과 탐험의 대상인 동시에 생활과 생존의 터전이다. 또한 뭍에서의 상처와 기억을 위무하는 치유의 장소이면서 인간의 근원에 대한 향수와 동경을 실현하는 원형적 장소이기도 하다. 이러한 양가적 세계로서의 바다는 뱃사람들의 삶과 내면을 늘 한곳에 정착할 수 없는 부유하는 운명으로 이끌어 가고, 떠도는 인간으로서의 뱃사람의 숙명은 시시각각으로 변하는 바다 위의 날씨만큼이나 예측 불가능하고 위험한 실존의 위기에 직면하게 한다. 그럼에도 불구하고 뱃사람은 바다를 언제나 '귀환'의 대상으로 인식함으로써 오로지 바다에서의 삶이 진정한 인간으로서의 모습을 실현하는 것이라고 확신한다. 즉 바다는 '떠남'의 장소가 아니라 '돌아감'의 장소라는 점에서 가장 근원적이고 본질적인 의미를 지니고 있는 것이다. 그래서 뱃사람은 바다를 향한 모험과 도전을 절대 멈추지 않는다. 이러한 도전을 멈춘다는 것은 더 이상 뱃사람이기를 포기하는 것과 다를 바 없으므로, 본능적 동경의 대상인 바다를 떠나서는 한순간도 살아갈 수 없는 뱃사람에게 바다를 향한 모험과 도전은 그 자체로 생존의 이유가 되지 않을 수 없다. 따라서 그들에게 바다는 "모험이자 도전이었지만 죽음이기도 했"(4쪽)음에도 불구하고, "바다를 떠나면 살 수 없는 사람", "뼛속부터 뱃사람"(118쪽)으로서의 운명은 쉽게 거역할 수 없는 위험한 인생을 반복적으로 살아갈 수밖에 없게 한다. 『남극해』의 '강 사장'을 비롯하여 '박 기관장', '장 선장' 등 피닉스 호 선원들 모두가 바다에서 맞닥뜨릴지도 모르는 엄청난 위험을 직감하면서도 계속해서 바다의 유혹에 순응할 수밖에 없는 이유도 바로 여기에 있다.

이윤길의 『남극해』는 "인간이 필요로 하는 문화는 존재하지 않"고 오로지 "얼음뿐인 곳", "목숨을 얼음 위에 걸어 놓고 본능과 직관으로 살아가야하는 절대적인 곳"(41-42쪽)인 남극해 원양어선의 출항부터 조업 과정 전반을 사실적으로 서사화한 것이다. "아문젠이 남극점에 깃발을 꽂"기 전까지 "남극점을 서로 정복하려고 경쟁하면서 수많은 사람들이 얼어서 죽어갔"던 것처럼, "남극이빨고기를 찾아 남극해를 떠도는" 생활과 생존의 몸부림 속에서 "낭만과 모험이 넘치는 서사의 시대"(95쪽)를 다시 소설화하려는 욕망의 산물이라고 할 수 있다. 아마도 이윤길에게 남극해의 서사적 실현은 인간의 한계를 넘어서려는 모험과 탐험의 욕망이 대부분 그랬던 것처럼, 북태평양, 인도양, 대서양 등의 바다를 이미 정복한 자가 마지막으로 도전하는 궁극의 지점을 보여주고자 한 것이 아니었을까. "세상에서 가장 험악한 곳"(20쪽)에서 '남극이빨고기'를 잡기 위해 목숨을 거는 선원들의 욕망을 통해 극한 속에서 비로소 실현되는 인간 본연의 순수성을 가감 없이 서사화하고자 했던 것이다. 이런 점에서 "자신의 신념에 따라 청춘과 목숨을 건 강 사장과 남극이빨고기의 어장, 남극해에 대한 호기심이 타고난 뱃사람인 박 기관장의 마음"(27쪽)은, 그 자체로 뱃사람이면서 작가인 이윤길의 욕망을 그대로 재현한 것이라고 해도 과언이 아니다. "뱃사람이라고 내세우려면 남극해는 경험했어야 했다. 그래야 진짜 뱃사람인 것이다"(139쪽)라는 말은, "오히려 바다에 나와야 감옥에서 풀려났다는 느낌"(14쪽)을 갖는 '박 기관장'의 내면에 그대로 대응되는데, 이는 곧 작가 이윤길의 바다에 대한 근원적 욕망을 직접적으로 대변하고 있다고 할 수 있는 것이다.

이윤길은 이미 여러 권의 시집과 소설집을 통해 육지에서 바다를 바라보는 경계인으로서의 삶의 태도를 넘어 "바다에서 뭍을 보는 눈"을 가진 "뱃사람"(「자서」, 『대왕고래를 만나다』, 전망, 2009)의 운명을 실체적으로 보여주었다. '뭍의 시각'이 아닌 '바다의 시각'에서 살아있는 바다의 감각을 형상화하고 바다의 역동성을 서사화한다는 것은 해양시와 해양소설이 갖추어야 할 그 어떤 형식보다도 중요한 문제가 아닐 수 없다. 바다를 제재로 한 그의 시와 소설을 단순히 잘 꾸며진 개연성 있는 허구로서의 문학적 장치로만 이해할 수 없는 것은, 그래서 바다와 함께 삶과 죽음을 영위하는 한 인간의 운명을 냉혹하게 들여다보는 본질적인 문제 인식을 가질 수밖에 없는 것은 바로 이 때문이다. 아마도 『남극해』에서 구체적으로 서사화한 바다의 모습은, 그동안 걸어왔던 이윤길 소설의 장소성이 궁극적으로 지향했던 '끝점'으로서의 상징성을 지니고 있지 않을까 생각된다. 그의 말대로 "바다는 뱃사람 삶의 시작과 끝"이므로 "결국 뱃사람이 바다"(「시인의 말」, 『더 블루』, 신생, 2017)라는 동일성의 세계를 통해 바다의 원형성에 더욱 가까이 다가가고자 했던 것이다. 드디어 그의 소설은 "남위 60도 이상 지역" "남극해"(150쪽)로 진입하여 바다의 끝, 인간이 다다를 수 없는 극한의 중심으로 돌진하고 있음에 틀림없다.

2. 뭍에서의 탈출, 바다로의 귀환

바다를 제재로 한 소설에서 대부분의 인물들은 뭍에서의 삶이 가져다준 상처와 기억으로부터 벗어나기 위해 다시 바다로 향한다. 바다에서의 삶 역시 지독한 노동의 고통을 안겨주는 것은 마찬가지이고, 더군다나 바다의 고단함을 끝내고 안식의 장소인 뭍으로 돌아왔을 때 사랑하는 연인이나 가족의 자리가 처참하게 무너져 버린 배신의 상처를 갖고 있는 경우라면, 세상과의 절연을 당연시하는 바다는 다시는 가서는 안 되는 절망과 회한의 장소로 각인되지 않을 수 없다. 그럼에도 불구하고 뱃사람들은 또 다시 바다를 선택하는 것을 주저하지 않는다. 그 어떤 삶의 출구도 알지 못하는 세상에서, 그래도 바다에서만큼은 세속적 삶의 상처와 고통을 잠시 잊어버리는 위안의 시간을 살아갈 수 있기 때문이다. "바다로 돌아가는 것이다. 모든 세상일은 깨끗이 잊어야 한다."(56쪽)라고 말한 박 기관장의 독백은 곧 뭍에서의 기억을 송두리째 지워버리고자 발버둥하는 뱃사람 모두의 공통된 목소리라고 할 수 있다는 것이다.

> 서해안에 있는 흑산도에서도 반나절을 달려야 만나는 만재도가 박 기관장의 고향이다. 고추가 빨간 시절부터 바다를 보면서 성장했다. 쑥부쟁이가 만개한 언덕에서 수평선을 넘어 항해하는 꿈을 키웠다. 그러면서 이국나라의 풍경을 상상하며 나래를 폈다. 성장기를 거쳐 이런저런 사연 끝에 원양어선에 올랐을 때 바다는 어머니의 가슴처럼 포근했다. 하는 일은 힘들었지만 무엇보다 마음이 자유롭고 편했다. 아마도 그래서였을 것이다. 바다로 다시 돌아온 이유가.(83쪽)

『남극해』의 서사는 박 기관장의 시선을 따라간다. 그의 시선에 포착된 바다의 모습은 피닉스 호에 승선한 여러 인물들의 사연과 겹쳐지면서 입체적인 서사의 골격을 완성해 나간다. 그리고 이러한 박 기관장의 행동과 내면에는 뭍에서 탈출할 수밖에 없었던 뱃사람들의 보편적인 운명과 바다를 "어머니의 가슴"으로 느끼는 근원적 세계 인식이 짙게 투영되어 있다. 그래서 박 기관장은 "아무런 생각 없이 수평선을 바라볼 때가 가장 즐거운 시간이었다. 수평선을 마주하고 있으면 자신이 완전한 자유인으로 살아있다는 것이 느껴졌다."(14쪽)라고 말하는 것이다. 이러한 해방의 자유로움은 뭍에서의 삶이 그만큼 냉정하고 가혹했음을 역설적으로 말해준다. 그래서 그는 여느 뱃사람들과 마찬가지로 뭍의 세상으로부터 끊임없이 탈출하려는 바다로의 욕망을 저버리지 못했다. 이미 오래전 하선자가 되어 뭍에서 선박 수리업체를 운영하며 안정적인 생활을 유지하고 있으면서도, 남극해에 동행하자는 강 사장의 긴급한 제안을 쉽게 거절할 수 없었던 이유도 바로 여기에 있다. 그는 "바다를 보면서 성장했"고 "수평선을 넘어 항해하는 꿈을 키웠"으며 "이국나라의 풍경을 상상하며 나래를 폈"던 유년시절 "고향"에서의 추억을 평생 잊을 수 없기 때문이다. 태생적으로 그는 바다와 더불어 살아가는 운명을 갖고 태어났고, 그래서 바다는 그에게 모태인 동시에 무덤과 같은 가장 본질적이고 원형적인 장소가 아닐 수 없다.

이처럼 뭍에서 바다로 떠나는 것이 아니라 결국 뭍에서 바다로 귀환하는 것이 뱃사람의 운명이고, 거역하려 아무리 발버둥 쳐도 절대 거역할 수 없는 것이 뱃사람의 실존이다. "그야말로 대한민국 원양어업에 평생을 바친 전설"(22쪽)로서 숱한 희망과 절망을 반복하며 살아온 강 선장의 마지막 선택이 '남극해'가 될 수밖에 없었던 것도, 바다를 누비던 선원으로 "뉴질랜드에서 어쩌다 보니 아가씨를 사귀게 되었고 사랑에 빠져", "어로계약이 끝났지만 한국으로 돌아가지 않고 그대로 주저앉"아 "배타는 일 말고는 특별난 재주가 없는" 삶을 이어가고 있는 장 선장이 "남극이빨고기 연승선"(44쪽)에 다시 오른 것도, "가장이 되어서, 무엇인가를 주고 싶은 가족에게 아무것도 줄 수 없는 현실에 절망"(35쪽)한 인도네시아 선원 아만이

"바다에서 목숨을 잃을 수 있다는 것을 각오"(40쪽)하면서도 피닉스호에 탑승할 수밖에 없었던 이유도 결국 모두 바다 그 자체 외에는 어떤 답도 찾을 수 없었기 때문이다.

박 기관장이 수리업체를 폐업하고 남극해를 선택했을 때 주변 사람들이 굳이 왜라며 말렸다. 단정할 수는 없었지만 바다를 벗어난 금단증세 같은 거였다.
하선하고부터는 인생에 특별함이 없었다. 결혼을 했지만 곧 헤어졌다. 되돌아보면 어제도 우울했고 그제도 우울했다. 오랜 배생활로 속내를 털어놓을 친구마저 없는 상황에서 눈을 뜨면 출근하고 해가 지면 퇴근했다. 그리고 자고 다시 깨면 출근했다. 파도도 없고 폭풍도 없는 매사가 무덤덤하고 시큰둥했다. 수리를 맡긴 기계를 해체했다가 결합하면서 단 한 번도 행복함을 느껴보지 못했다. 하루 삶의 부피가 한 주먹도 되지 않았다. 이렇게 살아도 되는 걸까. 박 기관장이 남은 인생에 대해서 고민이 깊을 때였다. 그랬다. 그저 삶의 노예로 살았다. 그런 생각이 언제부터인가. 피로가 쌓이기 시작한 크랭크축 같이. 크랭크축의 회전피로가 점점 쌓여서 마침내 크랭크축이 와장창 소리를 내면서 절단되듯이 절박한 부르짖음을 토해 냈던 것이다.
"아니야, 이렇게 살고 싶지는 않아. 후회는 남기지 말아야지. 강 사장도 도와주고 싶고 남극해도 가보고 싶어."(148-149쪽)

5년 전 하선자가 된 박 기관장은 "바다를 벗어난 금단증세"를 겪으면서 "인생에 특별함이 없"는 삶을 "우울"하게 살아왔음을 솔직히 고백한다. "파도도 없고 폭풍도 없"다는 것은 평범한 사람들에게는 안정적인 일상의 행복이 될 수 있을지 모르지만, "수리를 맡긴 기계를 해체했다가 결합하"는 일상 속에서 "단 한 번도 행복함을 느껴 보지 못했다"라고 말하는 박 기관장으로서는 엄청난 불행으로 다가오지 않을 수 없었다. "삶의 노예", 박 기관장이 하선자로서의 자신의 인생을 단호하게 규정하는 이 말 속에서 극단적 우울에 갇혀 있는 뱃사람으로서의 슬픈 운명을 확인할 수 있는 것이다. 그래서 그는 "크랭크축의 회전피로가 점점 쌓여서 마침내 크랭크축이 와장창 소리를 내면서 절단되듯이 절박한 부르짖음을 토해"내는 절규를 하지 않을 수 없었다. 그리고 이러한 절규의 끝에서 강 사장으로부터 전해진 "남극해"로의 승선 기회를 다시 붙잡게 되었던 것이다.

물론 이러한 선택은 '선연'이라는 세속적 인연으로 인해 결코 쉽지 않은 결정이었다. 바다를 향한 욕망이 점점 커질수록 "선연의 맑은 눈을 들여다볼 수도, 선연의 부드러운 목덜미를 어루만질 수도, 가느다란 허리를 끌어안을 수도 없게 되"고 만다는 뭍에서의 안정적인 삶에 대한 집착이 더욱 강하게 자신을 제어했던 것이다. 아마도 이러한 양가적 세계의 긴장을 거치지 않았다면, 그래서 박 기관장이 바다로의 욕망에 일방적으로 굴복해 버렸다면, 그만큼 바다는 인간과 무관한 세계로서 자연의 두려움만을 안겨주는 대상으로 인식될 뿐이었을 것이다. 뭍에서의 인간과 바다에서의 자연이 서로를 강하게 끌어당기는 지독한 긴장의 한가운데에서 내린 절박한 선택이라는 점에서, 박 기관장에게 바다는 더욱 근원적이고 본질적인 세계로 향하는 원형적 상징성을 갖게 하는 것이다. 선상에서 부친상을 당한 조기장의 슬픔에 대해, "어쩌면 우리는 인간이 아닐 수도 있소, 야생을 살아가는 물짐승이오. 뱃사람이 된 이상 육지에서 사는 사람들과는 차원이 다른 세상에서 산다고 보면 되오. 그건 뱃사람이 죽어서야 벗을 수 있는 멍에란 말이오."라고 말하는 강 사장의 목소리에는, "피닉스 호를 타고 있는 모든 사람의 슬픔"(102쪽), 즉 뱃사람의 운명적 슬픔이 온전히 담겨 있다. 결국 뱃사람들에게 바다는 돌아갈 수밖에 없는 운명적 장소가 아닐 수 없다. "나는 물고기다"(「자서」, 『파도공화국』, 신생, 2012)라는 작가 이윤길의 고백에서도 바다로 귀환할 수밖에 없는 뱃사람들의 운명을 상징적으로 이해할 수 있는 것이다.

3. 인간 정글의 자본주의적 욕망과 동물적 본능의 생존 욕망

바다를 낭만과 동경의 서사로만 이해하는 것은 어쩌면 해양소설에 대한 모독이 될 수도 있었다. 우리 소설사에서 개화의 상징으로 재현된 바다의 형상은 문명을 대변하는 이국적이고 낭만적인 요소를 다분히 갖고 있었지만, 지금 우리 소설에서 바다는 자본주의적 욕망에 기생하는 인간의 본능적 탐욕과 반생명적 폭력의 광기 등이 핍진한 서사를 구성하고 있다는 점에서 분명한 차이를 드러낸다. 즉 바다는 인간으로서의 최소한의 윤리가 실종된 자리에 무서운 자연의 공포와 살육이 도사리고 있는 정글과 같은 모습을 주된 배경으로 한다. 오로지 자본주의적 욕망을 실현하는 데 매몰되어 타자를 죽여야만 자신이 살 수 있는 생존 욕망으로 사투를 벌이는 인간 정글과 같은 현장성을 서사화하는 데 주력하고 있는 것이다. 따라서 대체로 뭍에서 삶의 끝장을 이미 경험해 버린 뱃사람들의 모습은 세상과의 어떤 타협도 굴종도 용납하지 않는 막장 인생으로서의 허무주의적 자유와 광기가 숨어 있다. "최고급 물고기일수록 파도와 날씨가 험악한 바다에서만 어획되"(7쪽)는 것처럼, 이러한 바다를 경험하는 데 주저하지 않는 인간의 생존 본능이 최소한의 윤리적 경계마저 무너뜨리게 하는 것이다. 결국 "배에서 무엇보다 치명적인 것은 화재"이고, 이는 "배를 잃어버리는 것은 물론 선원들도 생명을 보장할 수 없"(31쪽)는 최악의 상황이라고 하지만, 이보다도 더 무서운 것은 평생 뭍의 상처와 고통을 꾹꾹 억누른 채 살아온 뱃사람들의 숨겨진 광기가 아닐 수 없다. 하지만 이러한 광기마저 허락되지 않는다면 죽음 가까이에서 살아가는 바다의 불안과 공포를 결코 이겨낼 수 없으므로, 뱃사람들에게 광기는 필요악이 된다는 점에서 문제적이다. 타락한 세상에 맞서 타락한 방식으로 싸우는 것이 소설적 진실이라는 점을 상기한다면, 『남극해』의 인물들이 신랄하게 보여주는 이중적이고 모순적인 아이러니의 세계는 그 자체로 소설적 진실의 총체가 아닐 수 없다. 이들이 보여주는 인간 정글의 본능적 욕망과 생존을 위한 참혹한 언행은, 자본주의적 욕망의 끝을 향해 맹목적으로 달려가는 부조리한 인간의 모습을 철저하게 해부하고 있는 것이다.

『남극해』의 중심인물인 강 사장, 박 기관장, 장 선장 등이 험난한 항로와 숱한 위험에도 불구하고 남극해로 조업을 떠난 이유는 너무도 명백하다. 어쩌면 인생의 마지막 도전이 될지도 모른다는 절박함 속에서 우리가 흔히 '메로'라고 알고 있는 '남극이빨고기'를 향한 마지막 희망을 거머쥐기 위해서였다. 남극이빨고기는 "유럽인들에게 1톤에 미화 30,000불 이상으로 판매"되고, "일본인들이 최고의 횟감으로 치는 참다랑어만큼이나 비싼 값"(6쪽)으로 판매되었으므로, 죽음을 무릅쓰고서라도 반드시 만선을 이루어낸다면 막다른 인생에 돌파구를 찾는 전환점이 될 수 있다고 확신했기 때문이다. 물론 이들 뱃사람의 남극행이 오로지 만선의 결과로 얻게 될 부에 대한 욕망만으로 결정되었다고 보는 것은 지나치게 속악한 생각이다. 각자의 사연은 조금씩 다를지라도 뱃사람이라면 궁극적으로 남극해를 정복해야한다는 모험과 도전으로서의 낭만적 동경과 의지도 분명 결정에 영향을 끼쳤을 것이다. 하지만 이러한 모험심도 자본주의적 욕망을 충족시켜 주지 못한다면 한낱 꿈에 지나지 않는다는 사실을 뱃사람들의 지나온 삶이 냉정하게 말해준다. 게다가 "남극해에서 남극이빨고기 어획허용량을 3,000톤으로 묶"어 두고 "각선이 잡은 어획량이 3,000톤의 90퍼센트가 되면 남극해양생물자원위원회는 어장을 폐쇄"하는 "서든 데스"(82쪽)가 발동한다는 데서, 제한된 자원을 두고 무한경쟁을 하는 남극해의 어장은 생존경쟁의 장으로서 그들의 욕망을 가장 극한의 지점으로 끌어내기에 충분한 것이다.

"만선이다. 만선!"
"돈이다."
처리갑판은 남극이빨고기로 발 디딜 틈도 없이 꽉 들어찼다. 미처 처리하지 못한 남극이빨고기의 대가리며 내장과 지느러미들이 이곳저곳에 너부러졌고 기관실 지원까지 받고 있는 처리조 선원들이 트렁크를 급냉으로 옮기느라 바빴다. 이런 대어 맛을 보기 위하여 얼마나 고생했나를 생각하면 할수록 감회가 깊어지는 강 사장이었다.
남극으로 간다고 했을 때 알게 모르게 뭇사람들이 보내왔던 야유와 비난 속에서도 버티어 왔던 것은 만선이란 대가를 받기 위해서였다. 어창 안에 차곡차곡 적재되는 남극이빨고기는 바로 돈이었으며 황금이었다. 이제 남은 것은 조금밖에 남지 않은 어창을 어떻게 꽉 채우느냐가 관건이다.(220-221쪽)

만선의 꿈은 뱃사람들의 거부할 수 없는 운명과 같은 것이다. "만선 속에는 기쁨과 환희가 큰 비중으로 자리하고 있지만, 고통과 인내는 더 큰 비중으로 자리하고 있"(42쪽)음을 뱃사람들은 그 누구보다도 잘 알고 있다. 하지만 무모한 도전이라며 세상이 쏟아내는 무수한 냉소와 비난도 만선이라는 결과 앞에서는 그 어떤 말도 할 수 없다는 사실 또한 더더욱 잘 알고 있다. 그래서 뱃사람들은 수많은 위험을 감수하면서도 "만선이란 대가를 받기 위해서" 결국 다시 바다를 선택할 수밖에 없다. 그 어떤 위험 앞에서도 "돈"과 "황금"을 자신의 것으로 만들고야 말겠다는 치명적인 욕망을 절대 거스를 수 없기 때문이다. 남극해에서 남극이빨고기를 잡을 수 있는 총량을 제한하고, 그것도 90퍼센트를 달성하면 멈추어야 한다는 규정은 해양자원을 보존하겠다는 데 가장 큰 이유가 있지만, 어쩌면 "이제 남은 것은 조금밖에 남지 않은 어창을 어떻게 꽉 채우느냐'를 끊임없이 고민하는 뱃사람의 탐욕을 경계하기 위함이 아니었을까.

"옛날부터 뱃사람들은 폭풍 전이면 출항을 감행했"는데, 그 결과 "물고기가 떼로 잡히는 통에 조금만 더, 조금만 더 하다가 그만 폭풍 속으로 들어갔다가" "난파를 당하고 바닷물 속 깊이 수장을 당했"(241쪽)던 일이 비일비재했다. 바다를 향한 뱃사람들의 욕망은 어느 누구도 제어할 수 없는 탐욕과 광기를 뼛속 깊이 숨기고 있기 때문이다. 게다가 "성숙한 남극이빨고기의 평균 무게는 30킬로그램 정도, 그런 놈으로 3백 마리면 총량은 9,000킬로그램", "일일 어획이 9톤이면 유럽시장에 판매되는 어가로 27만 미국달러", "한화로 치면 3억에 가까운 돈이었"고, "그렇게 100톤만 잡아도 30억이 넘는 돈"(165쪽)이니, 이런 돈과 황금을 눈앞에 두고서 총량 기준을 반드시 지켜야 한다는 이성적인 평정심을 유지하는 것은 만선을 경험해 본 뱃사람의 욕망으로는 도저히 불가능한 일이다. 따라서 모든 것이

돈으로 환산되는 바다의 황금을 두 눈으로 바라보면서 인간의 최소한의 윤리 운운한다는 것은 뱃사람에게는 지나친 감상에 지나지 않는 것이 당연하다. 오로지 동물적인 본능에 바탕을 둔 자기 보호의 생존 욕망이 차가운 현실을 지탱하게 할 따름이고, 그 속에서 살아남아 만선이라는 절정의 순간을 함께 만끽하는 것만이 뱃사람이 살아가는 궁극적인 이유가 될 수밖에 없는 것이다.

  1기사가 피범벅인 하복부를 두 손으로 감싸고 있었다. 1기사는 벽을 등지고 기대어 두 다리를 내뻗고 있었는데 손가락 사이로 비어져 나온 것은 뱃가죽을 비집고 나온 내장이었다.
  주저앉아 있는 1기사 앞에는 식칼을 꼬나 든 조리장이 눈을 부릅뜬 채 1기사를 노려보고 있었다. 주방에서 사용하는 식칼이었다. …(중략)…
  "이 새끼가 턱주가리는 왜 쳐들어."
  1기사가 내뱉는 말은 대개 이렇게 거칠었다. 어려서부터 바다를 떠돌다보니 뱃사람들의 언어가 입에 붙어 입도 거칠어지고 행동도 말보다 주먹이 먼저였다.
  "개자식, 어디서 배운 버르장머리야!"
  "1기사면 1기사이지 내가 뭘 잘못했어. 선원들 밥을 굶겼나, 나는 내 할 일을 다했어. 그리고 내 나이가 몇인데 함부로 주먹질이야, 시발."
  1기사의 행동에 부아가 치민 조리장은 거칠게 대들었다. 그러면서 주방으로 뛰어든 조리장이 식칼을 들고 나와서 다시 한 번 더 때려 보라고 대들었던 것이다.
  "아니, 이런 좆같은 새끼가 있나? 어디 한 번 찔러봐라, 찔러봐. 그럼, 내가 겁먹을 줄 알았냐? 어림도 없다. 되놈아 그래 어떡하겠다는 거야?"
  "시발, 죽여 버리겠어."
  "그래, 죽여 봐."

1기사는 조리장에게 손가락질을 해가며 목청을 돋웠다. 조리장의 눈빛이 어느새 얼음처럼 싸늘한 냉기를 뿜고 있었다. 그 순간 1기사 쪽으로 한발 다가온 조리장이 하복부를 겨냥하고 사정없이 식칼을 찔러 넣었다.(202-204쪽)

　선상에서 부친의 죽음 소식을 들은 조기장을 위해 조촐한 제사상을 마련하라는 강 선장의 지시를 이행하지 않은 조리장을 향한 1기사의 질책이 싸움의 시작이었다. "어려서부터 바다를 떠돌다보니 뱃사람들의 언어가 입에 붙어 입도 거칠어지고 행동도 말보다 주먹이 먼저였"던 것은 1기사나 조리장이나 매한가지였다. 원색적인 비난과 인신공격은 감정의 선을 훨씬 넘은 내면의 광기를 들추어냈다. 조선족이라는 신분적 열등감과 선상에 있으면서도 제대로 선원 대접을 받지 못하는 조리장의 비뚤어진 마음은 사실상 피닉스 호의 시한폭탄이나 마찬가지였다. 자신을 보호하는 것 외에는 다른 어떤 것도 생각하지 않는 조리장의 생존 본능은 살육마저 정당화하는 뱃사람들의 무의식적 힘이 폭발하는 상황을 초래하지 않을 수 없었다. 온통 유빙으로 둘러싸인 남극해의 일상적 공포보다도 더욱 무서운 것은 바로 그곳을 항해하는 뱃사람들의 생존 본능이었다. 동물적 본능의 세계에도 엄연히 질서가 있기 마련이지만, 그것도 강 선장과 박 기관장, 박 기관장과 조기장의 관계에서처럼 서로 깊은 인간적 유대로 이어져 있을 때나 가능한 규율일 따름이었다. 철저하게 자기중심의 세계에 갇혀 있는, 그래서 이유 모를 분노와 경계심을 놓지 않는 조리장의 광기 앞에서 선상의 질서는 아무런 구속의 이유가 될 수 없었다. 게다가 조리장의 살인 행각과 1기사의 죽음은 선상에서 흔히 일어나는 사고의 한 가지였을 뿐, 뱃사람의 욕망과 본능에 심각한 동요를 일으키는 특별한 사건이 되지도 않았다. 뱃사람들은 오로지 "어획량이 많으면 많을수록 자신들이 찾는 상여금도 늘어나"는 데만 관심을 가질 뿐인 것이다. 피닉스 호를 타고 남극해로 떠난 강 사장을 비롯한 뱃사람들의 목표는 남극이빨고기를 잡는 것, 그래서 만선의 꿈을 이루어 뭍에서의 상처와 기억을 일시에 해소하는 부와 명예를 짊어지고자 하는 욕망을 실현하는 데 최종 목표가 있을 따름이었다. 이런 점에서 "1기사의 죽음을 슬퍼하지 않는 선원들에 대해 노여움을 느꼈고 세상의 정의라든가 도덕심, 인격이나 공감 같은 것이 얼마나 엉터리인가를 다시 한 번 느"(222쪽)끼는 박 기관장의 슬픔은, 탐욕과 본능으로만 살아가는 뱃사람의 운명적 한계와 인간의 모순을 적나라하게 보여준다고 하지 않을 수 없다.

이처럼 『남극해』에서 보여준 뱃사람들의 모습은 자본주의적 욕망과 인간 본능의 생존 욕망이 들끓는 탐욕과 광기의 상징성을 드러냈다. 저마다 조금씩 다른 이유를 갖고 뱃사람이 되었지만, 뭍에서의 상처와 고통을 넘어서기 위해 오히려 더 큰 상처와 고통의 시간을 마다하지 않는 역설적 힘이야말로 뱃사람들의 근본적인 생리인 것이다. 게다가 이러한 극도의 긴장을 일상의 순간으로 냉정하게 수용하지 못한다면, 바다에서의 더 큰 상처와 고통은 뭍에서의 기억을 결코 지울 수 없는 선명한 자국으로 남기고 만다. 바다라는 운명적 대상과의 싸움이 불러올 위험이든, 인간 정글의 생존 본능에서 비롯된 광기이든, 어차피 죽음을 각오하지 않고서는 선택할 수 없는 것이 남극해에서의 조업이기에 더욱 그러하다. 이런 점에서 박 기관장은 아직 진정으로 뱃사람이 되었다고 보기는 어려울 듯하다. 바다로 떠나야겠다는 결심과 연인이었던 선연과의 이별 사이에서 갈등했던 자신의 내면을 계속해서 바다의 물결과 겹쳐 호출하는 것부터가 아직까지 뱃사람의 숙명을 온전히 짊어지지 못했음을 말해준다. 결국 그는 여전히 돌아갈 곳이 있다는 사실을 뿌리치지 못함으로써 바다에서 죽을지도 모른다는 두려움을 넘어선 뱃사람으로서의 진정한 자유를 누리지 못하고 있다. 하지만 이러한 경계인으로서 박 기관장의 불완전함과 같은 내적 긴장이 없었다면,『남극해』는 남극해라는 소재가 주는 생경함과 박진감 외에는 여느 소설과 다를 바 없었지 않았을까 싶다. 남극해를 향해 깊숙이 들어가는 뱃사람의 운명을 섬세하게 보여주면서도 끊임없이 뭍에서의 상처와 기억을 소환하는 팽팽한 긴장이 있어서, 자연의 아름다움을 만끽하는 바다의 평온함과 무섭게 몰아치는 광기 어린 바다의 이중성이『남극해』를 가장 소설답게 만드는 결정적 요인이 되게 하는 것이다.

4. 죽음과 생명의 양가성과 영원성

『남극해』의 서사는 처음부터 끝까지 불길한 복선으로 가득하다. 다른 사람들에게는 들리지 않는 기관실 소음을 계속해서 의심하는 박 기관장의 예민한 감각으로부터, 아마도 "기관실을 벗어나 있어도 이명처럼 들려오는 소리"(28쪽)로 인해 좋지 않은 일이 벌어질 거라는 긴장을 늦출 수 없게 한다. 또한 "어쩐지, 조리장이 마음에 썩 들지 않아.", "조리장의 눈은 뭔가 불만이 가득해."라고 거듭 말하는 강 사장의 말에서, 조리장으로 인해 곧 피닉스 호 선상에서 끔찍한 사건이 벌어질지도 모른다는 예상을 하게 한다. 이러한 복선이 주는 불길함보다도 더 큰 불안을 안겨주는 것은 남극해에서 마주하는 자연의 아름다움과 평화로움이다. 저마다 뭍에 두고 온 상처와 고통을 온전히 감싸 안아주기라도 하듯 남극해의 자연은 죽음을 넘어선 생명의 기운을 새롭게 불어넣어 준다. "광활하게 펼쳐진 남극대륙에서부터 불어오는 바람은 마치 가슴속 깊은 곳까지 얼려버릴 것 같았"지만, "오염이 되지 않은 신선한 대기는 삶에 찌든 몸과 마음까지도 깨끗이 씻어 주"(63쪽)기에 충분했던 것이다. 하지만 인간의 상처와 고통을 정화해주는 바다는 피비린내 나는 살육과 죽음이 공존하고 있다는 점에서 문제적인 장소가 아닐 수 없다. 인간이 바다를 정복하려 하면 할수록 바다는 인간에게 엄청난 위력을 보여주었던 것이다. "남극대륙 빙붕에서 떨어져 나온 빙산들"을 보면서 "희디흰 백골로 풍화한 남극해의 주검 같았다."(249쪽)라고 말하는 박 기관장의 두려움 속에는 남극해를 경험한 사람이 느끼는 죽음과 생명의 양가성이 선명하게 드러난다.

> "오늘 잡은 놈으로 어창이 찰지도 모르겠는걸. 이거 어떻게 하지. 하루만 더 조업하면 급냉도 꽉 채울 것 같아."
> 강 사장은 벌어진 입을 다물지 못했다. 박 기관장은 강 사장이 휘두르는 처리용 칼을 피해서 자리를 비켜 섰다. 처음이었다. 강 사장이 제 흥에 겨워 웃는 모습을 본 것이. 자신의 모든 것을 걸고 남극해 바다를 떠돌다가 오늘 같은 만선을 만나면 웃음이 터지기도 하겠지. …(중략)…
> 박 기관장이 처리갑판을 벗어난 때는 백야에 어둠이 찾아와서 수평선이 푸른 어둠으로 물드는 시각이었다. 바람은 차가웠지만 푸른 어둠은 아름다웠다. 가장 아름다운 시간에 피닉스 호는 제대로 대어를 한 것이었다. 박 기관장은 백야의 푸른 어둠에 정신을 빼앗겼다. 아주 오랜 시간이 흐른 후에도 기억에 남아 있을 것이다. 우리는 백야의 푸른 어둠 속에 있었고 그곳에서 만선을 이루어 냈다고. 그날의 성취감은 대단했다고 자랑할 것이다.(264-265쪽)

만선의 꿈에 한껏 취한 강 사장의 웃음과 남극해의 푸른 어둠에 도취된 박 기관장의 기쁨은, 죽음과 생명의 양가성을 지닌 바다의 광기를 불러내는 아이러니적 성격을 지닌다. 우발적인 다툼으로 1기사를 죽인 조리장의 살인 행각은 이미 마무리가 되었지만, 기관실의 소음은 여전히 오리무중이고 더군다나 남극해의 바다가 너무도 장관이었다는 데서 불안은 더욱 증폭되어 가는 것을 예감할 수 있다.

더군다나 이보다 더 큰 두려움은 '만선' 그 자체에 있다는 점에서 운명적 아이러니가 이 소설의 중심 서사로 부각한다. "자신의 모든 것을 걸고 남극해 바다를 떠돌다가" "만선을 이루어 냈다고 그날의 성취감은 대단했다고 자랑할 것"이라고 말하는 뱃사람들의 간절한 바람조차 쉽게 용납하지 않는 것이 바다의 냉혹함이다. 어쩌면 뱃사람들 스스로는 만선 그 자체가 가져오는 불길함과 불안함을 언제나 운명처럼 안고 살아가고 있는지도 모른다. 결국『남극해』의 서사는 처음부터 파국으로 치닫는 결말을 예정하고 있었고, 뭍에서의 진정한 탈출은 곧 바다로의 영원한 귀환이라는 아이러니적 운명을 스펙타클하게 서사화하고자 했던 것은 아니었을까. 아마도『남극해』의 서사가 만선의 꿈을 향한 도전과 성취라는 구조로 끝을 맺었다면, 그저 바다를 제재로 뱃사람들의 조업 과정이 보여주는 험난함을 박진감 있게 서사화한 클리셰(cliché) 정도에 머무르고 말았을 것이다. 결말에 이르러 급작스런 사건의 변화를 가져오는 과정에서 다소 개연성이 떨어지는 면은 있지만, 죽음과 생명의 양가성이 공존하는 바다의 영원성이라는 남극해의 상징성을 서사화하기 위한 선택으로는 불가피한 측면이 있음을 감안하지 않을 수 없다.

  불꽃은 전기 동력으로 움직이는 피닉스 호의 배선을 따라 일파만파로 퍼져 나갔다. 메인엔진의 배선 장치에서도 불꽃이 튀었다. 불은 걷잡을 수없이 커졌다. 불꽃의 열기로 인해 기관실 공기를 차단하는 2차 진압에도 성공하지 못했다. 얼마 지나지 않아서 불꽃은 기관실을 넘쳐 선미선원침실로 번지기 시작했다.

  장 선장은 절망적 표정으로 번져가는 불길을 바라보았다. 화염은 이미 기관실 천장을 뒤덮고 있었다. 그리고 혓바닥을 날름거리며 식당 쪽으로 연이어 번져 나가고 있었다. 급속하게 번져 가는 불길로 피닉스 호는 아수라장이 되었다. 제어가 불가능한 상태였다. 피닉스 호는 자신의 이름처럼 남극해를 밝히는 태양같이 붉게 타오르기 시작했다. 피닉스 호는 더 이상 가망이 없었다.(270쪽)

  피닉스 호의 화재는 만선을 이루기 위해 사투를 벌여온 선원들 모두의 꿈을 한순간에 무너뜨려 버렸다. 피닉스 호의 불길에 휩싸인 남극해의 붉은 기운은 "자연의 힘 앞에서 무력하게 부서졌"(250쪽)던 바다의 역사를 증명이라도 하듯 모든 것을 일순간에 앗아가 버린 것이다. "포악하고 두려운 유빙의 공격"(245쪽)에도 버텨냈고, "눈앞의 바다가 흰 거품을 내뿜으며 미처 날뛰고 있"(236쪽)는 폭풍우의 위협도 견뎌내면서, 오로지 남극이빨고기만을 생각했고 만선을 꿈꾸다 이제야 그것을 이루어낸 순간이었다. "빙산도 거멓고 유빙도 거멓고 실뱀 같이 구불구불한 뱃길마저 암흑의 세계"였던, "마치 그곳은 타이어를 생짜로 태울 때 나오는 열기와 검은 매연으로 뒤덮인, 석탄가루로 덮여 있던 사북이나 도계 같은 풍경"(255쪽)이라는 남극해의 이상 기후로부터 강 사장과 박 기관장은 이미 뜨겁게 달아오른 바다의 원형성이 불러올 위험을 예감하고 있었는지도 모른다.

그래서인지 "삶과 죽음은 자연의 일부라는데 무엇이 달라질까?"라고 생각하며, 바다가 허락한 죽음 앞에서 "이상하게도 평화로움"(273쪽)이 다가오는 것을 느끼는 박 기관장의 마지막 모습은 생명의 영원성을 상징적으로 보여주고 있는 듯하다. 또한 이토록 참혹한 순간이 지나간 뒤에 "남극해 바다의 빙산은 피닉스 호의 불행과는 아무런 상관없이 아름답기만 했다"(274쪽)는 데서, 인간의 욕망을 준엄하게 꾸짖는 자연의 냉혹함이 섬뜩하게 전해지기도 한다. 피닉스 호와 함께 바다에서 사라진 강 사장과 박 기관장은 뭍에서의 상처와 기억을 넘어 바다에서의 영원한 삶을 스스로 선택한 것임에 틀림없다. 물론 피닉스 호의 화재는 인간의 탐욕이 만든 인재(人災)였지만, 그것은 이미 바다로의 귀환이 예정된 뱃사람의 운명이 아니었을까. "침묵을 지킨 채 끝없는 출렁거림을 계속하고 있"(279쪽)는 남극해의 냉엄함이 이 모든 것을 그대로 말해주고 있다. 그럼에도 불구하고 바다는 여전히 "아무 일도 없었던 것"처럼 오래도록 침묵을 이어가고 있을 뿐이다.

남극해

1판 1쇄 · 2020년 10월 30일

지은이 · 이윤길
펴낸이 · 서정원
편 집 · 도서출판 신생
교 열 · 이은주, 하동현
표 지 · 윤경디자인
펴낸곳 · 도서출판 전망
주 소 · 부산광역시 중구 해관로 55(중앙동3가) 우편번호 · 48931
전 화 · 051-466-2006
팩 스 · 051-441-4445
출판 등록 제1992-000005호
ⓒ 이윤길 KOREA
값 14,000원

ISBN 978-89-7973-533-8
w441@chol.com

* 저자와의 협의에 의해 인지를 생략합니다.

이 도서의 국립중앙도서관 출판예정도서목록(CIP)은 서지정보유통지원시스템 홈페이지(http://seoji.nl.go.kr)와 국가자료종합목록 구축시스템(http://kolis-net.nl.go.kr)에서 이용하실 수 있습니다. (CIP제어번호 : CIP2020045004)

*이 도서는 한국출판문화산업진흥원의 '2020년 우수출판콘텐츠 제작 지원' 사업 선정작입니다.